"JE VOUS AI SAUVÉ LA VIE," LANÇA DRAKE.

Ses inflexions étaient étranges.
"Vous me devez bien un...remerciement."

"Je vous remercie, Drake," rétorqua Briana, refusant de rentrer dans son jeu. Une peur irrépressible s'insinuait en elle. Oh, elle ne craignait pas Drake! Elle redoutait autre chose, quelque chose qu'elle ne pouvait pas même définir...

Les doigts de Drake caressaient le cou de Briana, et elle eut un long frisson. Il l'enlaçait si étroitement qu'elle sentait son cœur battre contre le sien. Elle perdait tout contrôle d'elle-même.

Drake lisait en elle comme à livre ouvert. Il profita de son émoi, de son abandon pour poursuivre ses caresses. Savait-il le plaisir fou qu'il faisait naître en elle? Le partageait-il?

Ou était-il animé par le seul désir de se venger des Ivensen?

HANTÉE PAR UN VISAGE

LEAH CRANE

HANTÉE PAR UN VISAGE

HARLEQUIN SEDUCTION

PARIS • MONTREAL • NEW YORK • TORONTO

Publié en octobre 1984

© 1984 Harlequin S.A. Traduit de Dark Ecstasy,
© 1983 Leah Crane. Tous droits réservés. Sauf pour
des citations dans une critique, il est interdit de
reproduire ou d'utiliser cet ouvrage sous quelque forme
que ce soit, par des moyens mécaniques, électroniques
ou autres, connus présentement ou qui seraient inventés
à l'avenir, y compris la xérographie, la photocopie et
l'enregistrement, de même que les systèmes d'informatique,
sans la permission écrite de l'éditeur, Editions Harlequin,
225 Duncan Mill Road, Don Mills, Ontario, Canada M3B 3K9.

ISBN 0-373-45051-6

Dépôt légal 4e trimestre 1984
Bibliothèque nationale du Québec et Bibliothèque nationale
du Canada.

Imprimé au Québec, Canada—Printed in Canada

ÉTATS-UNIS

MEXIQUE

CUBA

PORTO RICO

ILES VIERGES

TORTOLA

Océan Atlantique

SAINT THOMAS

SAINT JOHN

Océan des Caraïbes

Sainte-Croix

1

DRAKE Rutledge repoussa son fauteuil pour se diriger vers la vaste baie vitrée donnant sur le port. De là, il distinguait la surface argentée de l'eau et la masse sombre des navires marchands ancrés le long des docks.

Un peu plus loin s'élevaient les flancs d'une colline, *Denmark Hill*, doucement caressés par les rayons du soleil. Un paysage, ô combien familier, mais dont la beauté l'emplissait toujours d'une indicible émotion, songea Drake perdu dans ses pensées.

Pourtant, il détourna le regard du spectacle grandiose qui s'offrait à lui et se mit à arpenter la pièce luxueuse en longues enjambées nerveuses. Puis ses prunelles noires s'attardèrent sur le papier officiel posé sur l'imposante table de chêne.

Un document juridique qui attestait de son incontestable réussite ! se dit Drake avec un irrépressible frisson de joie. A trente-quatre ans, il voyait enfin la consécration de tous ses efforts, de l'âpre combat qu'il avait dû mener pour surmonter le redoutable fardeau de la misère et de la pauvreté...

Quelques minutes plus tôt, Erik Ivensen, l'homme qui incarnait tout ce qu'il méprisait le plus au monde, avait quitté son bureau... Erik Ivensen avait apposé sa signature au bas de l'acte notarié donnant à Drake le droit de rentrer en possession de la splendide demeure des Ivensen, dernier vestige d'une fortune jadis colossale.

Puis jetant son stylo d'un mouvement rageur, Erik avait tourné les talons sans proférer une parole avant de sortir en claquant la porte derrière lui.

Les Ivensen appartenaient à une branche de la famille royale danoise. Leurs ancêtres avaient exercé les fonctions de gouverneurs de Saint-Thomas, accroissant leur prospérité grâce au commerce maritime. Mais au fil des dernières années, leur empire s'était effondré.

Au cours de son bref entretien avec Erik, dernier héritier mâle des Ivensen, Drake avait joui d'un incommensurable bonheur : prendre la revanche qu'il attendait depuis des années déjà...

D'un geste machinal, Drake ouvrit l'un des tiroirs de son secrétaire et en sortit une pipe qu'il bourra de tabac. Puis il aspira longuement la fumée qui dégageait une agréable odeur sucrée.

Avec un soupir, il s'avoua qu'il fumait de plus en plus et qu'il lui faudrait mettre un terme à cette regrettable habitude...

Un instant plus tard, il poussait la porte de communication qui reliait son bureau à un appartement privé et pénétrait dans la spacieuse salle de bains.

Après s'être rafraîchi les mains et le visage, il releva la tête pour observer son reflet dans le miroir ovale qui surmontait l'évier de faïence beige.

L'espace d'une seconde, il crut revoir le petit garçon qu'il était si longtemps auparavant, l'enfant qui, ivre de chagrin et de souffrance, hurlait :

— Vous me le paierez un jour, Ivensen ! Vous vous en repentirez, vous, et tous ceux de votre famille !

Son cri s'était étouffé pour se transformer en un gémissement plaintif. Les mains tremblantes, il avait essuyé le sang qui ruisselait sur sa joue. Alors, les paupières closes, il avait senti une étrange torpeur l'envahir puis il avait sombré dans l'inconscience.

Des années plus tard, cette vision cauchemardesque le hantait encore. Mais aujourd'hui, en assistant à la défaite cuisante d'Erik Ivensen, il avait enfin savouré le prix de la victoire. Certes, celui qui l'avait cravaché lorsqu'il avait quatorze ans, celui qui avait entaillé sa peau lui laissant une cicatrice indélébile, n'était plus de ce monde : Frederik Ivensen était mort... mais son fils Erik avait dû s'incliner devant l'autorité de Drake.

Drake Rutledge, le fils d'une simple domestique, avait écrasé un Ivensen ! Et Margaret Scholten Ivensen, la mère de Frederik, serait témoin de son triomphe et se verrait contrainte de quitter son superbe manoir.

Elle partirait et abandonnerait la maison où elle avait régné, exerçant une tyrannie quotidienne sur une cohorte de serviteurs et sur Ingrid, l'épouse de Frederik, et la mère d'Erik.

Une grimace presque réjouie apparut à la commissure des lèvres minces de Drake. Son beau visage strié d'une longue cicatrice blanche était auréolé d'une masse de boucles brunes retombant harmonieusement sur ses tempes hâlées.

Il s'écarta imperceptiblement du miroir, révélant un profil séduisant. Que dirait Briana, la sœur d'Erik, en apprenant la nouvelle dramatique du déclin de sa famille? songea Drake avec curiosité.

Briana avait passé plusieurs années aux Etats-Unis et, munie de diplômes, s'était enfin décidée à rejoindre son frère et sa grand-mère. Du moins était-ce ce que Drake avait appris par la rumeur publique.

Pensif, il se rendit dans la petite cuisine et se prépara un rapide sandwich. En dépit de son extraordinaire ascension sociale et sa foudroyante réussite professionnelle, il avait conservé des goûts assez simples, préférant déjeuner dans le calme de son appartement plutôt que de se faire servir par le personnel empressé de l'hôtel Bel-Air dont il était propriétaire.

Lorsqu'il s'installa sur la chaise longue de son balcon, à l'abri des regards indiscrets, il promena ses prunelles acérées sur le paysage des Caraïbes qui se déroulait devant lui.

Il apercevait le toit du château des Ivensen, à l'est, dominé par une colline verdoyante. D'un coup d'œil à son bracelet-montre, il vérifia l'heure : à peine treize heures...

A cet instant, Erik s'apprêtait sans doute à annoncer à sa grand-mère et à sa sœur les événements qui leur vaudraient de perdre leur dernière possession : leur somptueuse maison, fief incontesté des Ivensen, symbole de leur puissance et de leur richesse !

Cette pensée n'était pas pour déplaire à Drake, bien au contraire ! D'avance, il imaginait la mine consternée de Margaret et ses commentaires acerbes. Mais égale à elle-même, elle masquerait à son entourage son dépit...

Et Briana ? s'interrogea Drake, laissant divaguer son esprit. Quelle femme était-elle devenue ? Il ne conservait qu'un seul souvenir d'elle : l'image d'une petite fille horrifiée, assistant à un spectacle atroce de violence. Quand vingt ans plus tôt, Drake avait été battu par Frederik, quand il s'était écroulé sans connaissance sur le sol, la fillette se tenait devant lui.

Il revoyait son visage bouleversé, ses grands yeux bleus écarquillés et le cri qu'elle avait poussé avant qu'il ne s'évanouisse...

Avec un soupir Drake tenta de repousser la vision insoutenable qui resurgissait dans sa mémoire. De nouveau, il fixa son attention sur le site merveilleux qui s'offrait à lui.

Il contempla longuement les courbes des collines, le scintillement de l'eau en contrebas puis les mouvements des navires qui entraient et sortaient du port.

Pourtant, il se reprit à songer à Briana et au destin de la jeune femme. Il avait su qu'elle avait épousé un comte, d'origine espagnole. Puis elle avait demandé le divorce peu de temps après la célébration de leur union.

Les journaux avaient développé ses mésaventures matrimoniales dans leurs colonnes puis le calme s'était rétabli. Drake se rappelait avoir lu qu'elle poursuivait ses études dans une université américaine. Mais le nom de Briana ne faisait plus la une des gazettes...

Quand il entendit sa secrétaire s'affairer dans le bureau, Drake se releva de sa chaise. Il était temps de se remettre au travail et d'oublier momentanément le sort de la famille Ivensen !

— Conduirez-vous Monsieur Erik à l'aéroport, Miss Briana ? interrogea une servante noire aux cheveux soigneusement tirés en arrière.

Briana sursauta et regarda sa vieille nourrice d'un air absent. Depuis plusieurs heures elle s'était plongée dans le passé, classant des liasses de documents appartenant à son grand-père.

Le secrétaire d'acajou regorgeait de papiers qu'elle s'était décidée à trier. Occupée à sa tâche, elle n'avait pas entendu les pas furtifs de l'arrivante.

— J'ignorais qu'Erik partait ! lança-t-elle à l'adresse de son interlocutrice.

— Quand je suis entrée dans sa chambre, il

faisait ses bagages. Il m'a dit qu'il allait à New York.

— C'est bizarre... reprit la jeune femme d'une voix hésitante. Erik ne m'a parlé de rien. Bon ! conclut-elle en posant les papiers qu'elle tenait à la main. Je vais le voir.

Ida esquissa un geste vague de la main.

— Si je vous pose cette question, c'est simplement pour savoir combien je dois mettre de couverts pour le déjeuner, Miss Briana.

— Je comprends, Ida. Je vous tiendrai au courant.

Elle repoussa ses mèches blondes d'un mouvement gracieux. Lorsqu'elle s'apprêtait à quitter la bibliothèque, la servante l'arrêta.

— Miss... Je suis tellement heureuse de vous savoir de nouveau parmi nous. La vie a changé pendant votre absence. M. Erik travaille trop : il disparaît du matin au soir et la pauvre Mme Margaret perd la mémoire. Il lui arrive d'appeler Jobie et Nan-Sue pour leur donner des ordres... constata Ida d'une voix triste. Elle oublie que tous les serviteurs ont quitté la maison depuis longtemps. Il ne reste plus que moi...

— Je sais, Ida. Je ferai de mon mieux pour vous aider. Le travail ne manque pas en effet, conclut-elle en adressant un sourire rassurant à sa nourrice.

Ida travaillait au manoir depuis l'âge de seize ans et résidait dans l'aile des domestiques. La maison des Ivensen était devenue la sienne et elle n'avait plus le souvenir d'en avoir connu d'autre.

Une expression soucieuse vint altérer la physionomie enjouée de Briana. Depuis son arrivée, elle s'était efforcée de laisser de l'argent sur la table de la cuisine, insistant pour qu'Ida utilise ces modestes sommes pour son compte personnel.

La vieille servante n'avait certainement pas reçu ses gages régulièrement pendant son absence prolongée aux Etats-Unis, se dit Briana sans se départir de son air préoccupé.

Ida, certes, n'aurait jamais songé à se plaindre de quoi que ce soit mais Briana supposait que les revers de fortune de sa famille ne permettaient plus d'assurer le salaire d'une domestique au manoir. Pourtant, la vieille servante faisait partie intégrante de la cellule familiale. Il ne serait venue à l'idée de personne de se séparer d'elle.

Avec un soupir, elle se promit de veiller à verser un salaire mensuel à Ida dès que possible. Comme il lui tardait de commencer ses fonctions de professeur pour affirmer son autonomie financière ! songea-t-elle en traversant le hall dallé.

Elle gravissait l'escalier menant au second étage quand elle remarqua la couche de poussière qui recouvrait les plinthes de bois. Ida, perclue de rhumatismes, ne parvenait plus à assurer le ménage de l'ensemble de la demeure.

Aussitôt Briana prit la décision de nettoyer les pièces de fond en comble dès qu'elle disposerait d'un peu de temps libre. L'état de délabrement des lieux l'avait saisie lorsqu'elle avait retrouvé le manoir, après plusieurs années d'absence...

Les peintures s'étaient écaillées, l'atmosphère si animée de jadis, cédait la place à un silence presque lugubre qui faisait ressortir la vétusté des immenses salons et des interminables corridors.

Son cœur se contracta douloureusement.

Il lui faudrait encore un an de labeur acharné, de recherches studieuses avant d'obtenir son doctorat et postuler à un emploi !

D'ici là que se passerait-il ? se demanda-t-elle en avançant vers l'appartement de son frère. En serait-elle réduite à vendre leurs meubles anciens pour survivre et pour entretenir la maison ?

Bien sûr, Erik travaillait et gagnait un salaire assez substantiel en tant qu'assistant du président-directeur général de la *Rutledge* Corporation mais il ne parvenait pas pour autant à supporter le coût élevé des travaux de rénovation du manoir.

Une longue discussion avec Erik s'imposait ! se dit-elle en poussant la porte. Quand elle pénétra dans la pièce, elle aperçut deux énormes valises remplies de vêtements sur le lit de son frère.

— Eh bien ! Tu pars pour longtemps ? s'exclama-t-elle, stupéfaite.

Un jeune homme élancé et élégamment vêtu d'un costume de flanelle grise se retourna en l'entendant.

— Oui, je ne reviendrai pas de sitôt, marmonna-t-il d'un air bougon.

— Que se passe-t-il ? M. Rutledge t'a chargé d'ouvrir une succursale à New York ? questionna-t-elle cherchant une explication à son incompréhensible mutisme.

— Au diable Rutledge !

Briana connaissait le ressentiment éprouvé par Erik à l'égard de son patron. Il n'avait jamais dissimulé son antipathie pour Drake. Sa position de subalterne lui était insupportable. Pourtant la lueur haineuse qu'elle lisait dans son regard la fit tressaillir.

— T'es-tu fait licencier ? murmura-t-elle en proie à une angoisse croissante.

— Non ! J'ai donné ma démission comme j'aurais dû le faire depuis longtemps !

Perplexe, Briana continua de l'observer.

— Mais ton travail te plaisait, commenta-t-elle soudain. Et tu disais que ton patron était satisfait de toi.

— Qu'en sais-tu ? railla Erik.

— C'est ce que tu m'as raconté quand tu as accepté cet emploi.

Avec un haussement d'épaules irrité, Erik traversa la pièce et rangea ses affaires de toilette. Après les avoir déposées dans un sac de cuir, il poursuivit :

— Rutledge m'a toujours jalousé. Finalement je n'aurai aucun mal à retrouver un autre emploi et quelle tranquillité !

Un sourire charmeur éclaira brusquement les traits d'Erik.

— Tu expliqueras tout cela à grand-mère, enchaîna-t-il avec une assurance qui déplut à sa sœur.

— Certainement pas !

— Je suis allé la voir tout à l'heure mais elle se reposait. Je n'ai pas voulu la déranger... Mon avion part dans une heure. Je n'ai plus le temps de bavarder avec elle...

— Enfin que t'arrive-t-il ? s'insurgea Briana, médusée. Tu démissionnes brutalement et tu fais tes bagages sans avertir qui que ce soit de ta décision. Que s'est-il passé ?

— Ecoute, Briana... Je n'ai guère eu le temps de réfléchir. Je m'en vais, c'est tout !

La jeune femme laissa échapper un soupir exaspéré.

Ainsi Erik quittait Saint-Thomas en la mettant devant les faits accomplis ! La tâche de prévenir sa grand-mère du départ précipité d'Erik lui incomberait donc qu'elle le veuille ou non...

— Faut-il que je te conduise à l'aéroport ? questionna-t-elle avec résignation.

— Non, Jane doit m'y emmener. Elle m'attend au salon.

Jane Fitzcannon avait partagé les jeux d'Erik et de sa sœur lorsqu'ils étaient enfants. Agée de vingt-six ans à présent, elle avait accumulé successivement deux divorces et voyait beaucoup Erik en ce moment.

La jeune femme avait hérité de revenus considérables grâce à un legs provenant de ses grands-parents. Son immaturité allait de pair avec celle d'Erik, songea Briana sentant une sourde irritation la gagner.

Erik réunit ses bagages qu'il souleva d'une

poigne vigoureuse. Puis s'approchant de sa sœur,
il déposa un léger baiser sur le front.

— Au revoir, Briana et bon courage !

— Donne-nous de tes nouvelles, soupira-t-elle
en le suivant sur le palier.

Que pouvait-elle dire pour l'encourager à rester ? s'interrogea-t-elle tristement. Rien hélas !
Impuissante, elle le regarda descendre lentement l'escalier menant au rez-de-chaussée.

— Que grand-mère ne s'inquiète pas, surtout !
conclut-il en disparaissant dans le hall.

Elle entendit des voix puis la porte d'entrée se
referma avec un claquement sec. Erik était
parti ! Tandis que le bruit de ses pas décroissait
au-dehors, Briana demeura songeuse.

A quoi bon se tourmenter à propos d'Erik ?
s'avoua-t-elle en retrouvant son calme. L'intelligence ne lui faisait pas défaut. S'il acceptait les
contraintes professionnelles, il serait parfaitement capable de gagner confortablement sa
vie...

Pourtant une pensée la chagrinait : son frère
possédait une haute opinion de lui-même.
Depuis le décès de leur père, Margaret avait
reporté l'affection qu'elle éprouvait pour son fils,
Frederik, sur son petit-fils.

Elle avait terriblement choyé Erik en le
convainquant de sa supériorité. Les Ivensen,
selon Margaret, appartenaient à une élite qui se
distinguait du reste de l'univers...

Subissant l'influence de son aïeule, Erik s'était
donc peu à peu mis une idée saugrenue en tête :

à l'entendre, tout travail était dégradant pour un Ivensen.

Il défendait cette position, affirmant à qui voulait l'entendre qu'une famille de sang royal ne pouvait se compromettre parmi les simples ouvriers.

Il était vrai que la fortune familiale avait été jadis considérable mais depuis la mort de Daniel Ivensen, l'époux de Margaret, il ne subsistait pratiquement plus rien de cette extraordinaire richesse.

Erik, heureusement, était parvenu toutefois à terminer ses études à l'université renommée de Yale. Mais, malheureusement, Briana avait dû solliciter une aide financière de l'état pour poursuivre son doctorat.

D'une certaine manière, cette confrontation avec la dure réalité de la vie lui avait été bénéfique. Elle savait désormais qu'il lui faudrait se battre pour affirmer son autonomie. Mais cette perspective ne l'effrayait nullement...

En se séparant de Ricardo, son mari, Briana avait compris que son destin de femme la poussait à assumer son indépendance morale et financière.

Lentement, elle se dirigea vers la cuisine afin d'aider Ida à préparer le déjeuner.

Une heure plus tard, Briana portant un plateau, pénétrait dans la suite occupée par Margaret.

La vieille femme ne quittait plus guère son appartement. Elle y passait la plupart de ses journées, s'absorbant dans la lecture des romans qu'elle affectionnait tant ou dans la rédaction de son journal intime.

— Pourquoi n'as-tu pas laissé Ida s'occuper de mon repas ? lança Margaret en regardant sa petite-fille s'avancer vers elle.

Margaret, vêtue d'un ensemble gris perle admirablement bien coupé, se releva de son fauteuil pour accueillir Briana. Ses traits harmonieux, en dépit des fines rides qui constellaient sa peau laiteuse, révélaient encore une beauté exceptionnelle.

Un sourire détendit ses lèvres discrètement maquillées.

— Où en sont tes recherches, ma chérie ? reprit-elle en posant son regard bleuté sur la jeune femme.

— Oh, j'ai passé la matinée à relire les documents qui se trouvaient dans le secrétaire de grand-père. C'est passionnant ! fit-elle d'une voix vibrante. L'histoire des Von Scholten est tellement fascinante. Il est possible que l'on publie ma thèse de doctorat, si je continue sur ma lancée...

Aussitôt, l'attention de Margaret se dissipa. L'intérêt manifesté par Briana pour le passé de sa famille l'avait émue, certes ! Mais elle réprouvait fortement ses projets professionnels.

Que Briana entreprenne une thèse d'histoire lui paraissait louable mais qu'elle se destine à l'enseignement était inacceptable à ses yeux.

Jamais encore une femme appartenant à la lignée des Von Scholten et des Ivensen n'avait osé transgresser les traditions. Et la coutume voulait que l'on vive de ses revenus, non pas du fruit de son labeur.

Du moins était-ce là l'opinion de Margaret ! En dépit des nombreuses discussions qu'elle avait eues avec sa petite-fille, elle ne voulait pas démordre de cette idée... Briana avait tenté de lui expliquer que la fortune familiale n'existait plus, qu'elle s'était progressivement dispersée au fil des années mais en vain ! Margaret demeurait sur ses positions.

Pour elle, l'immense empire édifié par les Scholten et les Ivensen restait une réalité à laquelle elle s'accrochait désespérément.

Briana, comprenant que sa grand-mère préférait se nourrir d'illusions, ne cherchait plus à la raisonner. Elle laissait la vieille femme se bercer de rêveries et de souvenirs.

Lorsqu'elle eut déposé le plateau auprès de Margaret, elle décida enfin de lui parler du départ d'Erik. Comment réagirait-elle ? s'interrogea-t-elle, anxieuse.

Balayant ses appréhensions, elle bredouilla :

— Grand-mère... j'ai quelque chose à vous dire au sujet d'Erik...

Elle s'interrompit, s'efforçant de s'exprimer sans ambages :

— Il est parti à New York. En fait, il est allé vous voir ce matin mais vous vous reposiez. Il m'a donc chargée de vous faire ses adieux...

Margaret esquissa une moue courroucée.

— Ce Drake Rutledge n'est qu'un vulgaire arriviste ! siffla-t-elle entre ses dents. Tu vois comme il exploite ce pauvre Erik ! ajouta-t-elle, hors d'elle. L'envoyer à New York à la dernière minute !... Erik ne devrait pas se laisser faire.

Briana réprima une subite envie de sourire. Le parti pris de sa grand-mère contre Drake Rutledge était si manifeste !

— Erik a donné sa démission, commenta-t-elle en reprenant une expression empreinte de gravité.

— Je m'en réjouis, riposta Margaret.

— Mais pourquoi détestez-vous Drake Rutledge ? s'enquit Briana.

Une lueur presque haineuse éclaira les prunelles de Margaret. Elle marqua une imperceptible hésitation avant d'enchaîner :

— Tu étais trop jeune à l'époque pour t'en rendre compte, bien sûr, mais Drake s'est toujours mal conduit, exactement comme sa mère ! Elle était à notre service comme domestique et le jour où je l'ai congédiée, il, il...

Quand elle se tut Briana remarqua que le visage de sa grand-mère s'était assombri. Subitement Margaret paraissait très âgée et terriblement vulnérable.

Aussi loin qu'elle s'en souvenait, Briana avait toujours vu Margaret faire preuve d'autorité et d'initiative. Lorsque sa belle-fille était morte des suites d'une longue maladie, elle avait immédiatement pris les deux jeunes enfants en charge.

Le père d'Erik et de Briana vivait au manoir mais sa présence n'était que lointaine. Le regard absent, Frederik se plongeait dans d'interminables méditations tout en buvant un verre de rhum...

Briana se rappelait les moments bouleversants où son père sortait enfin de sa torpeur, retrouvant un peu de vivacité.

Alors il attirait sa fillette vers lui et lui murmurait tristement à l'oreille :

— Ne laisse jamais personne diriger ta vie à ta place. Suis tes émotions et les élans de ton cœur, ma chérie. N'oublie pas cela...

Sa voix contenait des inflexions douloureuses qui surprenaient Briana mais elle n'était pas en âge de questionner Frederick.

— Que disais-je ? répéta Margaret d'un air absent.

— Je ne sais plus... grand-mère, rétorqua Briana reprenant pied avec la réalité à son tour. Erik nous donnera des nouvelles dès qu'il se sera installé...

— Installé où ? demanda la vieille dame sans comprendre.

— A New York ! Il trouvera du travail, ne vous tourmentez pas sur ce point. Erik a d'excellentes relations dans les milieux financiers de Wall Street.

— Sans doute... articula Margaret en hochant la tête. Mais pourquoi Erik et toi cherchez-vous un emploi à tout prix ? Les actions de votre grand-père nous rapportent suffisamment pour vous dispenser de travailler, voyons !

Les actions avaient été vendues des années auparavant mais ce détail s'était évanoui de la mémoire de Margaret. Ne voulant pas l'embarrasser, Briana lui glissa d'une voix douce :

— Nous avons fait des études : autant qu'elles nous servent. Le monde a changé, grand-mère...

— Je m'en aperçois, ma chérie. Tu devrais te remarier, ajouta-t-elle en changeant de sujet. J'organiserai une garden-party pour célébrer ton retour et j'inviterai les plus beaux partis de la région.

Margaret avait-elle oublié que le jardin n'était plus qu'une prairie envahie par les mauvaises herbes ? Les massifs, jadis entretenus par le jardinier, les pelouses qui s'étendaient autour de la maison, avaient perdu tout leur attrait, songea Briana avec lassitude. Et puis il était hors de question de dilapider une fortune dans l'organisation d'une fête en plein air alors que les créanciers les harcelaient sans relâche.

Margaret refusait obstinément d'affronter la réalité ! s'avoua Briana attristée. La vieille dame avait dépensé des sommes fabuleuses pour entretenir des domestiques sa vie durant. Elle avait mené une existence somptueuse et n'admettait pas qu'il en soit autrement à présent...

Briana s'approcha de la fenêtre et écarta les rideaux d'un mouvement rapide. L'un des plus chers désirs de sa grand-mère était qu'elle se remarie, songea-t-elle.

A cette pensée une souffrance aiguë se raviva en elle. Son mariage avec Ricardo avait été un échec dont elle se remettait péniblement. Une fois son divorce prononcé, elle s'était juré de ne pas prendre le risque de revivre une autre déception sentimentale.

Depuis lors, elle fréquentait des jeunes gens, certes ! mais elle avait clairement établi dès le départ qu'il ne s'agirait que de relations amicales.

Son comportement avait intrigué son entourage lorsqu'elle se trouvait aux Etats-Unis. Chacun se plaisait à vanter son caractère agréable et sa séduction mais son attitude suscitait des commentaires étonnés. Pourquoi une jeune femme si attirante maintenait-elle de telles distances avec les hommes ?

Briana était seule à savoir qu'une terrible blessure la meurtrissait encore. Les années atténueraient ses déceptions. Mais pour oublier ce cauchemar si proche, elle n'avait trouvé qu'un unique remède : le travail...

Margaret qui l'observait, rompit enfin le silence qui s'était instauré.

— Tu travailles tant ma chérie ! Pourquoi t'obstines-tu à t'enfermer jour et nuit avec tous ces livres ?

— Mes recherches historiques me passionnent ! Et je tiens à obtenir mon doctorat... C'est très important pour moi, conclut Briana avec conviction.

— Comme tu ressembles à ton arrière-grand-père ! C'était un homme ambitieux. Il ne tenait pas en place. Dès qu'il avait réalisé un projet, il se lançait dans une autre aventure... en attendant la suivante.

Margaret qui avait pris un air réprobateur poursuivit :

— De nos jours les femmes mettent un point d'honneur à copier les hommes. Elles oublient leur féminité... Si Ricardo et toi aviez...

— Il y avait trop d'incompatibilités entre nous, l'arrêta Briana avec des accents désespérés. En ce qui concerne mes études, comprenez une chose, grand-mère : je finirai ma thèse coûte que coûte et j'enseignerai dès l'obtention de mon diplôme. Pas simplement par besoin d'indépendance mais parce que la pédagogie m'intéresse.

— Je ne te fais aucun reproche, ma chérie, déclara Margaret avec un sourire. Mais je m'inquiète un peu pour toi : tu ne relèves pas le nez de tes livres... Tu sais, l'échec de ton mariage ne te condamne pas au célibat pour le restant de tes jours... Tu es jeune et tu trouveras un homme charmant avec qui tu referas ta vie, décréta-t-elle en relevant ses mains ornées de bagues.

Sa grand-mère faisait preuve d'une certaine perspicacité, admit Briana avec une moue. Elle s'était repliée sur elle-même depuis sa douloureuse rupture avec Ricardo. Ses études avaient sans doute été un moyen de s'étourdir pour écarter le souvenir des moments si difficiles qu'elle avait traversés. Mais elle s'était prise d'une véritable passion pour l'histoire et ne concevait plus de renoncer à ses ambitions professionnelles.

Elle se remémora brusquement la période heureuse où elle s'était éprise de Ricardo, un homme doté d'un titre, nanti d'une fortune considérable et beaucoup plus âgé qu'elle.

Lorsqu'elle s'était mariée, Briana avait à peine vingt ans. Tous ses amis l'avaient enviée. Ricardo possédait un charme éblouissant. Malheureusement, elle avait rapidement découvert la face cachée de tant de prestance et d'assurance.

Peu de temps après la célébration de leur union, son mari s'était révélé brutal et cruel. La perversité de son caractère dominateur l'avait totalement désemparée.

Le cœur déchiré, Briana avait compris que sa romance prenait fin. Le prince charmant s'était brusquement transformé en un être cynique et despotique. Tout son univers s'était alors écroulé...

Elle s'efforça de repousser le flot de pensées moroses qui l'assaillait.

— Avez-vous terminé votre repas ? demanda-t-elle en observant le visage fatigué de la vieille dame.

— Oui... mais je serais ravie de boire une tasse de thé, ajouta Margaret en se redressant sur son siège.

— Ida vous l'apportera, rétorqua Briana en s'emparant du plateau. Voulez-vous que je vous mette un disque, offrit-elle soudain.

— Non, merci ma chère enfant. Le calme me reposera.

— A plus tard, alors.

Une fois sortie de la pièce, Briana se promit de discuter avec le médecin de famille de la santé de Margaret. Sa grand-mère paraissait si fragile! Ses traits, habituellement détendus, s'étaient flétris.

Sans doute Margaret souffrait-elle d'insomnies et d'un état de fatigue général provoqué par l'âge...

2

QUELQUES minutes plus tard, Briana regagna la bibliothèque. Elle avait hâte de compulser les archives familiales retraçant le passé de ses ancêtres. Les nombreux journaux intimes laissés par ses aïeuls, leur correspondance et les actes notariés lui permettaient de reconstituer leur existence glorieuse !

Elle s'affairait, sortant du secrétaire ancien des liasses de papier jauni par les années, lorsque la porte s'ouvrit. Ida apparut sur le seuil :

— Excusez-moi de vous déranger, Miss Briana mais un visiteur insiste pour voir Mme Ivensen. Je l'ai fait entrer dans le salon en attendant... Comme votre grand-mère se repose, j'ai pensé que vous accepteriez de le recevoir.

— Bien... s'il le faut, soupira Briana déçue de devoir interrompre le travail qu'elle venait à peine de commencer. Au fait, s'est-il présenté ?

— Oui, il s'appelle Rutledge.

— Drake Rutledge ?

— C'est cela !

Surprise, la jeune femme se reprit :

— Vous n'avez pas dû bien comprendre, Ida. Il vient certainement pour discuter avec Erik.

La servante hocha la tête en signe de dénégation.

— Mais non! Il voulait être reçu par Mme Margaret Ivensen.

— J'y vais alors! conclut Briana à contre-cœur.

Tandis qu'Ida s'éclipsait pour faire patienter leur hôte, Briana s'approcha du miroir ornant l'un des murs.

Son visage mutin, encadré d'une cascade de boucles blondes, arborait une expression contrariée. Elle essuya machinalement la poussière qui maculait ses joues et réfléchit.

Que diable Drake Rutledge venait-il faire au manoir? se questionna-t-elle tout en lissant ses mèches rebelles. Et pourquoi n'avait-il pas annoncé sa visite par téléphone?

Elle se sentait si peu présentable avec son jean délavé et son chemisier froissé! Dépitée de ne pas avoir le temps de changer de tenue, elle se rendit à regret dans le salon. Quand elle pénétra dans la pièce, elle s'était composée un air plus serein.

Le dos tourné à la porte, un homme élancé et à l'allure sportive, examinait l'un des bibelots de porcelaine posé sur la superbe cheminée de marbre.

— Monsieur Rutledge? Je suis la sœur d'Erik... Briana Ivensen, fit-elle en se dirigeant vers lui.

Lorsqu'il fit volte-face, elle aperçut immédiatement la longue cicatrice blanche qui montait de la commissure de ses lèvres jusqu'à sa tempe.

Interdite, Briana le contempla. Elle éprouvait le sentiment obscur de s'être déjà trouvée en sa présence... Mais où et quand ? se demanda-t-elle intérieurement.

Drake s'avança vers elle, la main tendue, et la salua cérémonieusement.

— Honoré de faire votre connaissance, Miss Ivensen.

Il accepta le fauteuil qu'elle lui offrait et s'assit sans mot dire.

— Je suppose que vous vouliez vous entretenir avec Erik, malheureusement, il n'est plus au manoir. Il est parti pour New York ce matin, annonça Briana pour rompre le silence.

— Ah bon ! commenta Drake manifestement peu intéressé par cette nouvelle. Quand reviendra-t-il ?

— Mon frère s'installe définitivement là-bas. Il vous écrira probablement pour obtenir une lettre de référence pour ses futurs employeurs.

— J'en doute ! répliqua Drake sèchement.

Briana continuait d'observer son interlocuteur. Elle s'était fait une autre idée du patron d'Erik, s'avoua-t-elle encore sous le coup de la surprise.

Elle l'avait imaginé plus âgé et s'attendait à le voir habillé comme un homme d'affaires traditionnel. Mais elle se trouvait devant un homme d'une trentaine d'années, à la stature impressionnante et extrêmement séduisant... songeat-elle en le détaillant.

Drake Rutledge portait une veste de daim négligemment jetée sur ses épaules. Sa chemise à fines rayures bleues s'harmonisait avec la teinte plus sombre de son pantalon de velours à la coupe irréprochable.

Quand elle croisa le regard acéré de son visiteur, elle se hâta d'expliquer :

— Ma grand-mère fait la sieste. Alors, que puis-je faire pour vous, monsieur Rutledge ?

— Me donner une simple information sur la date de votre départ.

A cette question, Briana écarquilla les yeux, visiblement surprise.

— J'ai dû mal me faire comprendre. Grand-mère et moi n'irons pas rejoindre Erik à New York. Nous restons au manoir, précisa-t-elle d'une voix au timbre mélodieux.

Perplexe, Drake fronça les sourcils.

— Votre frère ne vous a pas mis au courant de notre... arrangement ? lança-t-il d'un ton incrédule.

Soudain une angoisse diffuse envahit Briana. Que signifiait le commentaire de Drake ?

— Erik m'a simplement dit qu'il vous avait donné sa démission parce que son travail ne l'intéressait plus assez...

Drake Rutledge marqua une imperceptible hésitation avant de se lever de son fauteuil. Puis il arpenta la pièce de long en large et se retourna brusquement pour examiner les traits de la jeune femme.

— Vous l'avez renvoyé, n'est-ce pas ? fit-elle de plus en plus troublée.

— Oh, quel lâche ! siffla-t-il entre ses dents.

La violence contenue de Drake la fit tressaillir.

— Je vois... constata-t-elle avec un soupir accablé. Vous avez licencié Erik !

Le mutisme de Drake la renforça dans sa conviction.

— Cette nouvelle ne me surprend pas vraiment, reprit-elle aussitôt. Je m'attendais à quelque chose de ce genre. Que s'est-il passé au juste ?

— Votre frère ne s'est pas contenté de fournir des excuses systématiques pour s'absenter du bureau, il...

Drake qui s'était interrompu pour fouiller dans sa poche en sortit un papier qu'il tendit à Briana.

— Lisez, ordonna-t-il.

D'une main légèrement tremblante Briana saisit le document qu'elle parcourut rapidement. Lorsqu'elle eut achevé sa lecture, son visage s'était décomposé sous l'effet de l'émotion.

— Erik... vous cède tout droit de propriété sur le manoir et sur le mobilier ? bredouilla-t-elle. Mais c'est invraisemblable ! conclut-elle en toisant Drake. Je ne comprends pas...

— Ainsi votre frère ne vous a avertie de rien ? coupa Drake, les sourcils froncés.

— Non.

— Et il n'a rien dit non plus à votre grand-mère ?

— Certainement pas ! affirma Briana bouleversée. Il est parti si vite ce matin...

L'étrange comportement d'Erik s'expliquait enfin, se prit à songer Briana, réprimant avec peine son désarroi devant son visiteur.

— Erik ne m'a fourni aucun éclaircissement, enchaîna-t-elle à voix haute. La demeure lui revenait par héritage, c'est vrai, admit-elle, le cœur lourd. Mais j'étais loin de penser qu'il vous en ferait don.

— Il ne s'agit pas d'un don, trancha Drake.

— Ecoutez... commença Briana.

Drake l'arrêta d'un geste autoritaire.

— Je tiens à voir Mme Ivensen le plus vite possible. Je veux la mettre au courant moi-même.

— Non! articula Briana d'un ton catégorique. Grand-mère a le cœur fragile. Il est hors de question de lui apprendre cette nouvelle sans ménagement. Le manoir représente tant pour elle...

En dépit de ses tentatives pour faire bonne figure, Briana parvenait difficilement à dissimuler la panique qui la gagnait.

Que s'était-il donc passé entre Erik et Drake ? se questionnait-elle, livide. Pour quelle étrange raison Erik avait-il apposé sa signature au bas de ce document ?

— Autant vous avouer la vérité, reprit Drake après une pause. Votre frère a détourné une somme colossale appartenant à ma compagnie. Quand je m'en suis rendu compte, il m'a supplié de ne pas le traîner devant la justice et m'a proposé la maison en échange de mon silence, pour couvrir ses dettes... déclara Drake avec fermeté.

Briana, les paupières closes, s'efforçait de reprendre ses esprits. La révélation de Drake la terrassait.

Quelques secondes plus tard une brusque indignation s'empara d'elle. Dieu sait si elle connaissait le caractère d'Erik ! N'avait-elle pas eu trop souvent l'occasion de juger de son irresponsabilité ? Malheureusement, le vol qu'il avait commis dépassait le cadre d'un simple enfantillage.

Quand elle ouvrit les yeux, Drake l'observait avec sollicitude comme s'il avait redouté de la voir s'évanouir.

Elle esquissa un pâle sourire qui s'estompa aussitôt. Son regard venait de s'arrêter sur la longue balafre qui barrait la joue de Drake. Un souvenir fugace émergea alors du fond de sa mémoire.

L'espace d'un éclair elle crut revoir son père, Frederik, brandissant une cravache de cuir devant un garçonnet terrorisé. Mais cette image fugitive s'effaça très vite.

— Qu'y a-t-il ? demanda Drake.

— Rien... J'ai cru que... Mais je m'étais trompée, affirma-t-elle convaincue d'avoir été le jouet de son imagination.

— Votre frère n'a pas brillé par son courage. Il ne vous a donc rien dit ! articula Drake d'une voix vibrante de colère.

— Excusez-moi, murmura Briana en se relevant de son fauteuil. Je vais réfléchir. Je contacterai le médecin de ma grand-mère pour qu'il lui prescrive des calmants pour l'aider à surmonter le choc et je vous téléphonerai demain, conclut-elle tristement.

— Entendu ! Vous pourrez me joindre sans problème à mon bureau. J'y serai toute la journée.

— Dois-je vous raccompagner ?

— Non, je vous en prie... Je connais le chemin.

Après avoir échangé des adieux rapides avec la jeune femme, Drake traversa le hall d'un pas souple et referma la porte derrière lui.

Atterrée par la situation Briana s'appuya contre le chambranle. Désormais plus rien ne leur appartenait : ni la maison ni le mobilier somptueux qui s'y trouvait...

Comment apprendrait-elle cette terrible nouvelle à Margaret ? Incapable de supporter davantage l'atmosphère oppressante du manoir, elle sortit à son tour.

Quand elle fut dans le jardin, Briana se dirigea vers l'ancienne grange transformée en garage. Les clefs de sa voiture étaient sur le tableau de bord. Elle s'installa au volant et démarra en trombe.

Après avoir quitté le flanc de *Denmark Hill*, elle prit la direction de la mer. Quelques minutes plus tard, elle garait son véhicule près du vieux fort et claquait violemment sa portière.

Briana déambula un long moment au milieu des touristes qui circulaient parmi les échoppes regorgeant d'objets artisanaux et de souvenirs.

Puis elle contempla les bateaux oscillant au gré
des vagues dans le port.

Mais le brouhaha des passants accroissait son
malaise. Le cœur serré elle s'éloigna lentement
pour marcher en direction de la digue.

Elle enviait l'insouciance des promeneurs
bavardant avec entrain. Leurs visages souriants
lui faisaient apparaître plus dramatiques encore
ses propres tourments.

L'air caressait doucement ses joues. Elle s'assit sur le muret de pierre, perdue dans ses
pensées.

L'essentiel était de tenir caché à sa grand-
mère le détournement de fonds commis par Erik,
se dit-elle tout en suivant du regard le vol des
oiseaux de mer. Mais comment parviendrait-elle
à lui dissimuler cette lamentable affaire ?

Quelles explications lui fournirait-elle pour
justifier ce déménagement précipité ? Elle évoqua un instant la frêle silhouette de Margaret.
L'âge n'avait pas entamé sa force de caractère
mais la demeure où elle avait vécu pendant
cinquante ans demeurait son seul lien avec le
passé... Abandonner la maison risquait de lui
porter un coup fatal, soupira Briana en proie à
une incommensurable détresse.

Elle céda brusquement à la colère. L'incroyable lâcheté d'Erik l'indignait. A plusieurs
reprises au cours des dernières semaines, elle
s'était étonnée de le voir dépenser tant d'argent.

Il disparaissait des soirées entières au casino
et achetait des vêtements provenant de bouti-
ques luxueuses. Avec une naïveté qu'elle jugeait

stupéfiante maintenant, elle avait cru que son patron lui octroyait un salaire princier...

Mais elle s'était totalement fourvoyée! Erik avait dilapidé une fortune, certes, mais les fonds appartenaient à la *Rutledge Corporation*...

Il avait donc disparu à la hâte en les laissant sans un sou! Pas une seconde, il ne s'était préoccupé de savoir comment elles parviendraient à se sortir d'embarras.

Le sang de Briana bouillait à cette idée. Et pire que tout encore, il lui faudrait affronter Drake Rutledge... Cette perspective la faisait frémir d'avance.

D'emblée, elle avait compris que Drake n'était pas homme à accepter les compromis ou à faire preuve de la moindre sensibilité.

Le sort des trois femmes vivant au manoir était le dernier de ses soucis! En d'autres circonstances, Drake aurait pu la fasciner, songeat-elle aussitôt. Il ne manquait ni de charme ni de séduction mais son air impassible, son étrange froideur l'avaient désarçonnée.

Une subite pensée lui traversa l'esprit : pourquoi n'avait-il pas envoyé son homme de loi au lieu de se déplacer? Curieusement, elle avait eu l'impression qu'il voulait voir Margaret.

Cherchait-il à se venger? Mais de quoi? se demandait-elle inlassablement...

L'entretien qu'il avait eu avec Briana Ivensen, n'avait pas apporté à Drake le résultat escompté. Une fois au volant de sa voiture, il décida de quitter les artères de la ville et obliqua en direction de la côte.

Pensif, il conduisait avec des gestes nerveux, son visage dépouillé de l'arrogance qu'il affichait quelques instants plus tôt.

Sa déception en apprenant qu'il ne pourrait voir Margaret Ivensen avait fait place à un sentiment de vive surprise quand il avait aperçu Briana. Ne s'était-il pas attendu à trouver une jeune femme à l'aspect hautain et quelque peu méprisant ?

Quelle n'avait pas été sa stupéfaction en voyant pénétrer dans le salon, une personne si peu conforme à ce qu'il avait imaginé...

Briana avec son pantalon maculé de poussière, ses vêtements simples, et son allure presque juvénile, l'avait subitement ému.

Il avait réprimé une irrésistible envie de la tenir entre ses bras et d'enfouir ses mains parmi la masse de boucles dorées qui auréolaient son visage.

Une autre surprise l'attendait quand il avait compris qu'Erik s'était enfui de Saint-Thomas sans plus d'explications. Une attitude peu digne d'un aristocrate ! s'avoua-t-il en accélérant l'allure.

Bien sûr, on pouvait craindre le pire de la part d'Ivensen ! songea-t-il de nouveau en scrutant la route qui défilait devant lui en un long ruban argenté. Sans doute le petit-fils de Margaret avait-il redouté la réaction de sa grand-mère et avait préféré disparaître sans affronter ses reproches.

Drake se rappelait à quel point l'autorité dont faisait preuve Margaret impressionnait son

entourage, y compris sa famille. Dans ses souvenirs, elle paraissait avoir droit de vie et de mort
sur ses proches. Et Drake l'avait haïe de toutes
ses forces...

Il alluma sa pipe tout en conduisant et inhala
longuement la fumée. Après avoir arrêté le
moteur de son coupé, il demeura songeur pendant un interminable moment, observant les
reflets bleutés de la mer en contrebas.

De nouveau, il se remémora son douloureux
passé et l'acharnement des Ivensen à détruire sa
mère. Il tenait Frederik responsable de la mort
de cette dernière...

A quatorze ans, il s'était retrouvé orphelin. Sa
sœur aînée avait accepté l'argent offert par les
Ivensen qui cherchaient subitement à apaiser
leur conscience. Mais Drake ne leur avait jamais
pardonné cette horrible tragédie. Rien ne pourrait jamais atténuer le ressentiment qu'il leur
vouait.

Sa sœur, Ruth, avait traversé de bien dures
épreuves par la suite. Elle s'était mariée avec un
homme instable qui l'avait quittée en lui laissant l'entière charge de leur fillette.

Ruth était parvenue à trouver un emploi et à
élever son enfant tant bien que mal. Mais Patty,
à présent adolescente, lui causait beaucoup de
souci. Drake se dit qu'il lui faudrait sans tarder
prendre sa nièce en main afin de lui éviter de
commettre des sottises...

Dès son réveil, après une nuit agitée, Briana
composa le numéro de l'hôtel Bel-Air appartenant à Drake.

Une standardiste la mit aussitôt en ligne avec le bureau du directeur. Sans s'embarrasser d'inutiles préambules, la jeune femme interrogea Drake :

— Pourrais-je vous voir aujourd'hui ?

— Oui, prononça la voix grave qu'elle reconnut immédiatement. Où voulez-vous que nous nous donnions rendez-vous ? Chez vous ou à mes bureaux ?

Briana qui réfléchissait marqua une légère hésitation.

— Je préfère vous rencontrer en ville si vous n'y voyez pas d'inconvénient.

— Alors je vous attendrai à midi et demi au *Sébastian*.

— Entendu, conclut-elle en raccrochant.

Le restant de la matinée se déroula dans un tourbillon d'activités pour Briana. Quand elle vérifia l'heure à son bracelet-montre, elle constata subitement qu'il était temps de se préparer pour son entretien avec Drake.

Elle regagna sa chambre et revêtit un ensemble de lin beige rehaussé par une écharpe de soie aux couleurs vives. Lorsqu'elle eut relevé ses cheveux en un chignon, elle examina son reflet dans le miroir de la coiffeuse ancienne.

Cette fois-ci, elle n'avait plus rien de la sauvageonne que Drake avait eu l'occasion de rencontrer lorsqu'il avait fait irruption à l'improviste au manoir, se dit-elle rassurée.

Elle monta à bord de sa voiture et se dirigea vers les avenues animées du centre de Charlotte Amalie. Quand elle pénétra dans la salle de restaurant du *Sébastian*, un garçon la guida jusqu'à la table réservée par Drake.

Elle s'y installa et contempla le paysage superbe qui surgissait derrière l'immense baie vitrée. Le soleil faisait miroiter la surface agitée de la mer. Elle détourna le regard de la fenêtre et vit la silhouette massive de Drake se détacher dans l'embrasure de la porte à double battant.

Comme il traversait la salle pour la rejoindre, il s'arrêta pour saluer des connaissances. Elle eut alors tout loisir de l'observer.

Il portait un costume sombre qui lui allait à merveille. Son teint hâlé et la souplesse de ses mouvements laissaient supposer qu'il était rompu à la pratique des sports en plein air.

Lorsqu'il inclina légèrement la tête, elle remarqua de nouveau le long sillon qui barrait sa joue. Mais cette cicatrice, loin de le rendre disgracieux, ajoutait au contraire une note de mystère à son physique fascinant.

Avec un geste amical de la main, il quitta ses amis et s'avança en direction de Briana. Leurs yeux se croisèrent.

Pendant une fraction de seconde, elle tressaillit comme une enfant prise en faute. Espérant que son subit embarras avait échappé à Drake, elle s'efforça de reprendre un air détaché.

— Bonjour, Briana, comment allez-vous? demanda-t-il avec courtoisie.

— Beaucoup mieux, monsieur Rutledge, déclara-t-elle masquant à grand-peine sa mauvaise humeur.

— Je vous en prie, appelez-moi Drake, insista-
t-il.

Puis il s'assit en face d'elle et saisit la carte que
le serveur lui tendait. Briana se réjouit de cet
intermède et décida d'attendre la fin du repas
pour entreprendre une conversation plus
sérieuse avec son compagnon.

Le garçon prit leur commande et s'éloigna
discrètement. La présence de Drake l'irritait, se
surprit-elle à songer. Elle sentait une angoisse
sourde l'envahir.

Tentant de faire taire son hostilité latente, elle
l'interrogea d'une voix peu assurée :

— Avez-vous l'intention d'habiter le manoir ?

Un sourire éclaira le visage de Drake.

— Oh, certes non. Je vis sur l'île de Saint-John
et je n'ai pas envie d'être dérangé sans arrêt par
mes collaborateurs en m'installant sur Saint-
Thomas, si près de mon lieu de travail...

Drake avait-il repoussé des rendez-vous
urgents pour la retrouver au *Sébastian* ? se dit-
elle silencieusement.

— Je suppose que vous êtes très pris par vos
activités professionnelles, bredouilla-t-elle. J'aurais dû me rendre dans vos bureaux plutôt que
de vous faire déplacer jusqu'ici.

— Je suis ravi de déjeuner dans un cadre aussi
agréable et en aussi charmante compagnie,
lança-t-il en retour.

Briana se tut. La réplique de Drake l'avait
surprise. Cherchait-il à rompre les hostilités ?

— La vente de la maison vous permettra de
récupérer l'argent détourné par mon frère,

reprit-elle pensive. En fait, elle est en fort mauvais état, faute d'avoir été entretenue correctement ces dernières années mais le mobilier contient des pièces uniques et très prisées par les antiquaires.

— Je ne connais rien aux antiquités, avoua Drake. Je ferai estimer la valeur du manoir et des meubles par un expert.

Il s'interrompit un instant avant de poursuivre :

— J'ai pensé transformer cette demeure en musée. Une fois restaurée, je l'ouvrirai au public. Elle fait partie du patrimoine historique de nos îles, ne croyez-vous pas ?

Briana acquiesça de la tête.

— Oui, prononça-t-elle gravement. J'ai choisi de retracer le passé des Iles Vierges, comme sujet de thèse de doctorat. L'histoire de notre région me passionne vraiment. Votre initiative me paraît tout à fait digne d'intérêt...

Le serveur leur apporta les hors-d'œuvres qu'ils mangèrent en silence. Soudain Drake s'arrêta pour questionner sa compagne :

— Que ferez-vous lorsque vous aurez obtenu votre diplôme ?

— J'aimerais enseigner, rétorqua-t-elle en le dévisageant.

Elle posa ses couverts sur son assiette, hésitant encore à aborder le sujet qui l'avait tenue éveillée la nuit précédente. Comment Drake réagirait-il lorsqu'elle lui soumettrait son projet ? se demanda-t-elle, dévorée par l'inquiétude. Mais, balayant ses craintes, elle affronta son regard aigu.

— Mes recherches et la rédaction de ma thèse me prendront environ un an. J'ai donc décidé de trouver un emploi pour subvenir à mes besoins pendant toute cette période. Alors, j'ai pensé, du moins j'espère que... que vous me permettrez de rester dans la maison... balbutia-t-elle. Si vous acceptez de retarder les travaux de restauration, je vous paierai un loyer. Cet arrangement éviterait à ma grand-mère un déménagement qui lui serait fort pénible, comprenez-vous ? interrogea-t-elle.

Imperturbable, Drake continuait à l'observer. Machinalement, il se frotta la joue, laissant courir ses doigts le long de sa cicatrice.

— Vous m'avez dit que Mme Ivensen n'était pas en très bonne santé. Qu'a-t-elle au juste ? demanda-t-il d'une voix neutre.

— Elle a le cœur fragile et des problèmes artériels dus à l'âge. Je me suis beaucoup tourmentée pour elle depuis quelque temps ; elle paraissait très fatiguée, répondit-elle.

Lorsque le garçon revint avec un homard à l'américaine, ils interrompirent leur conversation et dégustèrent sans mot dire leur plat.

Puis, de nouveau, Drake releva la tête.

— Avez-vous parlé du manoir à Mme Ivensen ? questionna-t-il d'un ton sec.

— Non...

— Je présume que vous éviterez d'aborder

cette question avec elle si vous pouvez vous en dispenser ?

— Exactement, avoua-t-elle dans un élan spontané.

Drake se mit à rire.

— Vous ne ressemblez pas à votre frère, admit-il en hochant la tête. Le sort de votre grand-mère ne l'a pas beaucoup tracassé !

Briana qui s'était sentie rougir ne put s'empêcher d'ajouter :

— Je n'essaierai même pas de prendre la défense d'Erik. Ce qu'il a fait est inexcusable. Malheureusement, je suis obligée d'assumer les problèmes qu'il a provoqués.

Elle constata que Drake ne lui avait pas donné de réponse sur la location.

— Acceptez-vous de me louer la maison ? insista-t-elle de nouveau.

— J'y réfléchirai.

Drake refusait manifestement de prendre une décision hâtive, se dit-elle contrariée par sa réplique vague.

Durant tout le reste du repas, il parla de choses et d'autres. Lorsqu'il eut achevé sa tasse de café, il interrogea brusquement Briana.

— Avez-vous des projets pour l'après-midi ?

— Non, rétorqua-t-elle intriguée par sa question inattendue.

— Alors, venez ! l'encouragea-t-il en se levant.

Elle le suivit jusqu'à la sortie, attendant qu'il lui explique ses intentions. Il la prit par le bras pour l'aider à descendre les marches donnant sur la rue. Un frisson la parcourut.

— J'aimerais vous emmener chez moi pour vous faire rencontrer ma sœur et ma nièce... déclara Drake d'un ton affable.

3

B RIANA s'arrêta net pour scruter le visage de
son compagnon. Pourquoi lui faisait-il
une suggestion aussi étrange ? s'interrogea-t-elle, abasourdie.

— Je... j'avais cru comprendre que vous habi-
tiez à Saint-John, bégaya-t-elle.

— Effectivement, mais un ferry effectue une
traversée toutes les heures.

— Pourquoi voulez-vous me présenter votre
sœur et votre nièce ?

— Je vous expliquerai tout ceci en détail plus
tard, marmonna-t-il en faisant quelques pas sur
le trottoir.

Perplexe, Briana demeurait immobile.

— J'irai avec vous. C'est entendu, acquiesça-
t-elle après un instant de réflexion. J'aimerais
téléphoner à ma grand-mère d'abord. J'ai un
message urgent à lui laisser.

— Parfait ! Je dois appeler ma secrétaire également, lança-t-il en l'entraînant par le bras.

Elle se laissa guider docilement, incapable de
saisir le rapport entre sa proposition et la

requête de Drake. Mais, après tout, elle n'avait pas le choix, songea-t-elle résignée.

Décliner sa curieuse suggestion risquait de lui déplaire et de l'inciter à ne pas lui louer le manoir... Chose qui serait catastrophique !

— Allons téléphoner ! Il y a une navette qui part dans une demi-heure, déclara Drake.

Lorsqu'ils arrivèrent devant le bateau dont la coque blanche miroitait au soleil, un coup de sirène déchirait l'air. Ils s'empressèrent de monter à bord et déambulèrent parmi les touristes qui, appareils de photo en bandoulière, se penchaient au-dessus du bastingage pour admirer la transparence bleutée de l'eau.

Quelques secondes plus tard, le navire quittait l'embarcadère dans un jaillissement d'écume. Des femmes du pays, les bras encombrés de panier d'osier, bavardaient avec animation.

Tout autour d'eux les voilures frémissantes des embarcations se détachaient sur le ciel limpide. Briana et Drake admirèrent pendant un long moment le jeu des vagues scintillantes. La masse sombre des îles se détachait nettement sur la ligne de l'horizon.

Briana, le visage offert à la caresse du vent, retrouvait peu à peu une sensation de bien-être.

— J'aime tellement cet endroit, prononça-t-elle en se retournant vers Drake. Lorsque j'étais aux Etats-Unis, j'avais le mal du pays. Je pensais sans cesse aux îles. Il me tardait de revenir !

Les traits de Drake s'éclairèrent d'une lueur de compréhension.

— Comme je vous comprends! Après avoir achevé mes études secondaires j'ai voulu aller tenter ma fortune sur le continent, à Miami... Mais six mois plus tard, j'étais de retour! déclara-t-il avec un petit rire. Depuis j'ai redécouvert l'extraordinaire beauté des caraïbes et pour rien au monde je ne m'en éloignerais.

Briana qui par inadvertance venait de frôler le corps musclé de son compagnon, tressaillit. Elle recula aussitôt, s'efforçant de masquer le trouble qui l'avait saisie.

— Venez vous asseoir, fit Drake en lui montrant la rangée de sièges non loin d'eux.

Ils s'installèrent parmi les passagers et se laissèrent bercer par le doux mouvement des flots. A demi somnolente, Briana ferma les paupières. L'air marin atténuait la chaleur de l'après-midi. Ses boucles soulevées par le souffle de la brise formaient un casque lumineux autour de ses tempes hâlées.

Briana savourait la paix de cet instant comme une précieuse accalmie. Le cri des oiseaux se mêlait au bruissement des vagues heurtant la coque du ferry. L'atmosphère paraissait presque fééérique, se dit-elle sentant le sommeil la gagner.

Involontairement, sa tête vint s'incliner sur l'épaule de Drake. Prenant garde à ne pas bouger, il laissa errer son regard sur le visage assoupi de la jeune femme...

Quand elle ouvrit les yeux et sortit de sa torpeur, le bateau approchait de *Cruz Bay*. Spontanément elle rendit à Drake le sourire qu'il lui adressait puis reprit sa réserve.

Elle avait cru déceler une étincelle admirative dans les prunelles de Drake. Ses lèvres minces esquissaient une moue sensuelle. Embarrassée, elle détourna les yeux et se leva.

Elle ne connaissait Drake que depuis quelques heures, se dit-elle en tentant de réprimer l'émoi qui l'étreignait. La veille encore, il n'était qu'un simple étranger dont la visite impromptue l'avait bouleversée.

Mais force lui était d'admettre qu'il se dégageait de toute sa personne une étonnante impression de vitalité. La parfaite aisance de ses manières, s'alliant à une évidente séduction, le rendait étrangement attirant, ne put-elle s'empêcher de s'avouer, le bras appuyé contre le bastingage.

Le ferry qui amorçait ses manœuvres d'accostage, fendait les eaux sombres de la baie. Drake se tenait derrière Briana et observait sans mot dire le paysage.

Subitement déséquilibrée par un mouvement brutal du navire, elle alla heurter son compagnon qui la retint contre lui. Les doigts de Drake s'attardèrent sur son dos, suivant la courbe de ses hanches.

Le cœur battant, elle s'écarta, fuyant son étreinte.

— Excusez-moi, murmura-t-elle les joues écarlates. J'ai perdu l'équilibre.

Quand Drake sortit de son silence, les inflexions de sa voix étaient chargées de douceur.

— Je me suis souvent demandé quel genre de

femme vous deviendriez mais je ne m'attendais pas à voir quelqu'un d'aussi ravissant, avoua-t-il avec émotion.

Pourquoi parlait-il d'elle comme s'il l'avait connue auparavant ? se demanda Briana, interloquée. Mais soudain elle se souvint de ce que lui avait raconté sa grand-mère.

La mère de Drake avait été au service des Ivensen et sans doute, Drake, dans sa jeunesse, avait-il eu l'occasion de se rendre au manoir. Il avait certainement croisé la fillette qu'elle était alors...

— Si nous continuons à bavarder, le ferry va nous ramener à notre point de départ, dit-elle d'un ton rieur. Nous ferions mieux de descendre à terre.

Les passagers s'étaient éclipsés. A leur tour, ils s'avancèrent vers la passerelle de bois donnant sur le ponton.

Une fois sur leur quai, Drake précisa à l'adresse de Briana :

— Je garde une voiture en permanence ici, je la gare près de l'embarcadère. Cela m'évite de déranger qui que ce soit lorsque je rentre à l'improviste.

La Pontiac décapotable de Drake stationnait devant une petite boutique de souvenirs. Alors qu'il s'apprêtait à ouvrir la portière, une femme assez âgée et aux formes généreuses apparut sur le seuil du magasin.

— Bonjour Drake ! Ça va ? l'interpella-t-elle d'un air chaleureux.

— Mais oui, Dodie. Comment allez-vous ?

— Pas mal ma foi ! Oh, quand je m'ennuie, je mets la clé sous le paillasson et je vais faire une promenade. Ça me détend...

— Quelle chance vous avez, vous autres commerçants ! lança-t-il avec malice.

— Faites comme moi, rétorqua Dodie sur un ton enjoué. Qu'est-ce qui vous en empêche ?

— Bon, j'y réfléchirai sérieusement ! trancha-t-il en la saluant d'un geste amical de la main.

Briana se glissa sur le siège avant tandis que Drake s'installait au volant. Il mit le moteur en route et s'éloigna du quai.

Quelques minutes plus tard, ils laissaient derrière eux les petites maisons de pêcheurs et s'engageaient sur une route surplombant la mer.

En contrebas, ils apercevaient l'immense étendue de sable doré où les vagues venaient mourir. Grâce à un décret transformant les trois quarts de l'île en un parc national, Saint-John n'avait rien perdu de sa beauté sauvage. Le monde moderne n'avait pas entamé l'extraordinaire splendeur de cet îlot des Caraïbes, véritable paradis de calme et de verdure.

A travers la vitre entrouverte, Briana contemplait la luxuriance de la végétation où des myriades de fleurs aux corolles chatoyantes apparaissaient parmi les plantes tropicales.

— C'est la première fois que je reviens à Saint-John depuis mon retour au pays. Rien n'a changé, déclara-t-elle sortant de son mutisme.

Drake lui jeta un rapide coup d'œil.

— Nous avons des problèmes de ravitaillement en eau potable et l'électricité ne marche

pas toujours correctement mais ces inconvé-
nients sont mineurs en comparaison de tous les
autres avantages : la tranquillité et un mode de
vie si reposant. Mais ma nièce Patty n'est pas de
mon avis... L'isolement lui pèse ! conclut-il avec
un soupir.

Lorsque Briana l'observa, elle remarqua le pli
soucieux qui barrait son front.

— Quel âge a-t-elle ?

— Dix-sept ans. Elle va à l'école sur Saint-
Thomas mais s'y ennuie. Bref elle traverse une
période difficile.

Drake s'était interrompu, peu désireux de
continuer à parler de sa nièce. Afin de relancer la
conversation Briana le questionna :

— Votre sœur aime-t-elle vivre ici ?

— Oh oui, énormément. Après toutes les
épreuves qu'elle a endurées elle apprécie d'autant plus le calme de l'île. Elle adore jardiner,
lire et passe des journées entières à nager. En
fait, tout irait pour le mieux pour elle, si Patty
lui causait moins de soucis, expliqua Drake d'un
trait. Ma sœur Ruth a élevé sa fille seule,
commenta-t-il de nouveau. Son mari l'a quittée
alors que leur enfant était encore très jeune.

Briana hocha la tête. L'espace d'un bref instant elle se remémora son union avec Ricardo :
leur bonheur avait été si éphémère ! Très vite les
discordes avaient entamé l'harmonie de leurs
relations et l'avaient plongée dans un désarroi
dont elle se remettait difficilement.

Elle aussi avait ressenti l'irrépressible besoin
d'oublier sa détresse. Comme Ruth elle avait

souhaité se distraire de sa mélancolie. Mais quelque chose s'était brisé en elle, une joie de vivre, une innocence qu'elle ne retrouverait plus jamais.

— Il faut sans doute être né sur l'île pour en apprécier le charme, déclara-t-elle d'une voix à peine audible. Mais Patty s'y habituera certainement, vous ne croyez pas ?

— Je ne sais pas... rétorqua Drake, le regard rivé sur le ruban sinueux de la route. Rien ne lui plaît. Etiez-vous aussi insatisfaite à dix-sept ans ? demanda-t-il brusquement.

Songeuse, elle évoqua le passé, tentant de faire resurgir de sa mémoire des souvenirs déjà lointains.

— Si je m'en souviens bien, je voulais partir pour continuer mes études supérieures mais, en même temps, j'avais le cœur déchiré à l'idée de m'éloigner de Saint-Thomas, confessa-t-elle. Pourtant, j'étais sûre de revenir définitivement vivre ici...

— Etrange puisque vous avez épousé un Espagnol, n'est-ce pas !

Briana esquissa un geste vague de la main.

— Dès mon divorce, j'ai repris mes études dans l'espoir de revenir ici le plus vite possible.

Drake évita de la questionner davantage sur son mariage, comme s'il avait perçu la répugnance de sa compagne à aborder un épisode aussi douloureux de son existence.

— Nous sommes arrivés, déclara-t-il en désignant une propriété bordée de murs de pierre.

Il s'arrêta devant un portail de fer forgé

flanqué de deux piliers sculptés. Puis après avoir
ouvert le vantail, il engagea sa voiture le long
d'une allée sablonneuse.

— Nous sommes vraiment tranquilles ici,
ajouta-t-il le sourire aux lèvres. D'un côté il y a la
baie de *Saphir*, de l'autre le parc national.
Personne ne nous dérange !

Bientôt Briana aperçut une maison à deux
étages nichée dans la verdure. Une sorte de
véranda courait le long de la façade et deux ailes
jouxtaient le corps principal.

Les fenêtres étaient ornées de vitraux. La
demeure, visiblement ancienne avait été restaurée et conservait un caractère désuet qui charma
immédiatement la jeune femme.

Des pelouses soigneusement entretenues
entouraient la bâtisse.

— C'est superbe ! s'écria-t-elle, admirant les
massifs de fleurs.

— Oui, reconnut Drake avec simplicité. J'ai
acheté cette bâtisse dès que mes moyens m'ont
permis de le faire. Je passais souvent devant
lorsque j'étais enfant. J'avais toujours rêvé de
l'habiter un jour et mon rêve s'est réalisé... Il m'a
fallu un an de travaux pour la remettre en état.
La vieille femme qui l'habitait auparavant
l'avait laissée à l'abandon.

Lorsqu'elle pénétra à l'intérieur, elle fut frappée par la luminosité des pièces. Drake la fit
entrer dans un salon confortable.

Quelques secondes plus tard, une femme d'âge
moyen fit son apparition.

— Je vous présente notre intendante, Greta James, prononça-t-il.

Briana répondit avec un sourire au hochement de tête rapide de l'arrivante.

— Où sont Ruth et Patty ? interrogea Drake.

— Votre sœur doit être derrière la maison, dans le jardin et Patty est allée se baigner dans la baie, rétorqua Greta.

— Pourrez-vous nous préparer des boissons fraîches ? En attendant, nous rejoindrons Ruth, commenta Drake en s'effaçant devant Briana.

Ils traversèrent le hall spacieux et arrivèrent dans un patio ouvrant sur la verdure. Une femme approchant de la quarantaine, allongée dans un transat, lisait un livre.

En entendant le bruit de leurs pas, elle releva la tête. Une expression cordiale éclaira son visage hâlé. Ses cheveux coupés courts lui donnaient un air juvénile.

— Drake ! lança-t-elle en regardant son frère avec étonnement. Je ne t'attendais pas de si bonne heure.

— Je sais. Mais je voulais te présenter une... amie, fit-il en marquant une légère hésitation. Briana Ivensen... Ruth Heyward, déclara-t-il en finissant les présentations d'usage.

Ruth qui s'était levée, échangea une poignée de main avec Briana.

— Vous êtes la fille de Frederik Ivensen ? questionna-t-elle avec curiosité.

Briana acquiesça, embarrassée par le coup d'œil inquisiteur de Ruth. Elle demeura immobile, ne sachant plus que dire. A cet instant Greta arriva, chargée d'un plateau encombré de verres et de carafes.

Elle leur versa des jus de fruits glacés et s'éclipsa discrètement. Briana qui s'était assise sur un siège de rotin recouvert de coussins fleuris dégustait sa boisson en silence.

Elle sentait le regard de Ruth la détailler.

— Comprenez ma surprise, déclara cette dernière en s'adressant à Briana. Mon frère n'a pas pour habitude de quitter son travail en plein après-midi pour rentrer à la maison. Je n'en reviens pas ! Généralement, il faut le supplier pour qu'il consente à abandonner son bureau. Vous connaissez son vice : le travail !

Briana voulut rectifier la méprise de Ruth.

— En fait, nous nous sommes rencontrés hier... lui précisa-t-elle aimablement.

— Oh ! Je...

Ruth se tut, continuant à observer la visiteuse avec une expression intriguée.

Drake intervint d'un ton badin.

— Ecoute, Ruth, je t'expliquerai tout cela plus tard. Essaie de ne pas me faire passer pour un obsédé du travail. Sois gentille !

Ils se mirent à rire et conversèrent à bâtons rompus pendant un long moment.

— Quelle vue magnifique ! enchaîna Briana en contemplant la baie.

— Extraordinaire, n'est-ce pas ? commenta Ruth. Je ne me lasse pas de ce paysage...

Elle se redressa et s'exclama :

— Tiens, Patty rentre ! Adieu la tranquillité... Ma fille me rend folle par moment. Elle s'est mis

en tête d'aller à Saint-Thomas deux ou trois fois
par jour. Elle s'ennuie ici et préfère fréquenter
des garçons et des filles de son âge. Je la
comprends mais son instabilité m'inquiète
quand même.

Une adolescente à la silhouette élancée surgit
brusquement devant eux. Vêtue d'un maillot de
bain aux couleurs vives, elle se mouvait avec une
grâce nonchalante.

— Bonjour, oncle Drake! lança-t-elle d'une
voix plaisante.

Elle observa Briana en reprenant une certaine
réserve. Une fois les présentations faites, elle
interrogea la jeune femme :

— Vous habitez sur l'île de Saint-John?
demanda-t-elle candidement.

— Non, à Charlotte Amalie.

— Briana arrive des Etats-Unis, précisa
Drake.

— Et vous vous installez ici? répliqua Patty,
manifestement surprise.

— J'ai l'intention d'enseigner l'histoire dès
l'obtention de mes diplômes, expliqua Briana.

— Pouah! émit Patty avec une moue de
dégoût.

— Je t'en prie! l'admonesta sa mère. Sois
polie.

Briana laissa échapper un rire cristallin.

— Je comprends parfaitement Patty! Pendant
des années, j'ai eu horreur des cours d'histoire et
de géographie. Je trouvais ces matières rébarba-
tives au possible, jusqu'au jour où l'un de mes
professeurs m'a fascinée et m'a communiqué sa

passion, dit-elle d'un ton amusé. J'aimerais pouvoir intéresser mes futurs élèves de la même manière, conclut-elle avec gravité.

Briana eut l'impression que Drake lui décochait un regard étrange. Patty, quant à elle, s'était abstenue de tout commentaire. L'heure suivante s'écoula très rapidement pour Briana, qui subitement constata qu'il se faisait tard.

— Je dois rentrer, s'excusa-t-elle, en se levant à regret.

Elle fit ses adieux à Ruth et à Patty puis Drake l'escorta jusqu'à sa voiture tout en devisant avec elle. Pourtant, lorsqu'il reprit le volant, il s'enferma dans un mutisme qu'elle ne chercha pas à rompre.

Elle ignorait toujours la raison pour laquelle il l'avait emmenée sur Saint-John. Mais elle préféra ne pas le questionner.

Ils s'embarquèrent de nouveau sur le ferry. Soudain Drake qui fumait sa pipe en silence, se retourna vers elle. Après une imperceptible hésitation, il commença :

— Vous m'avez bien dit que vous cherchiez un emploi...

Perplexe, elle le laissa poursuivre.

— Il vous faudrait un travail à mi-temps de manière à pouvoir continuer votre thèse, dit-il rapidement.

— Oui, ce serait idéal, convint Briana, perplexe.

— Vous pourriez devenir répétitrice et aider Patty à résoudre ses problèmes scolaires.

Briana le scruta de ses yeux bleu pervenche.

— Vous n'allez pas retirer votre nièce de l'école et l'obliger à rester à la maison ? s'insurgea-t-elle aussitôt.

— Bien sûr que non ! répliqua Drake sans se départir de son calme. Pour le moment, elle est encore en vacances mais elle retournera au collège la semaine prochaine. Malheureusement, Patty n'est pas très motivée par les études et ses résultats sont lamentables dans la plupart des disciplines.

L'impatience commençait à gagner Briana.

— Si Patty refuse de s'intéresser, je ne pourrai pas la forcer, lança-t-elle, irritée. C'est parfaitement incompatible avec les règles les plus élémentaires de la pédagogie.

Drake s'avança de quelques pas et reprit :

— J'ai pensé à une solution un peu plus subtile en effet. J'aimerais que Patty suive des cours sur le continent l'an prochain : elle y gagnera l'autonomie et l'indépendance dont elle a besoin. Je ne lui ai pas encore parlé de mon projet mais je pense qu'il lui plaira, concéda-t-il sans quitter Briana des yeux. Quand elle aura atteint sa majorité, elle choisira ce qui lui conviendra.

— Mais il lui reste deux trimestres à finir cette année, n'est-ce pas, prononça la jeune femme avec gravité.

— Exactement. Il faut absolument qu'elle s'améliore pour être sûre d'être acceptée à l'université.

— Je comprends...

Drake qui s'était tu pendant un moment et

contemplait les reflets turquoise de l'eau le long
de la coque, posa de nouveau son regard sur sa
compagne.

— J'ai eu l'impression que Patty éprouvait de
la sympathie pour vous, reprit-il. Si vous vous
liez d'amitié avec elle, elle acceptera volontiers
de coopérer. Je la connais !

Une moue sceptique se dessina sur les lèvres
de Briana.

— Vous m'accordez une bien grande
confiance, s'étonna-t-elle en le toisant.

Appuyé contre le bastingage, Drake marqua
un temps d'arrêt avant d'enchaîner d'une voix
sourde.

— Vous êtes mon dernier espoir, Briana... Si
vous refusez d'aider Patty, elle sera renvoyée du
collège à coup sûr. En fait, elle a trois après-midi
de libre par semaine. Pourquoi ne pas l'attendre
à la sortie des cours et la faire réviser ? suggéra-t-
il d'un ton persuasif. Vous pourriez vous installer chez vous ou bien ici, enfin peu importe...
conclut-il en ébauchant un geste vague de la
main.

Briana réfléchit rapidement. Margaret ne tolé-
rerait pas la présence d'un membre de la famille
Rutledge au manoir. Elle en éprouvait l'intime
conviction.

— Il vaudrait mieux pour Patty qu'elle se
retrouve dans son environnement familier. Cela
lui faciliterait la tâche... fit-elle, les sourcils
froncés.

— Alors, c'est d'accord ? interrogea Drake,
visiblement soulagé.

— A vrai dire, je...

Il tenta une dernière fois de vaincre ses résistances.

— En échange de ce service, je vous laisserai la libre disposition du manoir et je vous verserai une somme mensuelle en complément.

Briana, toujours indécise, ne savait que répondre.

— Vous cherchiez un emploi, ajouta Drake. Vous n'aviez pas l'air de plaisanter, alors que se passe-t-il ?

D'un mouvement gracieux, elle rejeta en arrière les boucles que le vent ébouriffait.

— Je n'ai pas vraiment le choix... admit-elle avec un soupir.

Des sentiments contradictoires où se mêlaient colère et ressentiment à l'encontre de son compagnon, l'envahissaient brusquement.

Soit elle s'inclinait devant la proposition de Drake, soit elle perdait la maison, faute de ne pas pouvoir en payer le loyer. Aucune autre issue ne s'offrait à elle.

Il lui fallait donc en passer par les exigences de Drake, se dit-elle avec dépit.

Finalement une pensée plus positive la tira de sa morosité : puisqu'elle rêvait d'enseigner, cette expérience la confronterait enfin à la réalité ! A raison de trois après-midi de cours par semaine, son activité ne lui semblerait pas trop pesante et lui permettrait de consacrer le reste du temps à ses recherches conclut-elle, faisant contre mauvaise fortune bon cœur.

— Bien c'est entendu... j'accepte, déclarat-elle soudain.

Le visage de Drake s'illumina.

— Je vous remercie, Briana, murmura-t-il avec simplicité.

Elle ne s'était pas attendue à ce que sa réponse provoque une telle explosion de soulagement chez Drake.

Il l'enlaça et l'attira contre lui d'un geste chaleureux.

— Mille fois merci, ajouta-t-il avec une sorte de tendresse.

Puis il s'écarta d'elle, promenant son regard sur le visage harmonieux de la jeune femme. Elle baissa les yeux, consciente de l'étrange trouble qui s'emparait d'elle.

Le crépuscule tombait. Les flots se teintaient de lueurs orangées qui ajoutaient au charme paradisiaque de la traversée.

Lorsqu'ils s'avancèrent vers la rangée de sièges, Briana s'assit sans proférer un mot. Drake s'installa à ses côtés, ne cherchant pas à rompre le silence qui s'était instauré entre eux.

Soudain la main de Drake effleura le bras de Briana et s'attarda sur son poignet : une caresse presque machinale qui provoqua en elle une bouleversante émotion.

Elle se garda de bouger. Les doigts de Drake glissèrent sur sa peau pour lui communiquer leur chaleur.

Briana frémit, emplie d'un bonheur inexplicable. Pour la première fois depuis... sa rupture avec Ricardo, elle avait la sensation de redevenir femme, se dit-elle émue.

Brusquement saisie d'effroi, elle s'éloigna de Drake.

— Nous arrivons au port! s'exclama-t-elle d'un ton qu'elle voulait désinvolte.

Son compagnon l'observa entre ses cils avec intensité et elle rougit brusquement. Pour masquer son embarras, elle s'avança sur le pont. Drake la suivit et bientôt ils se joignirent a la file des passagers qui descendaient à terre.

Quand ils se retrouvèrent devant le *Sébastian* où était garée la voiture de Briana, Drake déclara :

— J'informerai Ruth et Patty de nos projets et je vous téléphonerai dans un jour ou deux.

— Entendu! lança-t-elle en ouvrant la portière de son véhicule.

Le regard de Drake, aigu et troublant, sondait le sien. Elle se mit au volant et lui adressa un signe de la main avant de disparaître...

4

DES la semaine suivante, Drake contacta Briana pour lui confirmer leur arrangement et il fut convenu que la jeune femme commencerait son travail le plus tôt possible.

Briana gara son véhicule le long de la chaussée, juste en face des hauts murs gris du collège. Elle distinguait des groupes d'élèves en uniforme bavardant avec entrain avant de regagner leur domicile.

Elle n'avait pas revu Patty depuis la visite qu'elle avait effectuée à Saint-John en compagnie de Drake et se demandait avec une certaine appréhension quelle serait la réaction de l'adolescente en l'apercevant.

Margaret, quant à elle, ne lui avait pas caché sa réprobation.

— Quelle idée insensée, mon enfant ! s'était exclamée la vieille dame en la considérant d'un air stupéfait. Travailler avec ce Drake Rutledge qui a causé tant d'ennuis à ton frère ! Que t'est-il donc arrivé ?

Briana s'était efforcée d'apaiser sa grand-mère.

— J'ai besoin d'acquérir une expérience péda-gogique, lui avait-elle rétorqué d'une voix douce mais empreinte de fermeté. Ces cours particu-liers seront une occasion rêvée d'approcher de plus près mon futur métier. Et puis ce salaire sera le bienvenu puisque Erik est parti... avait-elle ajouté.

Comme elle s'y était attendue, son frère n'avait encore donné aucun signe de vie. Mais Margaret qui ignorait les véritables motifs du départ de son petit fils avait poursuivi :

— C'est étrange, Erik ne nous a pas téléphoné.

— Il n'est à New York que depuis une semaine, avait précisé Briana dans l'espoir de la rassurer.

— Son silence m'inquiète... de nos jours tout peut arriver, n'est-ce pas ? Nous ferions bien d'engager un détective privé pour retrouver ses traces, avait murmuré Margaret d'un ton angoissé.

Briana avait réprimé un sourire.

— Non, grand-mère, c'est inutile. Erik nous joindra dès qu'il le pourra. Pour le moment, il doit être très occupé : il cherche du travail et un appartement. Ne vous faites pas de souci pour lui, je vous en prie, l'avait-elle implorée.

Margaret avait repris une expression sévère.

— Je me tracasse surtout pour toi, ma chère petite. Cette histoire ne me dit rien qui vaille. Drake Rutledge ne m'inspire aucune confiance... et tu le sais !

Un soupir d'agacement s'était échappé des lèvres de Briana. Rien ne pourrait vaincre la redoutable obstination de Margaret, avait-elle songé en s'avançant vers la baie vitrée ouvrant sur le jardin.

En silence elle avait contemplé les hautes herbes qui envahissaient les allées, jadis si bien entretenues. Puis, elle s'était retournée vers la vieille dame.

— Je suis désolée, grand-mère, mais ma décision est prise. De toute manière, je n'aurai guère l'occasion de rencontrer Drake Rutledge.

Margaret ne semblait toujours pas convaincue. Perplexe, elle avait esquissé une moue ennuyée.

— Je te le souhaite ! Mais si j'étais toi, je me méfierais quand même de lui. Il doit avoir une idée derrière la tête...

Briana s'était tue. L'âge développait-il une fâcheuse tendance à la paranoïa chez Margaret ? s'était-elle questionnée, atterrée par sa méfiance excessive.

Elle seule connaissait la générosité dont Drake avait fait preuve à leur égard. Devant la détresse de Briana il avait consenti à renoncer à ses projets initiaux, en permettant aux deux femmes de demeurer au manoir.

Hélas ! Il lui était impossible de confier la vérité à Margaret ! Alors, prétextant un rendez-vous, Briana avait pris congé et s'était dirigée vers le centre ville...

A présent, elle guettait la sortie de Patty du collège. Ne distinguant toujours pas la silhouette de la jeune fille parmi le flot des élèves qui circulaient devant les grilles, Briana sortit et claqua sa portière.

Elle commençait à marcher sur le trottoir lorsqu'elle vit enfin Patty. L'adolescente, le sac en bandoulière, avançait à pas rapides.

— Bonjour Patty! s'exclama Briana en allant à sa rencontre.

— Oh, bonjour! rétorqua-t-elle d'une voix laconique. Vous avez votre voiture?

Le peu d'enthousiasme de Patty ne l'étonna guère.

— Mais oui, elle est garée un peu plus loin.

Lorsqu'elles eurent regagné le véhicule, Patty s'assit sans mot dire sur le siège avant. Briana après avoir démarré observa sa passagère à la dérobée.

Patty arborait une mine renfrognée.

— Où déjeunez-vous habituellement? interrogea Briana pour rompre la tension.

— Soit je mange des sandwichs préparés par ma mère, soit je vais en ville avec mes amis.

Briana garda le silence pendant quelques instants. Puis elle s'adressa de nouveau à la jeune fille.

— Nous pourrions trouver un autre arrangement... Je ne veux pas vous priver de la compagnie de vos camarades pour midi, j'en parlerai à votre oncle. Personnellement, je peux vous prendre après le repas. Qu'en pensez-vous?

Patty haussa les épaules.

— Aucune espèce d'importance, prononça-t-

elle en regardant droit devant elle. Mais aujour-
d'hui Greta et Ruth nous attendent.

— J'espère que votre mère ne se sentira pas
obligée de changer ses projets à chaque fois que
j'irai chez vous, je suppose qu'elle est très occupée... lança Briana.

Elle venait de s'engager dans une petite rue et
attendait patiemment qu'un camion de livraison
lui cède le passage.

— Ma mère n'a pas grand-chose à faire de la
journée mis à part jardiner, lire ou se mêler de
mes affaires ! déclara Patty avec une mauvaise
foi évidente. Comme je regrette d'être fille unique ! Maman et mon oncle Drake passent leur
temps à se préoccuper à mon sujet... à me
surveiller et à me donner des conseils. C'est
vraiment pénible ! marmonna-t-elle avec une
grimace.

Qu'est-ce que Briana pouvait dire devant une
telle explosion de révolte ? Elle tenta cependant
de raisonner Patty.

— Evidemment je manque d'expérience : je
n'ai pas d'enfant... mais votre mère fait pour le
mieux ou du moins s'y efforce. Si elle s'occupe de
vous, et votre oncle aussi, c'est parce qu'ils vous
aiment, Patty...

L'adolescente ne s'était pas départie de sa
mauvaise humeur. Ses traits restaient figés.

— Ils m'obligent à leur obéir, grommela-t-
elle. Pourquoi ne me font-ils pas confiance ? J'ai
tout de même le droit d'avoir mes idées !

Briana qui ne souhaitait en aucun cas attiser
la colère de Patty resta sur la réserve. Que

gagnerait-elle à contrecarrer sa future élève ?
Rien, conclut-elle en redémarrant.

Avec un soupir, elle se dit qu'il valait mieux
faire preuve de doigté avec Patty. Leur travail ne
donnerait aucun résultat positif si, d'emblée,
elles se heurtaient l'une à l'autre.

— Le ferry est prêt à partir, déclara-t-elle en
longeant les docks. Dépêchons-nous si nous ne
voulons pas le manquer.

Dès qu'elle eut garé sa voiture sur le parking,
elle se dirigea vers l'embarcadère, suivie de
Patty toujours aussi taciturne.

La traversée se déroula sans encombre. Briana
respectait le mutisme de Patty, évitant ainsi de
relancer la conversation sur un terrain difficile.

En arrivant sur le quai de *Cruz Bay*, Ruth la
héla d'un ton amical :

— Ravie de vous revoir, Briana ! Je suis venue
à votre rencontre, je suis garée un peu plus loin...
Drake vous a fait faire un double des clés de sa
Pontiac, je vous le donnerai tout à l'heure. Vous
pourrez utiliser son véhicule lorsque vous vien-
drez à Saint-John, ce sera bien plus commode
pour vous.

Briana la remercia chaleureusement.

— Je ne voudrais pas vous déranger, ajouta-t-
elle avec franchise. Patty m'a dit que vous
déjeuneriez avec nous. Mais si vous avez d'autres
projets, ne les modifiez pas pour moi.

Un large sourire éclaira le visage gracieux de
Ruth.

— Non, non, ne craignez rien, la rassura-t-elle
aussitôt. Nous ne recevons guère de visite à la

maison et votre présence me distraiera... Nous pourrons bavarder entre nous lorsque vous aurez fini de donner vos cours à Patty.

Elles montèrent à bord de la voiture et prirent la direction de la route côtière. Soudain Ruth se retourna vers Patty et s'enquit d'un ton empreint de sollicitude :

— Alors, ma chérie, comment s'est passée la matinée au collège ?

Sa fille qui n'avait pas desserré les dents depuis qu'elle était descendue du bateau, s'enfonça dans son siège.

— Je me suis ennuyée à mourir comme d'habitude ! rétorqua-t-elle d'un ton mordant.

Ruth échangea un long regard avec Briana et exhala un soupir avant de poursuivre :

— L'école te paraîtra moins fastidieuse quand tu auras réussi à améliorer tes résultats. C'est normal !

Patty contempla le paysage à travers la vitre sans répondre, affichant une parfaite indifférence. Ni Ruth ni Briana ne firent des efforts pour l'inclure dans leur discussion. Elles conversèrent comme si de rien n'était, admirant la vue splendide sur la mer et l'immense étendue de sable balayée par les flots turquoise.

Greta leur avait préparé un repas frugal mais savoureux dans le petit salon donnant sur le patio. Elles achevaient de prendre leur café lorsque Briana s'adressa à Patty.

— Si votre mère n'y voit pas d'objection, j'aimerais que nous consacrions l'après-midi à faire connaissance. Nous travaillerons plus sérieusement demain.

Surprise, Patty l'observa puis guetta l'approbation de sa mère.

— Excellente idée, remarqua celle-ci en se levant de table. Allez vous baigner si le cœur vous en dit. Voulez-vous que je vous prête un maillot, Briana ?

— Non, je vous remercie. Nous nous promènerons sur la plage...

Briana examina le visage de Patty, et s'enquit :

— Alors, qu'en pensez-vous ?

— Formidable ! lança-t-elle avec entrain. Je retire cet horrible uniforme, d'abord, j'en ai pour une minute.

Elle s'éloigna avec vivacité et disparut dans le corridor. Lorsque le bruit de ses pas eut décru, Ruth se retourna vers Briana.

— En fait la proposition de Drake concernant ces cours de rattrapage n'a pas enthousiasmé Patty, vous vous en doutez, commenta-t-elle avec lassitude.

Briana hocha la tête, et riposta :

— Elle m'a clairement signifié son avis sur la question !

— Espérons que vous parviendrez à l'amadouer, murmura Ruth avec une expression tourmentée. Patty se bute si facilement. Je ne sais plus comment m'y prendre avec elle, avoua-t-elle, consternée.

— Je ferai de mon mieux...

Ruth continua avec un élan de sincérité :

— J'aimerais que vous vous sentiez comme chez vous ici. Votre tâche avec ma fille sera ardue mais comptez sur moi pour vous soutenir.

Avant qu'elle n'ait eu le temps d'ouvrir la bouche pour répondre, Patty surgissait sur le seuil de la porte. Elle avait revêtu un short blanc, mettant en valeur ses longues cuisses fuselées et hâlées par le soleil. Son tee-shirt à larges rayures blanches et bleues lui allait à ravir, nota Briana admirant sa grâce juvénile.

Après avoir suivi l'étroit sentier menant sur la plage, elles s'avancèrent en bordure de l'eau. Une fois déchaussées, elles marchèrent sur le sable humide, laissant les vagues les éclabousser.

— C'est bien plus amusant qu'une salle de classe, n'est-ce pas ! intervint Briana en riant.

— Oh oui ! s'exclama Patty.

— Nous nous installerons dans le patio ou dans le jardin pour travailler la prochaine fois.

— D'accord !

De nouveau, elle tenta de convaincre Patty de l'utilité d'un effort dans le domaine scolaire.

— Votre mère avait raison tout à l'heure, commença-t-elle patiemment. Si vous améliorez vos notes vous vous sentirez bien plus motivée par l'école. Mais il faudra faire preuve d'un minimum de coopération pour obtenir des résultats. J'espère que vous en êtes consciente ? fit-elle en la regardant.

Patty reprit un air désabusé.

— Je vous ferai perdre votre temps... bredouilla-t-elle en fixant avec obstination le rivage.

— Qu'en savez-vous ?

— De toute manière, c'est oncle Drake qui a tout décidé. Il veut que je termine bien mon année scolaire, que je réussisse mes examens et que je rentre à l'université bien entendu ! Mais je ne serai acceptée nulle part avec un bulletin aussi désastreux, conclut-elle d'un ton morne.

— D'où l'intérêt de ces cours de rattrapage... rétorqua Briana à brûle-pourpoint. Si vous vous acharnez un peu, vous obtiendrez des résultats qui vous permettront de poursuivre vos études n'importe où. Vous ne rencontrerez plus aucun obstacle.

— C'est possible, admit Patty de mauvaise grâce. De toute façon, dès ma majorité, j'abandonnerai tout...

Briana fit une autre tentative pour raisonner l'adolescente.

— Lorsque vous serez en faculté vous découvrirez de nouvelles disciplines qui vous passionneront. Et qui sait ? Vous n'aurez plus aucune envie de décrocher...

— J'en doute ! railla Patty en lançant un galet qui ricocha sur la surface de l'eau. C'est oncle Drake qui s'est mis tout ceci en tête, pas moi ! En ce qui me concerne, quand j'aurai dix-huit ans, je m'en irai. Et peu importe ce que mon oncle ou ma mère en penseront.

— Vraiment ? se contenta de dire Briana.

Lorsque la jeune fille se retourna vers elle, elle enchaîna d'une voix contrôlée.

— Vous avez prévu de trouver un emploi ?

D'un mouvement nerveux, Patty rejeta en arrière la masse de ses longs cheveux auburn. Une lueur de surprise éclairait son regard.

— Mon oncle ne vous a pas mise au courant ! s'exclama-t-elle d'un trait.

Mais à quoi faisait-elle allusion ? s'interrogea Briana, perplexe.

— Non, il n'a pas mentionné quoi que ce soit de particulier, confessa-t-elle sans comprendre où son interlocutrice voulait en venir.

— Il ne vous a pas parlé d'Abel Weldon ?

Briana chercha dans sa mémoire. Drake n'avait rien précisé.

— Non, déclara-t-elle d'un ton calme.

— J'épouserai Abel Weldon dès ma majorité, souffla-t-elle en attendant la réaction de Briana.

Refusant de révéler ses sentiments, Briana lui opposa une réponse aussi neutre que possible.

— Je n'ai pas à juger de votre vie privée ou de vos choix personnels, Patty... fit-elle avec douceur. Si je parviens à vous aider dans votre travail scolaire, j'en serai très heureuse, c'est tout ! Je souhaite sincèrement que nous nous entendions.

Le visage de Patty s'assombrit. Elle ajouta d'un ton agacé :

— Oncle Drake déteste Abel, c'est viscéral. Alors il fait tout pour m'inciter à rompre avec lui. C'est évident.

Promenant son regard sur le paysage, Briana demeura silencieuse un moment. Puis elle se retourna vers Patty qui marchait à ses côtés.

— Vous vous trompez peut-être sur votre oncle, lança-t-elle, craignant toutefois d'envenimer la conversation.

L'adolescente esquissa une moue dépitée.

— Non. Il essaie de détruire mes relations avec Abel en l'empêchant de venir me voir...

Briana se tut, désespérant de vaincre l'entêtement de sa compagne. Au bout d'un moment, elle aborda des sujets susceptibles de divertir Patty.

Peu à peu, elle sentit qu'elle captait son attention et gagnait peu à peu sa confiance. Oh, certes, il s'agissait d'un modeste progrès ! se dit-elle tout en reprenant le sentier escarpé qui conduisait jusqu'à la maison.

Mais avec le temps elle espérait voir Patty s'épanouir un peu et perdre son attitude défensive, du moins sur le plan scolaire. Visiblement, elle traversait une crise difficile. L'autorité de Drake lui paraissait trop contraignante...

Patty, avec son innocence, son manque de maturité lui rappelait l'être si naïf qu'elle était avant d'épouser Ricardo. Comme Patty, elle s'était bercée de rêves et d'illusions mais son désenchantement avait été trop rapide, hélas !

La décision de Briana était prise : elle se garderait de divulguer à Ruth et à Drake les aveux de Patty, car son rôle se bornait à l'aider à progresser en classe, conclut-elle avec un soupir.

Le ferry venait d'accoster le long du quai. Briana laissa le flot de passagers débarquer avant de franchir à son tour la passerelle de bois.

Elle regagna sa voiture garée non loin du dock et fouillait dans son sac à main pour en sortir ses clés de contact lorsqu'une voix l'interpella :

— Bonjour !

Quand elle se retourna, elle aperçut Drake qui marchait vers elle.

— Bonjour ! rétorqua-t-elle avec amabilité. Vous m'attendiez ?

— Oui, je voulais vous parler.

Une nouvelle fois, elle s'étonna de sa réaction. Les inflexions modulées de Drake l'avaient fait tressaillir. Le cœur battant, elle se dépêcha alors de reprendre contenance.

Elle ne s'expliquait pas le trouble qui la saisissait devant le visage si fascinant de son interlocuteur. Fuyant le magnétisme de son regard, elle posa la main sur la portière de son véhicule et introduisit la clé dans la serrure.

— Vous voulez discuter de Patty ? interrogea-t-elle, heureuse d'avoir retrouvé son sang-froid. J'ai longuement bavardé avec elle au cours de l'après-midi, pour faire plus amplement connaissance...

— C'est parfait, déclara Drake en se rapprochant d'elle. Accepteriez-vous de dîner avec moi ? Je voudrais revenir sur certains points importants.

Drake désigna la foule qui circulait autour d'eux.

— Cet endroit n'est pas spécialement tranquille. Nous serons plus à l'aise au restaurant, enchaîna-t-il.

Briana hésitait. Etait-ce bien prudent de pas-

ser la soirée en tête à tête avec Drake ? Pourtant
malgré ses doutes, elle s'entendit répondre, trop
hâtivement peut-être :

— Je... c'est d'accord, fit-elle, embarrassée.
Mais je ne suis pas présentable, s'excusa-t-elle en
rougissant.

Drake jeta un coup d'œil amusé sur le pantalon d'été de sa compagne et son sweat-shirt aux
couleurs vives.

— Rien ne nous oblige à souper en ville. Nous
pourrons dîner à mon hôtel, au calme. Qu'en
pensez-vous ?

Elle acquiesça tandis qu'il ajoutait :

— Alors, rendez-vous dans une demi-heure !

— Entendu mais je ne m'attarderai pas. Ma
grand-mère m'attend au manoir, conclut Briana
regrettant déjà d'avoir accepté son invitation.

Quelques instants plus tard, elle reprenait le
volant. Après avoir suivi les artères encombrées
du centre, elle se gara devant le luxueux bâti-
ment appartenant à Drake.

Quand elle pénétra dans le hall brillamment
éclairé, Drake vint à sa rencontre. Le personnel
s'affairait discrètement autour d'eux.

Briana qui s'était recoiffée avant d'entrer et
avait relevé ses cheveux en un chignon, nota la
lueur admirative qui illuminait le regard de son
compagnon.

Elle s'était attendue à ce qu'il l'introduise
dans l'un des salons de l'hôtel. Mais il l'entraîna
vers l'ascenseur dont les portes métalliques
s'écartèrent avec un imperceptible bruissement.

Lorsqu'ils eurent atteint l'étage où se trouvait

la suite de Drake, ils longèrent un long corridor dont le sol était recouvert d'une épaisse moquette.

Puis Drake ouvrit la porte de son appartement et s'effaça devant son invitée.

— Entrez, je vous prie.

Aussitôt elle remarqua la large baie vitrée donnant sur la mer. Des myriades de lumières clignotaient dans le lointain.

— Quelle vue superbe ! s'exclama-t-elle sans refréner son enthousiasme.

— Oui, c'est magnifique, concéda-t-il d'une voix douce. J'utilise cet appartement lorsque je travaille très tard le soir. Cela m'évite de rentrer à Saint-John...

Une table ronde ornée d'une nappe blanche avait été dressée à proximité du balcon. Le couvert était mis pour deux et un délicat fumet s'échappait des plats en argent disposés sur un petit chariot.

— Notre dîner va refroidir ! lança Drake en invitant Briana à s'asseoir.

Il lui avança une chaise et sa main effleura le dos de la jeune femme pendant une fraction de seconde. Un long frémissement la parcourut.

Le charme de Drake opérait de nouveau. Sa présence seule lui procurait une étrange sensation où se mêlaient plaisir et crainte...

Alarmée, elle se raidit aussitôt, cherchant à dissimuler son émoi. Drake s'installa à ses côtés et commença à servir le repas.

— J'ai partagé le déjeuner de Ruth et de Patty à midi et ce soir vous m'invitez... déclara-t-elle d'un ton posé. C'est très aimable à vous mais je suis la répétitrice de Patty, je ne voudrais pas que vous vous sentiez obligé de...

D'un geste de la main, Drake l'interrompit.

— Je suis ravie de manger en votre compagnie, Briana. Oublions le travail voulez-vous ? fit-il avec un sourire.

— Vous souhaitiez me parler de votre nièce pourtant ! lui rappela-t-elle fort à propos.

Une expression malicieuse se dessina sur le visage de Drake.

— C'est vrai ! Alors comment s'est passé votre premier entretien avec elle ?

— Pas trop mal. Je ne lui ai pas donné de cours. J'ai préféré repousser nos révisions à une autre fois, expliqua-t-elle scrupuleusement. Il me semblait plus important de la mettre en confiance d'abord.

Drake qui ne la quittait pas des yeux l'interrogea de nouveau :

— Patty s'est-elle confiée à vous ? De quoi avez-vous discuté ?

Briana marqua un temps d'arrêt avant de poursuivre.

— Elle... elle affirme manquer de liberté. Elle vous reproche de tout décider à sa place, se hasarda-t-elle à répondre. Finalement, elle n'avait guère envie de suivre des cours de rattrapage et je la comprends un peu !

— Patty est tellement écervelée par moments et si immature...

— C'est assez normal, elle est encore très jeune mais nous n'arriverons à aucun résultat si nous n'essayons pas de considérer aussi son point de vue. Dans moins d'un an elle aura dix-huit ans...

— C'est encore une enfant...

— Oui et non. Elle n'a aucune expérience de la vie, c'est vrai, admit Briana. Pourtant Patty ne se considère plus comme une adolescente !

Drake demeura pensif. Quand il rompit le silence, il s'exprima avec nervosité.

— Lui avez-vous parlé de l'université ? Qu'en dit-elle ? questionna-t-il d'une voix tendue.

Briana hocha la tête.

— Oui, vaguement. Patty vous reproche encore une fois d'avoir pris des initiatives sans la consulter, rétorqua-t-elle aussitôt. Elle n'a quand même pas eu trop l'air de s'opposer à votre projet. En revanche, elle est parfaitement claire sur un point : elle abandonnera ses études dès sa majorité.

Le regard de Drake se voila. Un pli soucieux barra son front.

— Patty a dû mentionner Abel Weldon, n'est-ce pas ? dit-il en posant ses couverts.

— C'est exact, convint Briana sans chercher à lui dissimuler la vérité.

Drake se tut et ils poursuivirent leur repas. Soudain la jeune femme, dévorée de curiosité, s'enquit :

— Qui est Abel Weldon au juste ? Comment est-il ?

Drake lui versa à boire comme s'il tentait de repousser momentanément sa réponse. Après quelques minutes de réflexion, il murmura d'une voix sourde.

— C'est un paresseux... toujours à la recherche d'une occasion de gagner de l'argent sans se fatiguer. Il a presque trente ans et n'a jamais conservé un emploi plus de trois mois de suite, prononça-t-il avec dureté. Mais son physique de Don Juan plaît aux femmes. Malheureusement, il ne s'intéresse pas vraiment à Patty, il convoite la fortune familiale, c'est tout !

Briana qui avait légèrement tressailli en écoutant les commentaires de Drake reprit d'un air étrangement rêveur.

— Patty m'a fait ses confidences en effet... Elle pare Abel de toutes les vertus possibles. Il est toujours flatteur pour une jeune fille de dix-sept ans d'être remarquée par un homme beaucoup plus âgé qu'elle.

— Bien entendu ! jeta Drake sèchement. Ruth a commis une lamentable erreur en épousant le père de Patty. Je voudrais éviter à sa fille de faire la même bêtise.

Briana lui adressa un coup d'œil oblique.

— En avez-vous parlé avec Patty ? questionna-t-elle perplexe.

— Je lui ai dit ce que je pensais d'Abel Weldon.

— Vous avez eu tort !

Elle vit les mâchoires de Drake se contracter. Craignant de l'avoir contrarié, elle détourna les yeux l'espace d'un instant puis l'observa de nouveau.

Briana avait préféré avouer à Drake le fond de

sa pensée au risque de lui déplaire. De toute
évidence, il faisait fausse route avec Patty et elle
estimait de son devoir de le lui faire comprendre.

— Que me conseillez-vous, alors? siffla-t-il
entre ses dents.

Briana scruta le regard sombre de Drake.

— Montrez-vous diplomate avec Patty. Ne
critiquez pas ouvertement son ami, lui suggéra-
t-elle. Sinon vous aggraverez la situation... Plus
vous attaquerez Abel, plus votre nièce s'obsti-
nera à le voir par pur esprit de contradiction.

Briana cessa de parler pour déguster la
coquille Saint-Jacques que Drake venait de lui
servir. Elle connaissait la réputation culinaire de
l'hôtel Bel-Air mais n'avait encore jamais eu la
chance d'en apprécier les mérites.

Elle continua à manger, savourant chaque
bouchée.

— C'est succulent! remarqua-t-elle.

— N'est-ce pas! Mon chef cuisinier français
fait des merveilles, reconnut-il avec un sourire.

Lorsqu'ils eurent achevé leur repas, Drake
s'appuya contre le dossier de sa chaise.

— Patty vous soupçonne d'avoir empêché
Abel de venir la voir, dit-elle, se remémorant sa
conversation avec la jeune adolescente.

Les traits de Drake s'assombrirent brusquement.

— Oui, c'est juste... Mais ce qu'elle ignore
c'est que j'ai donné cinq mille dollars à Abel
pour qu'il disparaisse d'ici, confessa-t-il avec
une grimace.

Interloquée, Briana ne sut plus que répondre. Incrédule, elle articula avec lenteur :

— Vous l'avez *payé* pour qu'il s'en aille ?

— Exactement ! Mon cadeau ne lui a pas déplu, croyez-moi, d'autant que je lui ai fait connaître ma position : je lui ai dit que s'il épousait Patty, je ne leur donnerais pas un centime, ni à l'un ni à l'autre.

Un pli amer déforma sa bouche et il ajouta d'un air méprisant :

— Weldon vendrait sa propre mère pour de l'argent.

Le cœur de Briana se serra.

— Oh ! Drake... gémit-elle, dévorée par l'inquiétude. Que se passera-t-il quand Patty apprendra tout cela ? Elle risque de fuguer pour aller rejoindre Abel, que sais-je ?...

D'un geste de la main, Drake la rassura.

— Non, aucun danger ! coupa-t-il aussitôt. Nous nous sommes mis d'accord lui et moi. En échange de mon chèque, il s'est engagé à partir. Il m'a promis de quitter les Iles Vierges. Il est encore là pour l'instant, précisa-t-il. Mais je le fais surveiller. D'une manière ou d'une autre il faudra qu'il s'exécute, gronda-t-il les yeux étincelants de fureur.

A quoi bon poursuivre une conversation aussi difficile ? songea Briana avec dépit. L'obstination de Drake lui paraissait être un obstacle à toute réflexion cohérente. Quoi qu'elle dise elle comprit qu'il ne démordrait pas de ses idées.

Percevant le subit désarroi de sa compagne, il s'adressa à elle d'une voix radoucie.

— N'en parlons plus. Venez donc sur le balcon. La nuit est si belle...

Alors qu'elle brûlait d'envie de décliner sa proposition pour rentrer chez elle, elle obtempéra. Presque malgré elle, elle le suivit en direction de la baie vitrée.

Il écarta les panneaux de verre et s'effaça devant Briana pour la laisser passer. Un souffle d'air tiède caressa son visage.

Muette, elle contempla le paysage grandiose qui s'offrait à elle. Le port scintillait de mille feux perçant le voile obscur de la nuit.

Drake qui tenait encore son verre à la main demeura derrière elle sans bouger. Le silence se prolongea pendant un interminable moment.

Elle prenait peu à peu conscience de la proximité de Drake. Sa chaleur se communiquait à travers toutes les fibres de son être. Drake ne la touchait pas mais elle ne parvenait pas à occulter le trouble étrange qu'il faisait naître en elle.

— Je suis très heureux de passer la soirée avec vous, déclara-t-il soudain.

Quand elle se retourna, le regard attentif de Drake glissait sur son visage, s'attardant sur ses prunelles limpides puis sur ses lèvres.

Elle devint écarlate. Que se passait-il?... Elle aurait voulu se montrer froide et distante. Mais elle ne le pouvait pas. Étourdie par tant d'émotions, elle contempla son compagnon avec stupeur.

Depuis son divorce, elle s'était tenue sur ses gardes, évinçant tous les hommes qui tentaient de l'approcher. Non pas qu'elle détestait les hommages masculins mais le drame qu'elle avait vécu l'avait indélébilement marquée.

Inconsciemment, elle craignait de reproduire la même erreur, de vivre une tragédie identique. Par prudence et par peur, elle avait donc établi une certaine distance entre les autres et elle et refusé toute aventure.

La solitude lui avait pesé, certes, mais au moins elle s'était protégée de nouveaux chagrins et de nouvelles blessures.

Mais étrangement, Drake ne l'effrayait pas, s'avoua-t-elle avec émotion.

Quand il s'éloigna pour poser son verre sur la table basse elle observa à la dérobée sa démarche souple, le jeu de ses muscles puissants.

Depuis leur première rencontre, elle avait été sous le charme de son extraordinaire séduction. Nier cette évidence ne lui avait été d'aucun secours ! Elle avait tenté de se raisonner mais en vain. Il la fascinait.

Lorsque la main de Drake effleura son épaule, elle sut qu'elle avait guetté cet instant, attendu avec une folle impatience qu'il se rapproche d'elle...

Un vertige la saisit. Le cœur battant Briana releva le menton. Il l'enlaça alors plus étroitement.

Leurs visages étaient si proches l'un de l'autre qu'elle sentait le souffle de Drake sur sa peau. Un long frémissement la parcourut.

Briana aurait voulu s'écarter de lui mais sa volonté était annihilée. Elle demeura immobile en proie à des sentiments contradictoires.

Que signifiait cette pulsion qui la poussait si brutalement vers lui ? Drake n'était qu'un étranger ou presque...

Ses idées se brouillaient subitement, lui ôtant toute lucidité. Son bon sens et sa réserve l'abandonnaient.

Qu'allait-il penser d'elle ? songea-t-elle avec anxiété. Mais quand le bras de Drake l'enlaça avec tendresse, elle se blottit contre lui, laissant sa tête reposer sur sa poitrine.

Soudain il posa sa main sur sa gorge. A travers le fin tissu de son tee-shirt, elle sentait la douce caresse de ses doigts.

— Drake, l'implora-t-elle d'une voix rauque.

Son gémissement lui avait échappé malgré elle. Mais ce cri plaintif n'arrêta pas Drake qui continuait à l'étreindre. Quand il releva le visage, ce fut pour murmurer avec des inflexions étranges :

— Briana... je mourais d'envie de vous serrer contre moi.

Son aveu procura à la jeune femme un plaisir intense où se mêlait un incompréhensible frisson de peur.

— Vraiment !... balbutia-t-elle.

— Oui... Briana, reprit-il plus fermement. Je vous trouve adorable. Je vous plais aussi, n'est-ce pas ?...

Dans la pénombre, les prunelles de Drake brillaient d'un éclat presque sauvage.

Mais quand il se rapprocha d'elle pour l'attirer contre lui, il s'inclina légèrement et effleura ses lèvres avec une infinie douceur.

Elle tressaillit, ébranlée par une explosion fulgurante. Leur baiser s'éternisait comme si rien ne pouvait les décider à se séparer l'un de l'autre. Comme s'ils n'avaient vécu que dans l'attente de ce merveilleux moment...

Les nerfs tendus par le désir qui l'enflammait, Briana répondait au baiser de Drake, perdant toute notion de temps.

A cet instant, des souvenirs revinrent avec une force poignante dans sa mémoire. Elle était avec Drake mais c'était l'image de Ricardo qui surgissait devant elle...

Pourtant ses relations avec son mari lui avaient laissé un souvenir atroce. Que se passait-il ? Pourquoi ne parvenait-elle pas à l'oublier ? se lamenta-t-elle intérieurement.

Les souffrances infligées par Ricardo, leurs conflits incessants, la torturaient de nouveau. Elle avait cru que le passé s'estomperait progressivement. Elle s'était hélas trompée !

Un long tremblement l'agita tandis qu'elle se détachait à regret de son compagnon.

— Non... c'est impossible, bredouilla-t-elle.

Drake se figea.

— Qu'y a-t-il ? demanda-t-il, surpris par son étrange réaction.

Il s'efforça de l'apaiser, conscient de son désarroi. Mais elle continuait à frissonner.

Lorsqu'il se pencha au-dessus d'elle pour l'embrasser, elle recula, fuyant la silhouette massive de Drake.

— Enfin... Briana, lança-t-il consterné. Expliquez-moi...

Les mots lui manquaient. Comment aurait-elle pu analyser la terreur irraisonnée qui la saisissait ? Comment aurait-elle pu parler des traumatismes qu'elle avait supportés, qui la laissaient meurtrie et incapable de s'abandonner totalement dans les bras d'un autre homme ?

Terrassée par le chagrin, elle riposta, sur la défensive.

— Je suis payée pour donner des cours à Patty, pas pour égayer vos soirées !

Drake se figea et l'interrogea du regard. Briana baissait obstinément la tête.

— Ne me dites pas que... Vous ne m'accusez tout de même pas de vous avoir forcée ? demanda-t-il d'un ton menaçant.

— Mais c'est à peu près ce que vous avez fait pourtant ! rétorqua-t-elle, hors d'elle.

— Pour qui me prenez-vous ? gronda-t-il, cédant à la colère.

La gorge serrée, Briana l'observa sans mot dire puis lui jeta d'un air furieux :

— Vous êtes devenu propriétaire du manoir et vous me verserez un salaire en échange du travail que je ferai avec Patty, soit ! Mais rien ne vous autorise à disposer de ma personne. En tout cas, je ne vous laisserai pas faire, conclut-elle catégorique.

Subitement, elle prit conscience qu'elle avait souhaité désespérément se blottir dans les bras de Drake et qu'elle s'était sentie heureuse jusqu'à ce que... jusqu'à ce que le souvenir de Ricardo ne vienne s'interposer violemment entre eux...

Des larmes perlaient au bord de ses cils. Craignant de trahir son désarroi, elle s'empara de son sac à main et se dirigea vers la porte de l'appartement.

— Pardonnez-moi, Drake. Je préfère partir, fit-elle dans un murmure.

Très raide à quelques mètres d'elle, Drake ne la quittait pas des yeux. Elle eut un dernier regard pour lui avant de disparaître dans le corridor.

Délaissant l'ascenseur, elle s'engouffra dans la cage d'escalier et dévala les marches quatre à quatre. L'épaisse moquette étouffait le bruit de ses pas. Lorsqu'elle se retrouva dans le hall somptueux, elle se hâta au-dehors.

Haletante, Briana ouvrit la portière de son véhicule et une fois à l'abri, s'effondra en sanglots...

Elle pleura longtemps. Qu'avait-elle à reprocher à Drake ? se questionna-t-elle lorsque ses larmes se furent taries. Rien en fait... Alors pourquoi l'avait-elle si injustement accusé ?

5

Un rayon de soleil filtrait entre les branchages et caressait les pages du livre ouvert sur les genoux de Patty.

L'adolescente qui venait de lire à voix haute un passage du dernier acte de *Macbeth* arborait une expression songeuse. Briana observa furtivement son élève. Les traits habituellement butés de la jeune fille étaient presque transfigurés.

— Quelle pièce émouvante, vous ne trouvez pas ? prononça Briana avec un sourire.

Patty se retourna vers elle.

— Oui, acquiesça-t-elle. Mais le personnage de Macbeth est sinistre. Pourtant il aime profondément Lady Macbeth...

— Son amour est la seule chose positive qui lui reste, fit Briana, relevant le commentaire de Patty. D'ailleurs, c'est l'une des caractéristiques de la plupart des héros de Shakeaspeare : à la fois riches de leurs qualités morales et victimes de leurs vices... Une dualité entre le bien et le mal comme chez tout être humain, trancha-t-elle.

Patty hocha la tête en signe d'approbation.

— Exactement ! Macbeth commet des actes ignobles qui finissent par nous faire éprouver une immense compassion pour lui.

— C'est une remarque judicieuse, déclara Briana surprise par tant de pertinence.

Embarrassée, Patty avait rougi sous le compliment. Elle détourna le regard pour masquer sa timidité.

La très grande désinvolture apparente de Patty cachait en fait une infinie pudeur, nota Briana émue. Patty hésita un instant avant de poursuivre.

— A vrai dire, je ne m'étais jamais passionnée pour le théâtre de Shakespeare. Je n'avais pas encore compris pourquoi on le considérait comme un auteur exceptionnel, concéda-t-elle avec franchise. C'est la première fois que je parviens à lire l'une de ses œuvres jusqu'au bout, nota-t-elle en riant. Grâce à vous, Briana... Bien, il reste deux pages. Voulez-vous que je termine ?

— Oui, ensuite nous reparlerons des thèmes abordés par l'écrivain.

Tandis que l'adolescente reprenait le fil de sa lecture, Briana l'examina de nouveau à la dérobée. C'était la quatrième fois qu'elle se rendait à Saint-John pour y donner ses cours particuliers.

Avec un certain plaisir, elle constata que sa leçon n'avait pas ennuyé son élève. Avait-elle enfin trouvé un moyen de la motiver ? s'interrrogea-t-elle, pleine d'espoir.

Quand Patty eut achevé son passage, elles

discutèrent encore un long moment, analysant les lignes principales de la pièce..

Puis Briana donna le signal de la fin.

— Terminé pour aujourd'hui! annonça-t-elle d'un air enjoué.

Après avoir rangé ses livres, Patty s'éclipsa rapidement. Sans doute pour s'enfermer dans sa chambre et écouter des disques... se dit Briana avec un sourire.

— Avez-vous fini? s'enquit Ruth en surgissant devant le patio.

— Oui, rétorqua Briana.

— Prendrez-vous un rafraîchissement avant de partir?

— Avec plaisir.

Les deux femmes s'installèrent dans les fauteuils de rotin. Quelques instants plus tard, Greta leur apportait des jus de fruit glacés.

— Hum! quel délice... murmura Briana en dégustant sa boisson. Ce cours m'a assoiffée.

— Alors comment réagit Patty? questionna Ruth avec curiosité.

— J'ai réussi à l'intéresser à *Macbeth* aujourd'hui, répliqua Briana, satisfaite. Votre fille est très vive d'esprit. Elle a peut-être manqué d'acharnement jusqu'à présent mais l'intelligence ne lui fait pas défaut!

Ruth posa son verre à côté d'elle.

— Les résultats de Patty sont devenus alarmants au cours de cette année scolaire. Jusqu'alors, elle avait obtenu d'excellentes notes, commenta-t-elle soucieuse. Maintenant l'école l'ennuie et elle passe des heures entières à rêver sur son lit au lieu de faire ses devoirs.

Briana tenta de trouver des paroles rassurantes.

— Mais c'est de son âge, lança-t-elle avec vivacité. La plupart des jeunes filles réagissent de cette manière pendant un certain temps puis les choses reprennent leur cours normal...

Une expression perplexe se dessina sur les traits de Ruth.

— Drake vous a-t-il parlé... d'Abel Weldon ? demanda-t-elle d'une voix pressante.

Briana devait-elle lui avouer qu'elle avait longuement débattu de cette question avec son frère ? Indécise, elle ne sut que répondre. Après un instant de réflexion, elle convint :

— Oui, Drake a mentionné son nom devant moi, mentit-elle de peur de froisser Ruth. Il désapprouve totalement les projets de Patty. Vous aussi sans doute.

— Oh oui ! Abel Weldon est bien trop âgé et en plus, c'est un paresseux, ajouta-t-elle avec un geste agacé de la main.

Elle rejeta en arrière la mèche brune qui barrait son front avant d'ajouter :

— Mon intolérance doit vous surprendre mais j'ai d'autres ambitions pour Patty. Je ne veux pas qu'elle fréquente un homme aussi peu recommandable.

— Elle est amoureuse ou du moins croit l'être... avança Briana.

— Je le sais bien. Je voudrais tout simplement

lui éviter de commettre une regrettable erreur, murmura-t-elle.

Briana lui jeta un regard compréhensif. Les deux femmes avaient pris l'habitude de bavarder ensemble. Le caractère de Ruth, son amabilité la rendaient très agréable. Des liens d'amitié commençaient à se nouer entre elles.

— Il y a des choses que seule l'expérience permet de discerner et d'apprendre, remarqua Briana avec fatalisme.

Ruth demeura silencieuse pendant un long moment puis elle s'adressa à sa compagne d'une voix basse.

— Drake vous a-t-il dit qu'il avait offert de l'argent à Abel pour qu'il s'en aille ? souffla-t-elle mal à l'aise.

— Oui...

Ruth qui s'était relevée nerveusement de son fauteuil arpenta la terrasse dallée. Les mains enfoncées dans les poches de son ample blouse de coton, elle parut réfléchir.

Drake manque de doigté... ajouta-t-elle en observant le visage de Briana. Si jamais Patty a vent de ce qu'il a fait, nous aurons droit à une scène terrible. J'ai peur qu'elle ne...

Un pli barrait son front. Visiblement la simple pensée des réactions de Patty la faisait trembler d'avance.

— J'ai eu l'occasion de discuter de tout cela avec Drake, finit par avouer Briana. Je lui ai donné mon avis. A mon sens, il se trompe complètement en espérant régler le problème de cette manière.

Ruth laissa échapper un soupir.

— Je ne peux pas blâmer Drake, il a fait de son mieux. Souhaitons que Patty ne sache rien de cette histoire.

— Et si elle la découvre, peut-être constatera-t-elle enfin à quel point Abel se moque d'elle... rétorqua Briana.

Une lueur nostalgique éclaira les yeux sombres de Ruth.

— Oh, Drake craint de voir Patty s'enliser dans une situation sans issue. Il se souvient encore des difficultés de mon mariage, confessa-t-elle d'un ton attristé. Mon expérience lui est apparue comme si dramatique, si négative... Drake refuse de se marier par peur d'un semblable échec. Lorsqu'il vous a invitée à la maison j'ai cru qu'il allait enfin franchir le pas, ajouta-t-elle à mi-voix. Je vous avais prise pour l'une de ses conquêtes, Drake avait l'air si heureux !

La franchise de Ruth émouvait Briana. En même temps, elle éprouvait un vague sentiment de malaise. Elle éclata d'un rire léger afin de dissimuler sa gêne.

— J'avoue ne pas être un exemple en ce domaine, dit-elle en se moquant d'elle-même. A l'âge de vingt ans, j'ai épousé un homme plus âgé que moi. Comme Patty, j'avais la tête pleine de rêves et d'illusions plus insensés les uns que les autres. Mon union avec Ricardo, hélas, n'a rien eu de romantique, conclut-elle en frissonnant. J'ai vécu un véritable enfer pendant six mois jusqu'à ce que je rassemble suffisamment de courage pour le quitter...

Ruth qui n'avait cessé de dévisager son interlocutrice enchaîna :

— Vous êtes encore jeune Briana, vous referez votre vie. Moi j'ai gâché bien des années à attendre. Le père de Patty m'a abandonnée brutalement, murmura-t-elle soudain. Il a purement et simplement disparu du jour au lendemain. Durant des mois et des mois j'ai espéré qu'il reviendrait, ne serait-ce que pour revoir sa fille. Mais Tom nous avait rayées de son existence...

Elle se tut, contemplant le jeu des vagues dans la baie. Quand Ruth reprit la parole, sa voix se teintait d'amertume.

— Je n'arrivais pas à me décider à demander le divorce. Je subissais le contrecoup du choc et je ne parvenais plus à réagir avec cohérence. Si je me suis sortie de tout ce cauchemar, c'est bien grâce à Drake, avoua-t-elle aussitôt. Une fois ma décision prise, les choses se sont arrangées peu à peu. Et je me suis faite à l'idée de ne plus revoir Tom...

— Avez-vous eu de ses nouvelles ? questionna Briana avec compassion.

— J'ai entendu dire qu'il avait gagné l'Australie pour y travailler. Je suppose qu'il a changé au moins une bonne dizaine de fois d'emplois depuis... C'est un homme très instable, incapable de se fixer nulle part.

— Est-ce que Patty parle de son père ?

— Assez rarement. Elle était encore très jeune lorsqu'il est parti et s'en souvient à peine, déclara Ruth avec un imperceptible haussement d'épaules.

Puis elle parut se raviser et ajouta.

— Dans le fond, je me trompe peut-être... Patty ne paraît pas s'intéresser à Tom, elle ne me pose jamais aucune question mais elle pense sans doute à lui en secret. Abel Weldon ressemble à mon époux. Patty a sans doute eu besoin de retrouver un père dans ce garçon.

— C'est vraisemblable, commenta Briana.

Cette conversation ravivait en elle des sentiments assez douloureux, nota Briana avec une certaine tristesse. A la fin de l'après-midi, elle fit ses adieux à Ruth, préférant oublier les souvenirs pénibles qui l'assaillaient.

Elle comprenait le besoin de son amie de s'épancher. Les occasions de bavarder et de se confier lui étaient rares. Mais subitement Briana s'était sentie oppressée.

Se remémorant soudain la soirée passée en compagnie de Drake à l'hôtel Bel-Air, de terribles remords l'accablèrent.

Drake aurait pu à force de temps et de patience l'aider à surmonter le choc de ses déceptions sentimentales avec Ricardo. Mais elle l'avait éconduit si grossièrement le soir où elle se trouvait chez lui !

Depuis lors, il n'avait pas cherché à la revoir. Elle supposait qu'il se limiterait pour l'avenir à de stricts rapports professionnels avec elle. Son cœur se serra. Cette idée lui était intolérable.

Plus jamais, il n'essaierait de rétablir le moindre contact entre eux. Les paroles cinglantes de

Briana, son départ précipité, l'avaient profondément atteint dans sa dignité.

Comme elle s'était montrée ridicule ! songea-t-elle pour la énième fois. Puis voyant qu'elle ressassait inutilement cet épisode, elle revint en pensée sur Patty et sur la préparation de son examen de littérature anglaise.

D'autant qu'elle pouvait en juger, la jeune fille, serait capable d'obtenir une note honorable dans cette matière.

Un résultat positif l'encourageait à poursuivre ses efforts et lui redonnerait confiance, se dit-elle en reprenant le volant de la voiture de Drake...

Le mercredi suivant, Briana gara son véhicule à proximité du collège de Patty. Des yeux elle sonda le groupe des lycéennes qui bavardaient devant la sortie. N'apercevant pas son élève, elle abandonna sa voiture pour s'approcher de l'enceinte de l'établissement.

Au bout d'un quart d'heure d'attente, son inquiétude s'accrut. Que faisait donc Patty ?

Cette dernière n'avait pas pour habitude de s'attarder après la fin des cours... Briana patienta encore quelques minutes puis franchit d'un pas résolu les grilles de l'école.

Le hall était désert. Une porte entrebâillée portait une inscription en lettres gothiques : « secrétariat ». Briana la poussa et interrogea l'employée penchée au-dessus d'un fichier.

— Excusez-moi de vous déranger, fit Briana avec un sourire, je cherche Patty Heyward. Nous nous étions donné rendez-vous devant le collège mais je ne l'ai pas vue... Savez-vous où elle se trouve ?

La jeune femme regarda Briana d'un air perplexe.

— Non... je l'ignore. Je vais vérifier le nom du professeur qu'elle a eu en dernière heure de la matinée, déclara-t-elle en consultant le planning affiché au mur... Voilà ! reprit-elle un instant plus tard. Elle avait cours avec Miss Malory, son professeur de littérature.

Elle se dirigea vers le couloir et lança :

— Veuillez vous asseoir. Miss Malory doit encore être ici. Je reviens avec elle dans une minute.

— Merci infiniment.

La pièce donnait sur un parc dont les pelouses s'étendaient en pente douce. Le cri des oiseaux parvenait jusqu'à Briana qui, immobile, attendait le retour des deux femmes.

Il y eut un bruit de pas dans le hall et Briana se releva aussitôt.

— Je suis Briana Ivensen. Pardonnez-moi de vous importuner, s'excusa-t-elle devant Miss Malory. Je donne des leçons particulières à Patty et nous devions nous retrouver devant la sortie mais elle n'est pas là...

— Je suis ravie de faire votre connaissance, fit le professeur en lui tendant la main.

C'était une femme entre deux âges, au visage avenant. Elle poursuivit d'un trait :

— Je suis désolée mais Patty n'a pas assisté à mon cours. Elle est partie à la fin de l'heure précédente. Elle a eu un malaise et a préféré rentrer chez elle. Ses camarades de classe m'ont fait prévenir pour que je ne m'inquiète pas.

— Sa mère ne m'a pas avertie, remarqua Briana assez surprise.

Puis elle se reprit :

— Sans doute a-t-elle cherché à me joindre tout à l'heure...

— Je le suppose aussi, affirma Miss Malory affable. En tous cas, Patty fait des progrès spectaculaires dans ma matière et a brillamment réussi son examen blanc. Je viens de corriger son devoir.

— J'en suis très heureuse, rétorqua Briana dont les traits se détendirent. C'est une excellente nouvelle !

Renouvelant ses excuses, elle prit congé des deux femmes et regagna son véhicule. Elle s'apprêtait à mettre le moteur en route lorsqu'une silhouette courant à perdre haleine devant elle se profila au bout de la rue.

Patty, les joues écarlates, s'approcha de la voiture. Ses longs cheveux étaient ébouriffés.

— Dieux merci vous m'avez attendue ! articula-t-elle quand elle eut enfin repris son souffle.

Elle prit place à côté de Briana, évitant de croiser son regard.

— J'ai vu Miss Malory qui m'a signalé que vous étiez rentrée chez vous depuis un certain temps déjà, se contenta de répliquer Briana. Comment allez-vous ?

— Oh ! beaucoup mieux ! assura Patty d'une voix tremblante.

— Mais que faites-vous ici ? interrogea

Briana, radoucie. Je ne comprends plus très bien.

La jeune fille crispa nerveusement les doigts sur sa jupe uniforme.

— Je... j'ai manqué le ferry et... comme j'allais mieux, j'ai préféré vous rejoindre.

Briana sut qu'elle mentait.

— Où étiez-vous exactement ? questionna-t-elle d'un ton calme.

— Mais je vous l'ai dit, répliqua Patty avec impatience. Je suis allée jusqu'à l'embarcadère.

Briana se mordit les lèvres. Prendre Patty en flagrant délit de mensonge, serait extrêmement maladroit de sa part, s'avoua-t-elle au même moment.

Il lui avait fallu plusieurs semaines pour établir une relative confiance avec son élève. Elle refusait de démolir ces liens encore si ténus.

— J'ai l'impression que vous avez également manqué le ferry suivant, souffla-t-elle avec une fausse naïveté. Bien n'en parlons plus ! Où voulez-vous déjeuner ?

— Chez « *Arby* », si vous n'y voyez pas d'objection, répliqua Patty d'un air timide.

— Entendu ! Au fait Miss Malory m'a chargée de vous transmettre ses compliments pour le résultat de votre devoir. Vous avez obtenu une note brillante, annonça-t-elle espérant détendre Patty.

Contrairement à son attente, cette dernière ne manifesta pas le moindre signe d'enthousiasme.

— Tant mieux, dit-elle sans conviction. J'ai

été interrogée sur des questions que nous avions étudiées ensemble...

Puis elle se renfrogna et regarda obstinément devant elle durant toute la durée du parcours. Au cours du repas, Briana s'efforça de relancer la conversation mais en vain !

De toute évidence, Patty était sous un état de choc dont elle ne parvenait pas à sortir. De plus en plus tourmentée, Briana ne la quittait pas des yeux.

Le visage habituellement ouvert de Patty reflétait un immense désarroi. Des cernes mauves apparaissaient autour de ses prunelles. Elle mangeait à peine et semblait plongée dans des réflexions moroses.

Elles regagnaient la voiture de Briana lorsqu'elle consentit enfin à parler.

— Briana... nous sommes amies, n'est-ce pas ? murmura-t-elle d'une petite voix.

Briana, en alerte, demeura sur ses gardes.

— Oui... que se passe-t-il ? demanda-t-elle.

— J'ai besoin de votre aide.

— De quoi s'agit-il exactement ?

— Promettez-moi de ne pas dire à oncle Drake ou à maman que je suis sortie de l'école avant la fin des cours, fit-elle d'un air implorant.

— Je ne veux pas leur mentir, Patty !

— Je vous en prie, ne leur racontez rien. Vous n'aurez pas à leur faire de mensonges.

Quittant les artères principales, Briana prit la direction des docks.

— Où êtes-vous allée aujourd'hui ? Je préfére-

rais le savoir... insista-t-elle en observant son
élève.

— Je... je ne peux pas en parler, s'obstina
Patty.

Briana se tut. Lorsqu'elles eurent gravi la
passerelle permettant d'accéder sur le pont du
ferry, elle se retourna vers sa compagne. Ses
traits tirés lui firent pitié.

— Je tairai l'incident à votre famille mais s'ils
m'interrogent, je leur révélerai ce qui s'est passé.
Je ne peux pas faire autrement, comprenez-moi.

Patty esquissa un pâle sourire.

— Merci, Briana, souffla-t-elle enfin soulagée.

Briana en resta là. Elle espérait que rien de
trop grave ne s'était produit au cours de la
matinée. Mais tout contribuait à l'inquiéter : Le
malaise de Patty, son trouble et son mutisme le
lui laissaient rien présager de bon...

Que cherchait-elle à dissimuler ? s'interrogea-
t-elle tout en suivant des yeux le vol des oiseaux
de mer.

Lorsqu'elles arrivèrent en vue de la maison,
Ruth qui guettait leur arrivée sur le seuil de la
porte, vint à leur rencontre.

— Où étiez-vous donc ? s'étonna-t-elle.

Embarrassée, Briana expliqua brièvement :

— Nous avons préféré déjeuner à Saint-Thomas. Vous ne vous êtes pas inquiétée, j'espère ?

Ruth la rassura.

— Quand Patty est avec vous, je n'ai aucune
raison de me faire du souci ! rétorqua-t-elle
d'une voix douce.

La réplique de Ruth n'était pas pour apaiser la mauvaise conscience de Briana.

— Maman ! coupa Patty à brûle-pourpoint. J'ai obtenu une excellente note en littérature. Qu'en dis-tu ?

— Formidable, ma chérie ! Je suis fière de toi.

Patty échangea un rapide coup d'œil avec Briana et enchaîna :

— Au travail ! J'ai des révisions d'histoire à faire annonça-t-elle en jetant un regard furtif en direction de sa mère.

Celle-ci afficha une expression satisfaite.

— Tu vois, j'avais raison. De bons résultats scolaires t'encourageront à persévérer. Bien... installe-toi dans le patio avec Briana, suggéra-t-elle en s'éclipsant pour les laisser travailler.

Pendant les deux heures suivantes, Patty se montra distraite et inattentive. Son esprit était ailleurs et elle ne parvenait que difficilement à se concentrer.

A bout de patience, Briana écourta leur séance.

— C'est suffisant pour aujourd'hui, Patty. Vous essaierez de faire un effort d'attention la prochaine fois, lui conseilla-t-elle en se relevant de sa chaise.

— D'accord... promit l'adolescente. Merci encore... de... votre compréhension.

— J'espère simplement ne pas avoir à regretter ma décision, soupira-t-elle avec lassitude.

Patty paraissait sur le point de poursuivre la conversation mais elle s'arrêta net en voyant

Drake surgir devant elle. Aussitôt elle afficha un air enjoué.

— Bonjour, Drake ! Tu rentres de bonne heure.

Briana sentit le rouge lui monter subitement aux joues. Gênée, elle détourna la tête, refusant de trahir sa confusion.

— Je voulais vous voir un moment avant que vous ne quittiez la maison, lui signala Drake.

— Comment as-tu fait pour venir jusqu'ici puisque tu n'avais pas la Pontiac ? interrogea Patty avec curiosité.

— Je suis allé voir Dodie. J'ai téléphoné du magasin pour prévenir Ruth de mon arrivée et elle est venue me chercher, rétorqua-t-il patiemment.

— Bon, excusez-moi tous les deux mais je vais dans ma chambre. J'ai encore des devoirs à préparer pour demain. A vendredi, Briana ! reprit Patty en disparaissant.

Une fois la jeune fille partie, Drake murmura :

— Allons dans le jardin, voulez-vous...

Il paraissait extrêmement tendu. Ils suivirent l'allée bordée de massifs luxuriants avant de s'enfoncer dans le parc.

Le chemin se rétrécissait progressivement pour se transformer en un étroit passage, les obligeant à marcher côte à côte.

Drake avançait à longues enjambées, les mains résolument enfoncées dans les poches de sa veste. Le silence s'éternisait. N'y tenant plus, Briana intervint. d'une voix hésitante :

— Les résultats de Patty se sont vraiment

améliorés. Elle vient d'obtenir une très bonne note en littérature...

— Ruth m'a mis au courant, trancha-t-il d'un ton saccadé. Mais elle m'a également dit que vous étiez arrivées très en retard, Patty et vous...

— Nous avons pris le temps de déjeuner à Saint-Thomas, se hâta-t-elle de répondre.

Au milieu de l'enchevêtrement de branchages et de plantes tropicales qui les entouraient, Briana remarqua un banc de pierre. Drake marmonna quelques paroles inintelligibles.

— Qu'avez-vous donc fait avant de rentrer à la maison ? articula-t-il enfin en la foudroyant du regard.

Elle tressaillit avec le sentiment terrible d'être prise en faute.

— Pourquoi toutes ces questions ? J'ai retrouvé Patty devant l'école ensuite nous sommes allées déjeuner, c'est tout !

Elle avait la gorge nouée par l'angoisse. Quand elle croisa les prunelles noires de Drake, les pulsations de son cœur s'accélérèrent soudain.

Un rictus tordait la bouche de son compagnon. Il paraissait subitement menaçant.

Lorsqu'elle s'écarta imperceptiblement de lui, il la retint brutalement par le poignet.

— Nous n'avons pas encore fini de parler, tonna-t-il.

— Mais vous me faites mal, bredouilla-t-elle en tentant de se dégager.

Il ne la libéra pas. Comme elle demeurait immobile, l'affrontant sans ciller, il relâcha peu à peu son étreinte. Sa main caressa doucement le bras de Briana.

— Ne me racontez pas de mensonges... dit-il avec autorité.

— Je... je ne mens pas.

La peur la paralysait. Un éclat étrange illumina le visage de Drake. Il savourait son triomphe...

Puis il la rapprocha de lui d'un geste souple. Elle sut aussitôt qu'elle ne fuierait pas... Tout effort pour échapper à son magnétisme était vain !

Quand il se pencha au-dessus d'elle pour l'embrasser, elle se laissa faire. Le corps cambré contre le sien, elle sentait ses désirs renaître avec une force incompréhensible.

Les lèvres de Drake se pressèrent plus voluptueusement encore contre sa bouche. D'une main il la plaquait contre son corps viril, de l'autre il caressait ses tempes, laissant glisser ses boucles dorées entre ses doigts.

De longs frissons la parcouraient. Leur baiser devint plus passionné. Elle oubliait tout de ses craintes. Plus rien ne comptait en dehors de Drake, qui était là, contre elle...

Un gémissement de bonheur lui échappa.

— Briana... murmura Drake.

Il la retenait à présent par les épaules. Elle releva ses yeux vers lui et demeura sans voix. Une inexplicable émotion voilait le regard sombre de son compagnon.

— Oh, Briana... enchaîna-t-il avec fougue. Vous me troublez. Vous en rendez-vous compte ?

— Je...

— Voyons... insista-t-il en la serrant contre lui. Vous le savez, n'est-ce pas ?

— Oui...

Quand elle vacilla, il la maintint vigoureusement contre lui, lui communiquant sa chaleur.

Drake l'avait-il envoûtée ? songea-t-elle en tentant de reprendre ses esprits. Il la fascinait. Auprès de lui, elle retrouvait l'impression d'être désirée et... aimée.

— Comment vous sentez-vous ? interrogea-t-il avec une infinie tendresse. Bien, je l'espère...

— Est-ce que cela ne se voit pas ? gémit-elle en se blottissant contre sa poitrine.

— Alors vous avez beaucoup évolué depuis la dernière fois !

L'évocation de leur soirée à l'hôtel Bel-Air la déchira aussitôt.

— Je suis désolée d'avoir réagi de cette manière. Je n'aurais pas dû vous adresser le moindre reproche, avoua-t-elle trop heureuse de se libérer du fardeau qui l'accablait depuis tant de jours.

— Vraiment ? lança Drake d'une voix grave.

— Oui, j'ai eu tort. Je me suis conduite comme une idiote, admit-elle dans l'espoir de le convaincre de sa sincérité.

Savait-il qu'elle avait été torturée à l'idée de ne plus le revoir ? Et comment aurait-il pu comprendre ce qui l'avait poussée à s'enfuir si précipitamment ce fameux soir ? se dit-elle avec tristesse.

Drake n'ignorait pas qu'elle avait été mariée

mais elle lui avait tu les détails dramatiques de sa vie conjugale. Comment aurait-il pu soupçonner les terribles séquelles laissées par cette regrettable union ?

— Pardonnez-moi, insista-t-elle de nouveau.

Drake se mit à rire. Surprise, elle observa ses traits harmonieux, son front hâlé auréolé de boucles noires. Sa réaction la laissa abasourdie.

— Alors ce n'était donc pas un jeu ? la questionna-t-il en souriant.

— Non, Drake...

Au même instant ses prunelles s'obscurcirent. Il esquissa une moue sarcastique.

— Vous êtes vraiment très rusée, ma chère. J'ai failli me laisser prendre au piège. Quel imbécile je suis ! s'exclama-t-il d'un air dépité.

— Mais je...

— Quelle confiance pourrais-je vous accorder ? l'interrompit-il sèchement. Vous mentez sur tous les plans, Briana.

— Je vous assure que non !

— Cessez de vous moquer de moi.

— Quand vous ai-je raconté des mensonges ? demanda-t-elle atterrée.

— Il y a quelques minutes... lorsque vous m'avez affirmé que Patty vous avait rejointe devant l'école.

— Je vous ai dit que nous avions déjeuné ensemble à Saint-Thomas et c'est la stricte vérité, lança-t-elle avec véhémence.

— Patty est sortie du collège en fin de matinée pour retrouver Abel Weldon dans son appartement, siffla-t-il hors de lui. Je fais suivre ce gredin. Je suis donc au courant de ses faits et gestes. Après avoir quitté Abel, Patty a filé en direction du collège.

Briana, blême, repoussa les mèches qui retombaient sur son visage d'une main tremblante.

— Je l'ignorais. Elle a refusé de m'apprendre où elle avait été.

— Et vous avez décidé de nous cacher son escapade... Mais pourquoi, bon sang ? gronda-t-il exaspéré.

— Non ! l'arrêta-t-elle subitement. Non, les choses ne se sont pas passées ainsi.

Elle se tut et tenta de réfléchir rapidement.

— Drake... j'espère qu'Abel ne lui a pas avoué que vous lui aviez donné de l'argent pour disparaître... prononça-t-elle sentant une sourde angoisse s'insinuer en elle.

— Non, je ne le pense pas. Quand je suis allé chez lui, il m'a promis qu'il ne lui avait rien dévoilé.

Quelque peu soulagée, Briana se détendit. Des explications s'imposaient pour rompre la palpable tension qui régnait entre Drake et elle.

— Patty m'a fait juré de ne parler de rien, reprit Briana. Elle craignait vos réactions. J'ai accepté ce pacte pour ne pas perdre sa confiance...

— Comme c'est émouvant, railla-t-il en la toisant.

— Vous ne me croyez pas ? riposta-t-elle sans

baisser les yeux. Bien, dans ce cas, je vous donne ma démission.

Sur ces mots, elle fit volte-face et commença à s'éloigner dans l'allée.

Une seconde plus tard, il l'empoignait par le bras, la contraignant à se retourner.

— Pas question ! gronda-t-il. Vous savez pertinemment que je ne pourrais pas retrouver un autre professeur pour Patty. En plus, vous avez besoin de ce salaire. Ne prenez donc pas les choses de haut.

Une expression méprisante déformait ses traits.

Il poursuivit d'un ton vibrant de haine.

— Je m'étais trompé. Je vous ai crue différente de votre frère et du reste de la famille Ivensen. Quelle erreur !

Le cœur de Briana se serra. Le commentaire de Drake l'avait frappée comme une gifle.

— Cela suffit ! s'écria-t-elle en se redressant de toute sa taille. Mon frère a détourné des fonds mais il vous a laissé sa maison. Je ne cherche pas à l'excuser, mais pourquoi nous accusez-vous sans arrêt ? Que vous ont fait les Ivensen ? J'aimerais bien le savoir, ajouta-t-elle d'une voix altérée.

— Demandez à votre grand-mère, se contenta-t-il de répondre, laconique.

— Que voulez-vous donc qu'elle me dise ?

Drake crispa les lèvres. Quand elle s'écarta de lui, il ne tenta pas de la retenir. Il n'avait pas répondu à sa question mais avait jeté subitement le trouble dans son esprit.

Que s'était-il passé entre Drake et les membres de sa famille ? se répéta-t-elle en marchant en direction de la maison...

6

BRIANA n'avait toujours pas retrouvé son calme lorsqu'elle arriva au manoir. Les propos incompréhensibles de Drake la torturaient sans relâche.

Que s'était-il produit en effet pour que celui-ci haïsse autant les Ivensen? se surprit-elle à songer inlassablement.

Elle retournait la question dans sa tête sans parvenir à éclaircir cette énigme. Si Drake éprouvait tant de ressentiment pour la famille Ivensen pourquoi diable avait-il embauché Erik puis Briana par la suite?

Pourquoi avait-il accepté de leur laisser la jouissance du manoir pour quelque temps encore? Que signifiait cette générosité?

Incapable de résoudre ce mystère, Briana poussa la porte de l'office où s'affairait Ida. Elle constata aussitôt que la servante avait dressé le couvert pour deux personnes dans la salle à manger attenante.

— Grand-mère descendra-t-elle pour dîner? demanda-t-elle.

— Oui, Miss ! Mme Ivensen se sent beaucoup mieux ce soir.

— Cela me fait plaisir, affirma Briana, soulagée de savoir Margaret en meilleure forme.

— M. Erik a téléphoné, enchaîna Ida en observant la jeune femme. Depuis son coup de fil, grand-mère est toute joyeuse.

— Comment va Erik ? demanda Briana.

— Oh, très bien !

Briana s'éclipsa pour se rafraîchir avant le souper. Après s'être soigneusement lavé les mains et le visage, elle se brossa les cheveux et se remaquilla légèrement.

Puis elle regagna le rez-de-chaussée.

— Bonsoir, grand-mère ! s'exclama-t-elle d'une voix chaleureuse en pénétrant dans la pièce. Vous êtes resplendissante ce soir...

— Je suis soulagée, ma chérie, affirma Margaret. Sais-tu qu'Erik m'a téléphoné cet après-midi ? Il m'a appelée de New York pour me donner de ses nouvelles.

La vieille dame paraissait rajeunie.

— Alors, où en est-il ? questionna Briana avec un froncement de sourcils.

— Tout va pour le mieux, lui assura Margaret. Il a trouvé un appartement superbe et il étudie différentes propositions de travail.

Connaissant la paresse de son frère, Briana se permettait d'en douter... Elle l'imaginait plus aisément en train de mener joyeuse vie, dépensant allègrement les fonds de la *Rutledge Corporation*.

La recherche d'un emploi était certainement

le dernier des soucis d'Erik, songea Briana avec tristesse.

Les deux femmes s'installèrent à table et continuèrent à converser tout en mangeant les hors-d'œuvre servis par Ida.

— Que vous a-t-il raconté d'autre ? insista Briana en regardant sa grand-mère avec attention.

— Eh bien, Erik a contacté un vieil ami de Frederik, David Schitzer, qui s'est fait un devoir de l'introduire dans son cercle de relations.

— Merveilleux ! lança Briana avec une ironie à peine voilée.

Margaret avait retrouvé son entrain, remarqua-t-elle. Et sa conversation avec Erik lui avait apporté un réel bonheur.

— Evidemment j'ai expliqué à Erik que son silence m'avait mortellement inquiétée, poursuivit Margaret. Je crois qu'il avait peur de mes réactions lorsque j'apprendrais son départ de la *Rutledge Corporation*. Je l'ai rassuré sur ce point. Franchement, il a eu parfaitement raison de partir, n'est-ce pas ma chérie ?

— Que pense Erik de mon nouveau poste ? murmura-t-elle curieuse de connaître l'opinion de son frère.

— Il pense que ce n'est pas une si mauvaise idée puisque tu te destines à l'enseignement, déclara Margaret. Au fait tu lui avais parlé d'un projet assez bizarre, ajouta-t-elle d'un air perplexe. Louer une maison de taille plus modeste pour que nous nous y installions... C'est complètement absurde! trancha-t-elle en haussant le ton.

A la hâte, Briana répliqua :

— C'était un très vague projet, grand-mère, c'est tout...

Erik avait menti, songea-t-elle, folle de rage. Une fois de plus il avait tenté d'arranger les choses à sa manière. Présumant qu'il leur faudrait quitter le manoir, il laissait entendre à Margaret qu'il s'agissait d'une initiative de Briana...

Erik éprouvait-il des remords quant à sa conduite odieuse ? se demanda-t-elle aussitôt. Il lui arrivait peut-être d'en ressentir quelques regrets mais ses scrupules ne l'accablaient jamais bien longtemps, hélas! Son égoïsme chronique reprenait vite le dessus sur tout autre considération.

Erik, dans le fond, ne se souciait de personne d'autre que de lui-même, conclut Briana avec amertume.

— Je ne partirai jamais de chez moi, c'est hors de question, ajouta Margaret avec obstination.

— Bien sûr..., acquiesça Briana préférant l'apaiser.

Pourquoi affoler inutilement Margaret ? Il serait temps lorsque Drake les sommerait d'abandonner le manoir d'expliquer à la vieille dame ce qui s'était passé.

En attendant il valait mieux lui éviter un choc pénible.

— J'ai eu l'occasion de bavarder avec Drake Rutlege aujourd'hui, reprit Briana.

— Que peux-tu bien lui trouver d'intéressant ? Ce Rutledge n'appartient pas à notre milieu. Il n'a strictement aucun point commun avec nous, commenta Margaret sans aménité. Tu devrais donner ta démission...

— C'est impossible, voyons ! Le travail est difficile à trouver. Je n'ai pas le choix, rétorqua Briana en relevant le menton. Mais il y a une chose que je ne comprends pas, prononça-t-elle d'un air intrigué. Pourquoi m'a-t-il embauchée puisqu'il hait notre famille ?

Margaret qui avait brusquement reposé ses couverts fixa sa petite fille. Une expression troublée envahit ses traits. Une fraction de seconde plus tard, elle avait repris contenance.

— Cela confirme tout ce que je t'ai dit, ma petite, déclara-t-elle acerbe. Drake Rutlege ne m'inspirera jamais aucune confiance. Tu n'as pas l'air de te rendre compte de ce que tu fais, Briana... Tu joues avec le feu, tout simplement !

Ce fut au tour de Briana de montrer sa surprise.

— Je n'avais jamais vu cet homme avant qu'il ne nous rende visite ici... pour rapporter des papiers qu'Erik avait laissés dans son bureau, s'empressa-t-elle de rectifier. Il m'a proposé ce poste et j'ai accepté. Pourquoi devrais-je me méfier de lui au juste ? s'enquit-elle espérant connaître enfin la clé de l'énigme.

Margaret qui achevait son repas attendit quelques minutes avant de parler. Anxieuse, Briana retenait son souffle.

— Tu as rencontré Drake Rutledge lorsque tu

étais enfant mais tu ne peux pas t'en rappeler, tu étais trop jeune, sans doute... articula Margaret. C'était un garçon insolent et violent. Un être imbu de lui-même et insupportable ; il n'a pas changé.

— Que s'est-il passé de si dramatique entre lui et les Ivensen ? insista Briana. Quel genre d'incident ?

Margaret sembla soudain exaspérée par la conversation. Pourtant la jeune femme désirait savoir enfin ce que chacun s'efforçait visiblement de lui taire...

— Drake t'a donné sa propre version des faits, je suppose, dit Margaret à contrecœur...

— Non, pas du tout ! Il m'a conseillé d'en parler avec vous, au contraire...

L'expression tourmentée de Margaret lui donna des remords. Mais Briana voulait découvrir la vérité. Il le fallait !

— Je vous en prie, grand-mère... déclara-t-elle d'une voix implorante. Continuez.

Margaret avait perdu son attitude hautaine. Sa bouche s'affaissa.

— Drake a perdu son père quand il était encore très jeune. Après le décès de son mari, la mère de Drake commença à mener une vie... dissolue, confessa-t-elle.

Un imperceptible tremblement parcourait la vieille dame. Briana s'excusa :

— Je suis désolée, je ne voulais pas vous bouleverser avec cette histoire, bredouilla-t-elle. J'avais besoin de savoir ce qui s'était passé... pour mieux comprendre la personnalité de

Drake. Mais ce que vous m'avez dit n'explique en rien sa haine pour notre famille, conclut-elle, pensive.

Margaret reprit une partie de son assurance pour reprendre.

— J'ai mis Pearl à la porte, souffla-t-elle. Son fils ne me l'a pas pardonné. Je ne voulais pas d'une femme dévergondée chez moi !
Bien entendu après son renvoi elle nous a accusés, ton père et moi, des pires choses. Par pur esprit de vengeance ! Elle a monté ses enfants contre nous...

— Mais elle venait de perdre son travail et se trouvait dans la détresse la plus complète ! nota Briana.

— Que voulais-tu que je fasse d'autre ? Que je garde une femme aussi dévoyée à mon service peut-être ? protesta Margaret.

— Aviez-vous à vous plaindre d'elle quand elle était au manoir ? demanda Briana avec douceur.

La vieille dame se renfrogna et lança d'une voix coupante :

— Nous avions de nombreux domestiques à l'époque. Certains d'entre eux n'étaient que de très jeunes gens. Je ne voulais pas qu'elle les débauche sous mon toit !

Ida qui venait de pénétrer dans la pièce pour débarrasser le couvert revint quelques secondes plus tard avec le dessert et le café.

Elle disposa les tasses et les assiettes sur la table et s'apprêtait à retourner à l'office lorsque Briana l'arrêta d'un geste de la main.

— Ida... nous parlions de Pearl Rutledge : vous souvenez-vous d'elle ? questionna-t-elle simplement.

La servante échangea un coup d'œil rapide avec Margaret avant de se décider à répondre :

— Oui, Miss, je me la rappelle très bien. Elle a travaillé pendant un certain temps ici, après, elle est partie..., je n'en sais pas plus.

Une fois Ida disparue de la salle à manger, Margaret toisa Briana.

— Ne prends pas l'habitude d'interroger Ida, veux-tu ! Puisque tu meurs de curiosité, je vais te dire ce qui s'est passé, déclara-t-elle avec sévérité. Peu de jours après le départ de Pearl, Drake est revenu au manoir pour tuer ton père. Il était armé d'un poignard. C'était un garçon extrêmement solide pour son âge et d'une force redoutable... Il était dans un état affreux et avait perdu tout contrôle de lui-même.

— Mon Dieu ! s'exclama Briana en se mordant les lèvres.

Sa grand-mère lui révélait-elle enfin la vérité ? S'agissait-il d'un récit objectif des événements ou de sa propre vision des choses ?

Soudain un voile se déchira dans l'esprit de Briana. L'image floue et incertaine qui lui était apparue par lambeaux s'imposa à elle avec une netteté stupéfiante. Elle revit la scène avec acuité.

Drake et Frederik se trouvaient devant elle. Ils roulaient sur le sol avec des grognements sourds... A quelques centimètres d'eux gisait le poignard de Drake... La lame étincelait sous la lumière. Puis il y avait eu un claquement de cravache. La fine lanière de cuir avait entaillé la joue de l'adolescent... Le sang s'écoulait de la plaie béante...

Terrifiée par ce souvenir, elle ferma les paupières. Quand elle ouvrit les yeux, sa grand-mère, immobile, l'observait.

— J'étais là, n'est-ce pas ? Je m'en souviens... articula Briana d'une voix blanche.

— En effet, acquiesça Margaret. Tu n'avais que cinq ans. Le traumatisme a été tel pour toi que tu n'as jamais reparlé de cette tragédie. Tu as préféré l'enfouir au fond de ta mémoire... comme un épisode trop douloureux que tu voulais oublier.

— Pourquoi Drake s'en est-il pris à mon père ? C'était toi qui avais congédié Pearl Rutledge...

Margaret eut un haussement d'épaules.

— Je te l'ai dit : il était en pleine crise de fureur. Il n'a pas réfléchi une seconde à ce qu'il faisait. Il a supposé que je m'étais concertée avec Frederik avant de renvoyer Pearl mais ce n'était pas le cas. Frederik avait horreur qu'on l'ennuie avec des problèmes domestiques. Il s'en remettait entièrement à moi pour régler ce genre de détails.

Margaret s'arrêta pour boire quelques gorgées de café.

— De toute façon, Frederik se trouvait en voyage au moment où j'ai pris la décision de licencier Pearl, reprit-elle. Je n'allais pas attendre son retour pour le consulter, n'est-ce pas ?

— Non, sans doute, murmura Briana d'un air vague.

— Tu comprends pourquoi je ne voulais pas que tu travailles pour Drake Rutledge ? questionna Margaret.

Briana ne répondit pas. Subitement elle avait envie d'être seule.

— Tu m'excuseras à présent, déclara Margaret en repoussant sa chaise cannelée. Je vais me reposer. Il est bien tard pour moi.

Regrettant d'avoir forcé la vieille dame à évoquer des souvenirs lointains mais encore pénibles, elle la regarda avec tendresse.

— Je suis désolée de vous avoir contrainte à reparler de tout ceci, dit Briana.

— Ce n'est rien, la rassura Margaret avec un sourire. Il valait mieux que je te raconte tout. Nous n'aurons plus besoin de revenir sur ce sujet. Bonne soirée, mon enfant, conclut-elle en s'éloignant.

Briana acheva sa tasse de café puis s'éclipsa à son tour pour regagner sa chambre. Dans la solitude de la pièce, elle se déshabilla lentement. Puis elle revêtit une chemise de soie, découvrant le fin modelé de ses épaules et de sa gorge.

Elle avait besoin d'air. L'atmosphère lui paraissait irrespirable. Lorsqu'elle ouvrit les battants de la fenêtre, un souffle tiède caressa sa joue. Avec un soupir elle s'installa près de l'embrasure et contempla les lumières du port qui clignotaient dans l'obscurité.

Les révélations de Margaret l'avaient stupéfaite mais elles lui permettaient de comprendre les réactions de Drake...

Pourtant, son attitude demeurait assez mystérieuse. Pourquoi, alors qu'il détestait les Ivensen, lui avait-il procuré un emploi ?

Pourquoi également laisser Ida, Margaret et Briana demeurer un seul jour de plus au manoir alors qu'il pouvait légalement les expulser ?

Elle s'était posée cette question d'innombrables fois. A présent elle devinait confusément la raison de l'altruisme de Drake. Il n'était pas généreux, certes pas ! il essayait simplement de racheter l'erreur qu'il avait commise dans le passé...

Son désir de triompher des Ivensen n'avait pas totalement disparu. Il était encore animé d'une farouche hostilité à leur égard, songea Briana en s'asseyant au pied de son lit.

L'ambiguïté du comportement de Drake était assez troublante : elle l'avait vu faire preuve d'arrogance et de mépris, puis d'une tendresse qui l'avait bouleversée.

Elle devait mettre à profit les conseils de sa grand-mère et rester sur ses gardes. Il lui faudrait observer une entière prudence devant Drake pour éviter tout conflit...

La leçon particulière de Patty venait de prendre fin. Briana qui avait pris la précaution d'emporter son maillot et une serviette, proposa à Ruth et à sa fille de l'accompagner sur la plage.

Mais comme elles avaient prévu de faire quelques courses, elles déclinèrent aimablement son invitation. Quelques minutes plus tard Briana foulait le sable doré du rivage.

Une végétation dense bordait le petite baie. A l'abri des bosquets, la jeune femme se dévêtit puis courut jusqu'à la mer.

Les lames se brisaient sur les récifs dans un jaillissement d'écume. Le soleil ardent brûlait sa peau. Pour échapper à la chaleur, elle plongea dans l'eau fraîche et nagea pendant un long moment.

Lorsqu'elle regagna le rivage, elle s'allongea sur le ventre et sortit un livre de son sac. Elle commençait à peine sa lecture lorsqu'elle entendit un bruit de pas.

Elle releva la tête. Drake s'avançait vers elle d'une allure décidée. Que devait-elle faire ? Fuir au plus vite ? Mais il interpréterait son départ comme une réaction de peur, songea-t-elle en choisissant finalement de ne pas bouger.

Quand il s'arrêta devant elle, elle sentit son regard posé sur elle. Il contemplait le mince bikini de coton noir qui dévoilait ses formes gracieuses.

Elle devint écarlate et se détourna, feignant l'indifférence.

— Ruth m'a dit où vous trouver, déclara-t-il en posant sa serviette à côté d'elle.

Il semblait d'humeur bavarde. Elle s'efforça de paraître aimable.

— Aimez-vous nager ?

— Oui, rétorqua-t-il en s'allongeant. Je vais à la piscine de l'hôtel quand j'ai un moment. Mais trop peu souvent à mon goût !

— Vous n'êtes pas très occupé aujourd'hui, ne put-elle s'empêcher de remarquer.

Une expression amusée se peignit sur le visage de Drake.

— Vous imaginez-vous que je vous suis ?

— J'en ai l'impression, concéda-t-elle.

— Et pourquoi après tout ? Ces terres m'appartiennent et la baie aussi...

Le ton de moqueur de Drake l'exaspéra soudain.

Toute discussion s'avérait impossible avec lui, conclut-elle en soupirant.

Plutôt que de céder à la colère, elle se redressa et se dirigea lentement vers la mer. Nager calmerait ses nerfs. Drake avait le don de la pousser à bout.

Elle fit la planche se laissant dériver au gré des vaguelettes. Elle observait le ciel dont le bleu intense se confondait avec la couleur lumineuse de l'eau. Brusquement un clapotis attira son attention.

Elle se retourna pour se retrouver à quelques centimètres de Drake qui, une lueur taquine dans les yeux, la regardait.

Elle tressaillit.

— Vous ai-je fait peur ? demanda-t-il.

— Non pas du tout, mentit-elle.

— Si je ne me trompe pas, nous éprouvons une attirance folle l'un pour l'autre, lança-t-il avec aplomb.

— Eh bien, vous faites vraiment erreur sur ce point. Je ne ressens rien pour vous !

Son commentaire l'avait visiblement atteint. Aussitôt il reprit d'une voix sèche :

— Excusez-moi, j'avais oublié mes origines sociales. Une Ivensen ne peut pas frayer avec un vulgaire parvenu.

— Je vous en prie, épargnez-moi le récit de votre enfance malheureuse. Vous utilisez votre passé pour vous justifier de tout ! C'est trop facile. Bien des gens n'ont pas eu la chance de vivre dans une famille aisée mais tous n'en font pas état à longueur de journée.

Briana regretta ses paroles. Son irritation l'avait entraînée trop loin. Le visage de Drake se contracta.

— J'ai eu quelques problèmes pendant mon enfance, en effet ! siffla-t-il entre ses dents. Votre grand-mère ne vous a-t-elle donc rien expliqué ?

— Mais si, nous en avons parlé, fit Briana, irritée.

— Margaret Ivensen a consenti à vous avouer la vérité ? ironisa-t-il. J'ai du mal à le croire !

Une soudaine envie de le gifler s'empara de Briana. Mais elle se mordit les lèvres, réprimant le désir de le remettre à sa place.

— Alors que vous a-t-elle raconté ? Quelle est sa version des faits ? insista-t-il en la toisant.

— Elle m'a dit que vous aviez tenté de tuer mon père dans un accès de colère incontrôlable, prononça-t-elle d'une voix tremblante.

Elle vit sa mâchoire se crisper. Signe nerveux qui laissait percevoir le trouble qui l'envahissait.

— Vous a-t-elle expliqué pourquoi j'avais

essayé de le tuer? interrogea-t-il d'une voix rauque.

— Parce qu'elle avait congédié votre mère. Mais laissons cette discussion. J'en ai assez!

Elle se remit à nager.

— Certainement pas! tonna-t-il en se rapprochant d'elle.

Soudain il l'agrippa par les épaules et la força à le regarder.

— Non, continuez Briana... enchaîna-t-il sans relâcher son étreinte.

Les doigts de Drake se resserraient sur elle comme un étau. Le souffle coupé, elle tenta de se libérer mais y renonça. Elle n'était pas de taille à lutter physiquement contre Drake...

— Alors? reprit-il en hurlant presque.

Briana sentit la fureur la gagner. Son calme l'abandonnait brutalement.

— Bien! Je vais préciser ma pensée : votre mère n'avait pas des mœurs très..., très honnêtes, déclara-t-elle avec une sorte de dédain. Elle a perdu son emploi pour cette raison. On ne peut guère blâmer ma grand-mère de l'avoir licenciée...

Elle se radoucit et continua.

— Je comprends les souffrances que vous avez ressenties à cette époque mais il faut oublier le passé. Ne vivez pas éternellement avec ces souvenirs!

Drake la libéra. Il paraissait brusquement démuni et affichait une expression presque juvénile.

— Je... je vais sortir de l'eau, bredouilla Briana.

— Non! commanda Drake. Laissez-moi vous donner quelques précisions auparavant : ma mère était quelqu'un d'infiniment respectable, tout le contraire d'une dévoyée... Son unique malheur fut de tomber amoureuse de Frederik Ivensen, prononça-t-il sans la quitter des yeux.

Le cœur de la jeune femme se mit à battre à tout rompre. Comment était-ce possible ? Drake l'induisait en erreur.

— Je... commença-t-elle, abasourdie.

Il ne lui laissa pas le temps de parler.

— Votre père a tout fait pour la séduire en lui offrant des cadeaux, en lui faisant de folles promesses...

— Je n'en crois pas un mot, répliqua-t-elle froidement.

— Ils étaient amants depuis des mois et Frederik avait juré solennellement à ma mère qu'il l'épouserait. Il voulait simplement retarder la date du mariage afin de mettre au clair certains problèmes d'héritage. Il était convenu qu'ils célébreraient leur union une fois tous ces détails réglés. Votre père avait promis à ma mère de quitter le manoir pour qu'ils puissent vivre ensemble dans une maison bien à eux, conclut Drake, livide.

Il interrompit le cours de son récit pour reprendre sa respiration. Son désarroi faisait peine à voir, se dit soudain Briana éprouvant une terrible compassion pour lui.

La haine et le chagrin à la fois semblaient faire

rage en lui. Quand il reprit de nouveau la parole, sa voix tremblait.

— Et puis Margaret a découvert la liaison de son fils. Au cours d'une scène affreuse, elle fit retomber tous les torts sur ma mère, l'accusant d'avoir cherché à détourner une partie de l'héritage familial en épousant Frederik. Elle la chassa définitivement de la maison lui interdisant d'y revenir. Mais ma mère était profondément éprise de votre père, Briana... Elle revint chez nous et commença à attendre la visite de Frederik. Mais il ne se manifestait pas. Un après-midi, alors qu'elle faisait des emplettes en ville, elle croisa Margaret au bras de son fils. Ni l'un ni l'autre ne la saluèrent...

La voix de Drake se brisa.

Lorsqu'elle rentra chez nous complètement effondrée, elle eut une crise de nerfs. Elle nous apprit enfin ce qui s'était passé entre Frederik et elle, nous confiant son chagrin. Quand elle fut enfin calmée, elle alla dans sa chambre. Ruth et moi pensions qu'elle s'endormirait très vite, épuisée par la fatigue et la tristesse. Mais il n'en fut rien malheureusement, ajouta-t-il avec des inflexions douloureuses. A la nuit tombée elle se glissa furtivement hors de la maison et monta à bord de la barque amarrée à proximité de chez nous. Peut-être avait-elle besoin de prendre un peu d'exercice pour apaiser sa nervosité ? Il est possible aussi qu'elle ait voulu mettre fin à ses jours... Au cours de la soirée, le vent se leva brusquement. Le matin suivant, nous avons retrouvé son corps sur la plage...

Mon Dieu! songea Briana, bouleversée. Elle comprenait enfin la haine de Drake à l'égard de sa famille... Cette horrible tragédie l'avait marqué pour toujours.

Il tenait tous les Ivensen responsables de la mort de Pearl! Pourtant, ce qu'il dépeignait de Frederik, cette incroyable lâcheté, lui semblait si peu correspondre à l'image qu'elle avait gardée de son père! Trop interdite pour parler, elle l'écouta tandis qu'il poursuivait :

— Votre grand-mère vous a dit la vérité sur un seul point : l'état de rage qui me poussait à tuer Frederik pour me venger! J'étais hors de moi, incapable de me raisonner. Je n'avais qu'une idée en tête : le poignarder. Pour se défendre, il m'a lacéré le visage avec sa cravache. C'était lui ou moi, et il a eu le dessus! conclut-il d'un ton monocorde. Je sais que je me suis évanoui. Lorsque je me suis réveillé, j'étais à l'hôpital et les médecins venaient de recoudre ma plaie.

D'un geste mécanique, il effleura la longue cicatrice, le sillon de chair tuméfié qui barrait sa joue.

— J'aurais eu besoin d'un chirurgien esthétique pour effacer cette horrible balafre, mais je n'avais pas les moyens de me faire soigner. Quant aux Ivensen, ils se moquaient éperdument de mon sort. Ils avaient simplement peur du scandale.

— Oh, Drake, gémit Briana. Je suis navrée... Jamais je n'aurais pu soupçonné un pareil

drame. Ruth et vous avez dû terriblement souffrir...

Il acquiesça d'un hochement de tête.

— Oui, c'était affreux. Nous adorions notre
mère, c'était elle qui nous faisait vivre depuis la
mort de notre père. Elle avait accepté un
modeste emploi de domestique pour nous nourrir... commenta-t-il d'une voix absente.

Des larmes perlèrent au bord des paupières de
Briana. Si Drake disait vrai, Margaret et son
père étaient bel et bien responsables du décès de
Pearl Rutledge, songea-t-elle, horrifiée.

Le long récit de Drake la torturait. L'évocation
de souvenirs aussi atroces avait quelque chose
d'insoutenable. Pour oublier momentanément,
elle se mit à nager en direction du large.

Elle voulait être seule, loin de tout ! Le crépuscule jetait des lueurs orangées à la surface de
l'eau. Elle entendit la voix de Drake s'élever
derrière elle.

— Que faites-vous ? hurla-t-il à tue-tête. La
nuit tombe. Revenez immédiatement, Briana,
c'est beaucoup trop dangereux.

Mais elle l'ignora : être seule enfin... se dit-elle
en accélérant son rythme...

7

B RIANA continuait sa progression vers le large. En s'épuisant physiquement, elle ne pourrait plus penser. La lassitude l'empêcherait de songer aux mots terribles prononcés par Drake...

Lorsqu'elle serait à bout de forces, elle regagnerait alors la plage puis retournerait le plus vite possible à Saint-Thomas. Une fois au manoir, elle s'endormirait d'un sommeil de plomb, un sommeil qui chasserait le souvenir atroce du récit que venait de lui faire Drake...

Pour le moment, elle s'éloignait de plus en plus. Peu à peu le crépuscule était tombé, enveloppant tout d'un voile grisâtre.

Soudain une crampe la fit crier de douleur. Elle s'efforça de se décontracter mais en vain ! Les muscles noués, elle tenta de reprendre son souffle.

« Restons calme », se dit-elle en luttant contre la souffrance qui la paralysait.

Elle jeta un coup d'œil apeuré autour d'elle.

Les ténèbres semblaient prêts à se refermer sur elle. Alors la panique la gagna.

Son corps ne lui obéissait plus ! Elle avala de l'eau puis remonta à la surface. Aspirant l'air à pleins poumons, elle sentit de nouveau le courant l'entraîner malgré elle.

Tandis qu'elle agitait désespérément les bras pour ne pas couler, elle crut entendre une voix masculine derrière elle.

Sans doute rêvait-elle ! Elle était seule et personne ne serait témoin de la mort horrible qui la menaçait.

Pourquoi n'avait-elle pas suivi les conseils de prudence de Drake ? La peur la paralysait. Ses forces l'abandonnaient.

Elle se débattait avec des gestes frénétiques. Des gerbes d'écume s'élevaient autour d'elle.

— Briana ! Cessez de vous débattre, je vous en supplie, hurla Drake. Tenez bon, j'arrive...

Lorsqu'elle sentit les bras de son compagnon la soutenir pour la maintenir à la surface, elle poussa un soupir.

Drake était là et elle n'avait plus rien à redouter ! Ses terreurs s'évanouissaient progressivement. Lorsqu'ils arrivèrent enfin sur le rivage, elle s'allongea sur le sable mouillé, incapable de reprendre sa respiration.

Il lui fallut de longues minutes avant de se relever. Drake dont elle percevait le souffle saccadé l'entoura par la taille et l'aida à regagner l'endroit où se trouvaient leurs serviettes.

Sans un mot, il la frictionna vigoureusement,

s'efforçant de réchauffer ses membres engourdis.
Un silence pesant s'instaura entre eux.

Dans la pénombre, Briana distinguait les
contours du visage de Drake. Il avait repris son
masque impénétrable et, perdu dans ses pensées,
ne songeait pas à parler...

Lorsqu'elle s'assit, il s'installa à ses côtés sans
desserrer les dents. Soudain il se retourna vers
elle et la questionna d'une voix sourde :

— Bon sang, que cherchiez-vous à faire ? A
vous noyer peut-être ?

— J'ai eu une crampe, articula-t-elle péniblement.

— Comment vous sentez-vous maintenant ?
demanda-t-il d'un ton moins âpre.

— Bien, merci...

— Je suis désolé d'avoir été aussi abrupt.
J'aurais dû faire preuve d'un peu plus de diplo-
matie. Je manque de tact, avoua-t-il en l'observant attentivement.

La colère de Briana avait disparu, cédant la
place à une immense fatigue.

— Si nos parents ont eu une liaison, leurs
responsabilités sont entièrement partagées,
murmura-t-elle avec lassitude.

— Pas vraiment, en fait... Ma mère dépendait
du bon vouloir de votre père.

— Pourquoi avez-vous embauché Erik dans
votre entreprise ? Vous détestez notre famille et
vous ne le cachez même pas.

Les doigts de Drake caressèrent le poignet de
Briana.

— Rentrons ! déclara-t-il d'une voix distraite.

— Drake... Vous n'avez pas répondu à ma question, persista-t-elle.

Muet, il enfouit son visage dans les boucles d'or bruni de Briana. Des gouttelettes perlaient encore sur sa peau satinée.

Elle voulut s'écarter mais il la retint contre lui.

— Je vous ai sauvé la vie. Vous me devez bien un... remerciement ! lança-t-il avec des inflexions étranges.

— Je vous remercie, Drake, rétorqua-t-elle refusant de rentrer dans son jeu.

Les pulsations de son cœur s'étaient accélérées. Une peur irrépressible s'insinuait en elle. Oh, elle ne craignait pas Drake ! Elle redoutait autre chose, quelque chose qu'elle ne pouvait pas même définir...

Elle détourna la tête pour masquer son émoi et reprit :

— Est-ce que cela vous a amusé d'avoir Erik comme... employé ? Vous avez renversé les rôles pour prendre votre revanche, c'est simple à comprendre.

Ses critiques étaient sans doute injustes. Mais elle éprouvait l'envie subite de le blesser.

Les doigts de Drake caressaient le cou de Briana, poursuivant leur chemin dans sa chevelure bouclée.

— Cela m'a fait un réel plaisir, je le reconnais, concéda-t-il.

Sa paume glissa sur la gorge de sa compagne. Seuls le bruit de sa respiration haletante et le sourd grondement des vagues rompaient le silence ambiant.

Elle eut un long frisson. Les lèvres de Drake errèrent sur ses joues. Il l'enlaçait si étroitement qu'elle sentait son cœur battre contre le sien. Une indicible langueur l'envahit.

Du bout des doigts, il explorait son dos, éveillant en elle des désirs insensés. Quand il la fit basculer sur le sable, elle ne put que se laisser aller contre lui, s'appuyant contre son torse puissant.

A son tour, elle effleura les cheveux de Drake. Puis ses mains s'enfoncèrent dans la masse dense de ses boucles noires.

Où en était-elle ? se reprit-elle soudain. Elle perdait tout contrôle d'elle-même. Mais Drake n'avait pas répondu à ses questions. D'un bond, elle se redressa.

— Drake, je vous en prie, je veux savoir la vérité. Dès que j'essaie de vous parler, vous vous dérobez.

— Vous croyez ? murmura-t-il sans cesser de l'étreindre. Etes-vous sûre d'avoir besoin de parler en ce moment ?

Drake lisait en elle comme à livre ouvert. Il profita de son émoi, de son abandon pour poursuivre ses caresses. Savait-il le plaisir fou qu'il faisait naître en elle ?

Drake s'empara possessivement de sa bouche et pendant d'interminables secondes, Briana oublia tout.

— Si vous renonciez à résister, nous pourrions trouver un merveilleux terrain d'entente, déclara-t-il. Nous pourrions communiquer bien plus aisément qu'avec des mots, Briana...

— Oh, Drake ! murmura-t-elle avant qu'il n'échange de nouveau avec elle un voluptueux baiser.

Leurs cœurs battaient à l'unisson, leur passion se confondait dans une harmonie sensuelle.

— Vous voyez ! dit brusquement Drake. Nous n'avons pas besoin de parler pour nous comprendre...

Briana qui avait crispé les mâchoires tenta de se raisonner. Drake éveillait en elle des émotions qu'elle croyait disparues à tout jamais.

Il avait réussi à briser les barrières qu'elle avait érigées depuis le drame de son divorce. Elle regretta aussitôt de s'être laissée aller à tant d'intimité avec lui. Drake n'était animé que d'un seul désir : se venger des Ivensen !

Pour parvenir à ses fins il avait embauché Erik dans son entreprise. S'était-il arrangé pour l'encourager à détourner des fonds ?

Elle en avait l'impression, d'autant qu'il était si facile de séduire Erik en étalant de l'argent devant lui. Subitement, elle se révolta.

— Vous êtes suffisamment rusé pour avoir manipulé Erik. Vous l'avez incité à voler, n'est-ce pas ? Ensuite le tour était joué ! Vous n'aviez plus qu'à le prendre sur le fait et à exiger qu'il vous cède le manoir.

Drake eut un petit rire.

— Mais non ma belle, vous vous trompez ! Erik s'est montré malhonnête dès son premier jour d'embauche. Je suis certain qu'il avait

parfaitement planifié tout cela... C'est un escroc
de la pire espèce et un paresseux ! siffla-t-il entre
ses dents.

— Comment osez-vous ? protesta Briana,
rouge de colère.

— Tantôt vous jouez les séductrices, tantôt les
femmes vertueuses, déclara Drake avec une
moue railleuse. Décidément, la gent féminine est
bien imprévisible. Mais nous nous désirons profondément vous et moi, c'est un point sur lequel
nous sommes d'accord, Dieu merci ! Le reste
n'est qu'une simple question de temps. Vous
finirez par me céder, Briana, j'en suis absolument persuadé !

Quelle incroyable arrogance, songea-t-elle
outrée par son commentaire. Il parlait d'elle
comme d'une vulgaire marchandise ! Mais il ne
remporterait aucune victoire ! Elle était déterminée à mettre fin à son petit jeu... définitivement.

— Je ne vous crois pas ! hurla-t-elle, à bout.
Vos accusations n'ont aucun sens, vous avez tout
inventé. Si Erik a détourné de l'argent appartenant à votre société et si vous le saviez, pourquoi
avez-vous mis dix-huit mois avant de le licencier ?

— Pour voir jusqu'où il irait, riposta-t-il en la
narguant.

— Vous... vous êtes vraiment machiavélique !
s'exclama-t-elle, horrifiée par son cynisme.

Elle s'arrêta pour reprendre haleine. La repartie de Drake la faisait suffoquer de rage.

— Ainsi vous avez attendu, sachant pertinemment qu'Erik finirait par vous abandonner son héritage pour compenser ses dettes. Mais c'est ignoble !

Briana tremblait de tous ses membres.

— Que vouliez-vous que je fasse ? lança-t-il sèchement.

— Il fallait le renvoyer le jour où vous avez compris son manège... enchaîna-t-elle en bredouillant.

Elle sentait la tension de Drake croître de seconde en seconde. N'y tenant plus, elle se leva et réajusta le haut de son maillot avec des gestes malhabiles.

— Vous avez gagné sur certains plans, Drake Rutledge, reprit-elle d'un ton tranchant. Mais sachez une chose : vous n'obtiendrez rien de plus de moi. Je ne vous laisserai pas profiter de la situation.

La voix angoissée de Briana dominait le roulement monotone des lames heurtant les récifs.

— Je n'ai jamais séduit aucune femme en utilisant la force, le jour où vous serez prête à venir me rejoindre de votre plein gré, vous le ferez... déclara-t-il avec une lenteur calculée. Quand vous accepterez de voir clairement en face vos sentiments et vos désirs, quand vous aurez le courage de les admettre, alors vous aurez remporté une immense victoire sur vous-même, pas sur moi... conclut-il avec une sorte de tristesse.

Elle voulut répliquer mais aucun son ne sortit de sa bouche. Elle se tenait immobile, incapable de sortir de son état de léthargie.

Drake lui tendit sa serviette et son sac qu'elle saisit avec des mouvements d'automate.

— Rentrons, ma petite sirène, prononça-t-il avec tendresse en l'incitant à avancer. Je vous attendrai le temps qu'il faudra, je n'oublierai pas la douceur de vos lèvres, le...

Il se tut et commença à marcher en direction du sentier. Briana le suivit. Lorsqu'ils arrivèrent devant la maison, elle fulminait encore.

Elle détestait Drake pour son audace et son insupportable insolence. Elle le haïssait de toutes ses forces. Pourtant, dès qu'elle se trouvait devant lui, elle était bien loin de ressentir de la haine !

Drake exerçait un tel magnétisme sur elle. Il lui suffisait de tendre les bras pour qu'elle réponde à ses avances.

Il lui semblait que son corps la trahissait perpétuellement. Elle qui avait vécu si cloîtrée depuis sa rupture avec Ricardo, se sentait renaître grâce à lui.

Mais où l'entraînerait cette incroyable aventure faite de désirs et de violence ?

Lorsqu'elle franchit le seuil de la maison, Drake s'était éclipsé. Au moment où elle traversait le corridor, Ruth surgit devant elle.

— Oh, Briana ! Je vous croyais repartie depuis longtemps.

— Non, j'étais sur la plage, j'ai perdu toute notion de temps, fit-elle avec un pâle sourire. Je vais me changer et je reprendrai le ferry.

— Mais il n'y a plus de navette à cette heure-ci !

— Mon Dieu ! Je n'ai pas pensé à vérifier l'horaire, murmura Briana en se mordant les lèvres.

— Aucune importance, décréta Ruth. Vous passerez la nuit ici. Téléphonez à votre grand-mère pour l'avertir, je préparerai la chambre d'amis.

Briana n'avait pas le choix. Elle acquiesça d'un signe de tête.

— Merci, Ruth...

Quand elle eut remis ses vêtements elle se rendit dans le petit bureau pour informer Margaret de sa décision. Comme elle l'avait prévu la vieille dame protesta avec véhémence :

— Voyons, ma chérie, il n'est pas question que tu dormes sous le même toit que ce Drake !

— Que dois-je faire alors ? riposta Briana qui cachait mal son irritation.

— Il y a bien un hôtel à *Cruz Bay*. Ce serait beaucoup plus prudent comme solution.

Briana réprima un soupir agacé.

— Je n'ai pas assez d'argent sur moi en outre je blesserais Ruth en refusant son invitation... Ne vous tourmentez pas, grand-mère. A demain, acheva-t-elle en reposant le combiné.

Ruth qui l'avait rejointe lui expliqua :

— Greta vous a installée au deuxième étage. Venez, Briana.

Ruth la guida jusqu'à l'étage supérieur tout en conversant avec elle. La pièce qu'on lui avait réservée lui arracha un cri de surprise.

Le cadre était somptueux. De larges baies vitrées tendues de rideaux de lin couleur pastel, ouvraient sur le parc. Des meubles anciens à la patine dorée s'harmonisaient avec le lit aux montants sculptés.

Un large tapis persan recouvrait le sol. Dans l'angle, une coiffeuse surmontée d'un ravissant miroir ovale complétait l'ensemble.

— C'est ravissant ! s'écria Briana en se retournant vers son hôtesse.

— Je suis ravie que cela vous plaise, fit Ruth en riant. Drake avait engagé un décorateur au début de nos travaux de rénovation mais toutes mes suggestions lui déplaisaient. Finalement, nous nous sommes passés de ses services. J'ai décidé de décorer la maison moi-même mais nous sommes loin d'avoir terminé...

La curiosité envahit brusquement Briana. A quoi ressemblait la chambre de Drake ? se demanda-t-elle avec émotion. Elle chassa aussitôt cette pensée de son esprit.

Peu lui importait ! se dit-elle en haussant les épaules.

Ruth était sur le seuil de la porte, visiblement indécise. Finalement, elle questionna Briana d'un air soucieux :

— Pardonnez-moi mon indiscrétion, vous êtes-vous querellée avec Drake ?

— Que vous a-t-il dit ? demanda Briana à son tour.

— Rien ! Il est rentré à la maison pour ressortir immédiatement. A voir son air lugubre j'en ai conclu qu'il était assez contrarié. Vous ne semblez pas très joyeuse non plus...

La question de Ruth la prenait au dépourvu.

Après une imperceptible hésitation, elle choisit de lui parler en toute franchise.

— Je voulais reparler avec vous de l'incident de l'autre jour. J'ignorais vraiment où Patty avait disparu quand je l'attendais devant le collège, avoua-t-elle avec un soupir. Drake m'avait affirmé qu'Abel avait quitté l'île. Je n'ai pas envisagé une seconde que votre fille puisse aller le rejoindre. Patty m'a suppliée de ne pas vous révéler son absence de l'école, je lui ai promis de me taire sauf si vous me questionniez sur ce point.

Briana s'interrompit, regardant Ruth droit dans les yeux.

— J'ai accepté ce compromis avec Patty dans l'espoir de ne pas perdre la confiance qu'elle avait en moi, reprit-elle d'une voix basse.

— Drake vous a fait une scène, n'est-ce pas ?

— Oui, il m'a reproché d'avoir menti et conspiré contre lui et vous !

Une lueur amicale éclaira les prunelles de Ruth.

— Briana, ne prenez pas Drake trop au sérieux. Il est très impulsif de caractère mais je ne pense pas qu'il vous garde rancune de quoi que ce soit en définitive. Il se préoccupe terriblement au sujet de sa nièce, c'est tout, expliqua-t-elle dans l'espoir d'apaiser son invitée.

Briana hocha la tête, réconfortée par le ton chaleureux de Ruth.

— Vous êtes-vous disputés sur la plage tout à l'heure ? demanda Ruth. Etait-ce encore à propos de Patty ?

— Non... enfin... bredouilla Briana trop confuse pour aligner deux mots cohérents.

— Que s'est-il passé alors ?

— Drake ne parvient pas à oublier la tragédie qui s'est produite il y a vingt ans, entre... mon père et lui. Nous en avons reparlé mais à chaque tentative, nous perdons notre sang-froid l'un et l'autre, avoua-t-elle avec un geste nerveux de la main.

Le visage de Ruth s'assombrit.

— Drake ressasse beaucoup trop le passé, murmura-t-elle avec tristesse. J'ai essayé de le raisonner mais il ne peut exorciser ces souvenirs qui le hantent. Moi aussi j'ai terriblement souffert des événements et j'en ai voulu à votre famille, enchaîna-t-elle d'un ton las. Mais votre père est venu rendre visite à Drake quand il se trouvait à l'hôpital en insistant pour qu'il se fasse effacer cette horrible cicatrice. La chirurgie plastique aurait pu gommer tout cela. Frederik s'est excusé auprès de mon frère et a offert de payer les frais d'hospitalisation. Drake l'a rejeté en l'insultant... admit-elle.

Elle se tut, faisant resurgir dans sa mémoire ces instants qu'elle avait préféré oublier.

— En fait, j'avais beaucoup moins d'orgueil que Drake, reprit-elle. Et j'ai pris l'argent, la somme énorme que me proposait votre père... Je l'ai utilisée pour payer l'hôpital et pour permettre à Drake de poursuivre ses études secondaires. J'avais dix-sept ans à l'époque et beaucoup plus de maturité que mon frère, remarqua-t-elle avec un sourire las. En vieillissant, j'ai pris peu à peu conscience de certaines choses : je crois que les responsabilités sont partagées dans cette triste affaire. Les torts n'incombent pas tous aux Ivensen...

— Merci, Ruth... souffla la jeune femme. Ma grand-mère m'a raconté sa version des faits et Drake la sienne. Il m'est impossible de savoir qui a raison. Margaret est très âgée et je n'ai pas le cœur d'insister pour lui faire avouer ce qui s'est produit... Mais comme vous le disiez, tout ceci appartient au passé...

Ruth hocha la tête. Puis la main sur la poignée de la porte, elle précisa :

— Prenez le temps de vous reposer. Nous servirons le souper dans une heure. A plus tard !

— Je... n'ai pas faim, articula-t-elle craignant toutefois de froisser son hôtesse. Si vous n'y voyez pas d'inconvénient, je resterai dans ma chambre.

Ruth lui lança un coup d'œil inquiet, et s'enquit :

— Vous ne vous sentez pas bien ?

— Si, si, protesta Briana. Je suis très fatiguée, rien de grave...

— Faites comme vous le préférez. Mais si vous voulez, je demanderai à Greta de vous apporter un plateau dans votre chambre.

— Ce n'est pas la peine, je vous remercie.

Perplexe, Ruth referma la porte après lui avoir souhaité bonsoir. Une fois seule, Briana se rendit dans la salle de bains et emplit la baignoire d'eau tiède.

Elle put se détendre enfin et savourer la

tranquillité de ce moment. Mais en dépit des efforts pour chasser le souvenir obsédant de Drake, ses pensées revinrent brusquement vers lui.

Quel monstre! songea-t-elle en frémissant. Croyait-il vraiment qu'elle finirait par lui céder comme il l'avait prétendu avec une folle arrogance?

Drake se méprenait complètement! Elle avait failli céder à ses avances et tomber victime de son charme. Mais elle comptait bien mettre un terme à ce genre de sottises...

Drake voulait simplement l'utiliser pour se venger de son passé! Avec un soupir, elle s'essuya longuement et s'enveloppa dans le peignoir rose pâle suspendu à la patère.

Au-dehors, l'obscurité était totale. Après avoir tiré les rideaux, elle s'installa auprès de la table de chevet ancienne.

Soudain elle se rendit compte qu'elle n'avait pas de chemise de nuit et qu'elle n'avait pas même songé à en emprunter une à Ruth. Refusant d'importuner son amie, elle se déshabilla et se glissa entre les draps frais...

Le sommeil ne venait pas. Les paupières closes, elle tentait d'oublier les instants qu'elle avait passés avec Drake, ses étreintes passionnées sur la plage... Un gémissement s'échappa de ses lèvres quand elle évoqua leurs ardents baisers.

Lasse, elle se retourna sur le côté, décidée à occulter l'image obsédante de son visage. Un coup frappé à la porte la fit sursauter.

Elle alluma la lampe de chevet et se redressa, prenant la précaution de remonter le drap bien haut.

— Entrez ! jeta-t-elle.

Drake apparut dans l'embrasure. Il portait un plateau qu'il déposa avec précaution sur la table basse.

— Voici votre souper, déclara-t-il d'une voix neutre.

Abasourdie, elle le regarda sans mot dire.

— Vous n'avez pas faim ?

— Si, mais...

Elle avait prétexté sa fatigue pour éviter de revoir Drake pendant le repas. Sa manœuvre avait été inutile !

— Alors qu'attendez-vous ?

— Je mangerai lorsque vous serez reparti.

— Pas question ! J'ai l'intention de redescendre les plats à l'office.

— Je le ferai moi-même ! déclara-t-elle avec hauteur.

— Ah vraiment ? Vous voulez traverser la maison dans cette tenue ? plaisanta-t-il en contemplant ses épaules nues.

Briana, rougissante, murmura :

— D'accord, vous avez gagné !

Maladroitement, elle commença à manger tout en s'efforçant de maintenir la couverture serrée autour d'elle. Drake affichait une expression franchement amusée.

— Puis-je vous aider ? Le lit est assez grand pour deux. Si je m'assieds à côté de vous, je tiendrai fermement le plateau : j'ai l'impression qu'il va basculer! s'exclama-t-il avec humour.

— Je me débrouillerai seule, coupa-t-elle d'un ton mordant.

— Comme ce soir quand vous étiez en train de vous noyer?

— Et que vous m'avez sauvée... ironisa-t-elle.

— Mais oui, ma chère, par amour!

— Vous voulez plaisanter! Ne confondez pas l'amour avec une simple attirance physique, lança-t-elle en retrouvant son sérieux.

— N'ergotons pas sur les mots et qu'importe au fond? Nous étions si bien ensemble sur la plage... C'est le principal...

Drake souriait en lui parlant mais son regard était rivé sur elle avec une telle insistance qu'elle en fut embarrassée et furieuse à la fois. Ses joues écarlates trahissaient son trouble.

— Je n'ai jamais rencontré d'homme aussi prétentieux de ma vie! lança-t-elle d'un ton méprisant en attaquant sa salade de fruits.

— Ne mentez pas! Reconnaissez en toute honnêteté que mes baisers et mes caresses vous ont plu, prononça-t-il en détachant distinctement chaque mot.

— Quelle incroyable audace! Je sais très bien où vous voulez en venir. En moi, vous voyez un autre membre de la famille Ivensen à réduire à votre merci et c'est pour cela que vous voulez me séduire, jeta-t-elle avec véhémence. Eh bien, c'est un plaisir que vous ne connaîtrez pas, je vous le promets.

Drake se mit à rire et riposta :

— Votre imagination vous joue des tours. Nous reprendrons cette conversation passionnante une autre fois... Bonne nuit Briana, faites de beaux rêves.

Il se leva et reprit le plateau. Puis il effleura la joue de la jeune femme et sortit de la pièce sans se retourner.

Briana entendit le claquement sec de la porte. Le bruit des pas de Drake s'évanouissait peu à peu. Un silence profond retomba sur la demeure. La première réaction de Briana avait été de se sentir soulagée du départ de Drake. Son irruption inopinée dans sa chambre l'avait exaspérée. Mais un pesant sentiment de solitude l'envahissait à présent...

Qu'attendait-elle de lui ? se demanda-t-elle désespérée.

8

— Vous voilà enfin, Patty! s'exclama Briana en ouvrant la portière de sa voiture. Où étiez-vous donc passée? Je commençais à m'inquiéter...

— Je faisais la queue devant la cabine téléphonique de l'école, rétorqua Patty en se laissant choir sur le siège avant. Il n'y a qu'un seul téléphone pour toutes les élèves et c'est toujours la cohue!

Puis elle s'appuya contre le dossier. Son visage était d'une pâleur inhabituelle, ses lèvres étaient parcourues d'un léger tremblement.

Briana démarra, quittant les abords du collège tandis que sa passagère regardait par la vitre d'un air faussement dégagé.

Patty venait d'avoir des ennuis! Briana s'en rendait parfaitement compte. Fallait-il interroger la jeune fille ou attendre qu'elle se confie d'elle-même? s'interrogea-t-elle en se dirigeant vers les docks.

Après quelques instants de réflexion, elle

décida de remettre à plus tard une discussion sérieuse avec son élève.

Une fois installées sur le ferry, Briana tenta de distraire Patty de sa morosité. Mais rien n'y fit. Patty demeurait obstinément silencieuse.

Aussitôt arrivées chez Ruth, elles se mirent à table. Quand Greta eut desservi, Briana et Patty se rendirent dans le jardin et se mirent au travail.

— J'ai eu le résultat de mon devoir d'histoire, annonça soudain Patty en relevant la tête.

— Ah bon, et quelle note avez-vous obtenue ?

— Treize sur vingt, lança Patty d'un ton laconique.

— Mais c'est très bien !

— J'aurais pu avoir dix-huit au moins... Les questions portaient sur des sujets que nous avions révisés ensemble.

— Ça marchera mieux la prochaine fois, affirma Briana.

— Je n'en sais rien et dans le fond, cela m'est égal, reprit Patty en haussant les épaules.

Briana réprima un soupir.

— Courage, Patty. Dans quelques mois vous arriverez au bout de vos peines. L'école ne vous passionne pas pour le moment mais songez à l'avenir ! Si vous réussissez vos examens, vous pourrez poursuivre des études bien plus intéressantes ou bien opter pour une formation professionnelle, conclut-elle en contemplant la mine renfrognée de Patty.

Mais les encouragements de Briana la laissaient visiblement indifférente. Son regard noisette restait fixé sur la mer dont la masse bleutée apparaissait entre les arbres du jardin tropical.

— Je voulais épouser Abel et avoir des enfants... bredouilla-t-elle soudain en étouffant un sanglot.

— Voyons, Patty ! Vous avez toute la vie devant vous pour vous marier.

— Je m'en moque ! Abel ne... m'épousera pas et...

Elle s'interrompit, trop émue pour continuer sa phrase.

— Que s'est-il passé ? demanda Briana, emplie de compassion pour le chagrin de Patty.

Patty releva la tête et fixa la jeune femme d'un air agressif.

— Ne me dites surtout pas que tout finira par s'arranger. J'en ai assez d'entendre des adultes répéter ce genre d'ineptie.

— Entendu, je m'en abstiendrai, acquiesça Briana avec un sourire compréhensif. Parlons plutôt de vous et laissons notre travail. Nous rattraperons le temps perdu la prochaine fois, décréta-t-elle en se rapprochant de Patty.

Soudain la jeune fille enfouit son visage entre ses mains et éclata en pleurs. Bouleversée, Briana l'entoura de ses bras.

La souffrance de Patty faisait peine à voir. Briana se tut, attendant que ses sanglots s'apaisent.

Elle tendit alors un mouchoir à Patty.

— Merci... balbutia l'adolescente en essuyant ses joues sillonnées de larmes.

Puis d'une voix rauque, elle se lança dans des explications :

— Quand j'ai manqué mes cours, l'autre fois... commença-t-elle en hoquetant, c'était pour aller voir Abel. J'ai eu tort... les hommes ont horreur qu'on les poursuive, n'est-ce pas ? demanda-t-elle en relevant les yeux vers Briana.

Celle-ci ne sut que répondre. Elle se contenta d'une formule laconique :

— Dans certains cas, peut-être...

— Abel ne s'attendait pas à ma visite. Je l'ai trouvé bizarre, ajouta-t-elle. Mais il n'a rien voulu m'expliquer, il m'a simplement dit qu'il était préoccupé.

Sa voix n'était plus qu'un murmure. Elle fit une pause avant de reprendre :

— Il... il ne m'avait pas donné de nouvelles depuis plusieurs jours alors, j'ai voulu savoir... articula-t-elle enfin. Le trimestre dernier, nous nous retrouvions pendant l'heure du déjeuner mais oncle Drake l'a appris et m'a menacée de m'envoyer en pension si je continuais... Abel m'avait promis de m'épouser dès mes dix-huit ans, enchaîna-t-elle d'un ton peu assuré. Il m'avait juré qu'il m'aimait, il me le répétait tout le temps...

— Le mot amour n'a pas le même sens pour tout le monde, intervint Briana avec douceur. Certains l'utilisent avec une facilité déconcertante.

Il y a même des hommes incapables d'éprouver la moindre émotion, des êtres dont le cœur est aussi dur que la pierre, songea Briana en silence.

Patty se leva brusquement de sa chaise et se mit à marcher de long en large. Puis elle fit volte-face et observa Briana.

— Brutalement Abel a cessé de me voir. Je lui ai téléphoné, je lui ai envoyé des messages mais sa propriétaire me disait qu'il n'était pas chez lui. Alors je suis allée sur place, reprit-elle d'une voix vibrante. Abel était dans son appartement mais j'ai eu l'impression de le déranger. C'était affreux ! Je suis repartie en espérant quand même qu'il me contacterait de nouveau, pour m'expliquer...

— Et comme il ne l'a pas fait, vous lui avez téléphoné tout à l'heure ? interrogea Briana.

Patty hocha la tête.

— Il m'a annoncé son départ. Il faisait ses bagages... Je l'ai supplié de m'emmener avec lui, sanglota-t-elle. Et vous savez ce qu'il m'a répondu ? Il m'a déclaré que je n'étais qu'une enfant, qu'il m'aimait bien mais que j'avais eu tort de prendre les choses au sérieux. Alors... alors, avant de raccrocher, il m'a conseillée de tout oublier et de ne plus penser à lui. C'est tout... Oh, c'est horrible !

Des larmes ruisselaient sur son visage aux traits encore enfantins. Briana formula une prière en secret : que Patty ne sache jamais que son oncle avait payé Abel pour qu'il disparaisse de Saint-Thomas... Elle ne lui pardonnerait pas une telle trahison !

— Je suis navrée, Patty, souffla Briana profon-

dément touchée par le désarroi de la jeune fille.
Je vous plains sincèrement. Mais la vie repren-
dra le dessus et vous vous consolerez de tous ces
chagrins. Ils s'estomperont avec le temps, je
vous le promets.

— Le croyez-vous vraiment ? demanda-t-elle
avec une naïveté désarmante.

— Oui, je vous l'assure...

Patty se détourna. Quand elle s'exprima, son
timbre avait pris des inflexions empreintes de
gravité.

— Briana... vous êtes-vous mariée par
amour ? interrogea-t-elle.

Briana ne put réprimer un tressaillement.

— Oui, murmura-t-elle. J'aimais mon mari,
du moins le croyais-je ! Mais j'étais terriblement
immature à cette époque...

— Et maintenant ?

— Tout est fini entre nous, affirma-t-elle avec
conviction.

Patty la dévisageait avec attention.

— Comment en arrive-t-on là ? questionna-
t-elle presque douloureusement.

Le visage de Briana s'était assombri. Mais elle
n'éluda pas la question de l'adolescente :

— Les choses ont évolué progressivement. J'ai
découvert que l'homme que j'avais épousé ne
correspondait pas à l'image que je m'étais faite
de lui.

— Comme vous avez dû souffrir !

— Oui, beaucoup plus qu'on ne peut l'imagi-
ner, admit-elle en se levant à son tour pour
rejoindre Patty.

Elles marchèrent en silence pendant quelques minutes, contemplant les massifs qui bordaient l'allée.

— Après avoir pris la décision de divorcer, je me suis plongée dans les études, avoua-t-elle. Je me sentais si ignorante ! Le travail m'a permis d'oublier mes problèmes, c'est un excellent remède contre les peines de cœur ! conclut-elle avec un sourire.

— Etes-vous tout à fait remise à présent ? s'enquit Patty, les sourcils froncés.

Etait-elle vraiment guérie ? se dit Briana pensive. Comment effacer tant de chagrin ?

— Je le pense, rétorqua-t-elle d'un ton hésitant. J'ai hâte de finir mon doctorat et d'enseigner. J'ai besoin de cette autonomie-là.

— En effet, dépendre financièrement d'un homme n'est pas idéal, poursuivit Patty. Quand je pense à ce qui est arrivé à ma mère ! Si oncle Drake ne l'avait pas aidée depuis plusieurs années, elle vivrait dans la misère complète.

Elle parut réfléchir et conclut immédiatement :

— Moi, je préférerais gagner ma vie et me débrouiller seule, comme vous !

— C'est réalisable, riposta Briana en riant.

— Vous allez me reparler du collège, je le sens... rétorqua Patty avec humour.

— Exactement.

— Comment était l'université où vous êtes allée ? ajouta Patty.

— Très agréable. Le Vermont est une région fabuleuse. Le campus universitaire est installé

dans des bâtiments anciens recouverts de vigne
vierge. L'hiver, quand il neige, les étudiants se
réunissent dans leurs appartements pour travailler au coin du feu. Nous profitions aussi des
week-ends pour aller skier. C'était vraiment
fantastique ! convint-elle, évoquant tous ces souvenirs avec bonheur.

Pour la première fois depuis longtemps, Patty
l'écoutait avec un réel intérêt.

— Si vous voulez, je vous donnerai la liste des
facultés qui se trouvent sur le continent, déclara
Briana. Vous pourrez étudier tout cela à tête
reposée.

— Pourquoi pas ? lança Patty dont le visage
s'était imperceptiblement renfrogné.

— Je vous apporterai les documents demain,
c'est promis.

Au cours de leurs séances de travail suivantes,
Patty étudia de meilleure grâce. Suivait-elle les
conseils de Briana qui lui avait suggéré de se
concentrer sur ses études pour oublier son amère
déconvenue ?

Il fallait admettre que les résultats scolaires de
sa jeune élève allaient en s'améliorant.

Si Briana éprouvait une réelle satisfaction
devant les efforts accomplis par Patty, elle était
loin pourtant de se sentir heureuse de ses relations avec Drake.

Lorsqu'elle le croisait, ils échangeaient quelques propos anodins, évitant soigneusement
toute discussion plus sérieuse. La tension qui
régnait entre eux s'accroissait au fil des jours.

La veille pourtant, Drake avait surgi devant

elle. Elle dégustait une tasse de thé glacé dans le patio avant de regagner Saint-Thomas. Son apparition inattendue l'avait fait sursauter.

— Tiens, vous êtes bien nerveuse ! s'était-il exclamé en s'avançant vers elle avec un sourire.

— Vous m'avez fait peur ! Comment êtes-vous arrivé jusqu'ici ? avait-elle questionné.

— J'ai rencontré un ami en descendant du ferry. Il m'a fort aimablement conduit à la maison...

— Il faudrait mieux que je vous rende votre voiture.

Drake avait esquissé un geste de la main :

— Mais non, Briana, gardez-la, vous en avez besoin.

Il s'était interrompu pour scruter le visage fatigué de la jeune femme.

— Vous paraissez à bout de nerfs, avait-il déclaré après quelques secondes de silence. Que se passe-t-il ? Etes-vous souffrante ?

— Non pas du tout !

— Alors qu'y a-t-il ?

— Rien... mentit-elle.

Depuis plusieurs jours, elle n'arrivait plus à dormir. Et les cernes qui ombraient ses yeux trahissaient son manque de sommeil.

— Votre thèse vous pose-t-elle des problèmes ? reprit-il en se versant une tasse de thé.

Briana avait relevé le menton et croisé le regard inquisiteur de Drake.

— Absolument pas, avait-elle rétorqué avec une fausse désinvolture.

— Je ne vois plus qu'une explication à cette

mauvaise mine : mes paroles ont dû plus vous impressionner que ce que vous voulez l'admettre, avait-il lancé d'un ton sarcastique.

— Quelle audace ! avait-elle marmonné, ulcérée.

Briana avait repoussé sa chaise avec dignité et s'était eclipsé à la hâte.

La jeune femme venait de sortir de la bibliothèque de Saint-Thomas où elle avait consulté des manuscrits anciens. Son travail avançait. Le soir même, elle commencerait à rédiger les premières pages de sa thèse.

Quand elle pénétra dans le hall du manoir, elle s'arrêta net, percevant un bruit de conversation en provenance du salon.

Soudain la silhouette menue de Margaret s'encadra dans l'embrasure de la porte.

— Bonsoir, ma chérie ! Viens voir qui est là.

Surprise, Briana la suivit dans la pièce. En apercevant sa sœur, Erik bondit sur ses pieds et lui adressa un signe chaleureux de la main.

— Comment vas-tu Briana ? Je viens d'apprendre que tu travaillais, tu joues les femmes indépendantes... depuis mon départ.

Briana qui avait blêmi le regarda sans mot dire. Comment Erik osait-il revenir chez eux après ce qui s'était passé ? Il n'affichait pas la moindre trace de remords.

Au contraire ! Il avait conservé son air assuré et examinait Briana avec un petit sourire satisfait. Furieuse, cette dernière se retourna vers la vieille dame pour éviter de répondre à Erik.

— Vous semblez en pleine forme, grand-mère, articula-t-elle d'une voix légèrement tremblante.

— Mais oui, ma chérie et il n'y a rien de bien surprenant. Je suis si heureuse d'avoir mes petits-enfants autour de moi. Je suis vraiment comblée ce soir... Mais tu parais bouder ton frère, que se passe-t-il ? lui demanda-t-elle, intriguée.

Briana, le cœur lourd, s'approcha d'Erik.

— Pourquoi es-tu revenu ? s'enquit-elle d'un air tendu.

Aussitôt, Erik prit une expression innocente.

— J'habite ici, alors quoi de plus normal ?

— Et ton appartement de New York et tes relations qui devaient t'aider à trouver un travail fantastique ? jeta-t-elle en se contrôlant avec peine.

— Briana ! gronda Margaret. Ne sois pas si désagréable avec Erik, il n'y est pour rien, voyons !

Briana qui ne quittait pas Erik des yeux poursuivit sèchement :

— Ainsi, tu es de retour définitivement ?

— J'ignorais qu'il me fallait ton approbation pour m'installer au manoir, siffla-t-il entre ses dents. C'est nouveau !

Margaret toisa sa petite-fille :

— La maison appartient à Erik, ma chérie, tu le sais bien...

Quelle ironie ! songea-t-elle, accablée. Si sa grand-mère se doutait du vrai nom du propriétaire... Mais Margaret, qui avait été soigneusement tenue à l'écart de cette affaire continuait à regarder son petit-fils avec indulgence.

— Mon pauvre Erik, tu n'as pas de chance ce soir, fit-elle en lui souriant. Ta sœur doit être surmenée. Drake Rutledge lui impose une cadence de travail épuisante... conclut-elle avec une mauvaise foi manifeste.

Rien ne viendrait jamais modifier le parti pris de Margaret à l'encontre de Drake, se dit Briana, amère.

Incapable d'en supporter plus, elle sortit de la pièce et se rendit directement dans sa chambre. Pour se calmer, elle s'allongea sur son lit et s'obligea à ouvrir un livre qu'elle parcourut distraitement. Mais ses mains tremblaient.

Briana bouillonnait de rage ! Erik supposait qu'elle avait appris le détournement de fonds dont il était responsable. Mais rien n'avait changé ! Il s'amusait de la situation avec un égoïsme incalculable.

Dès ce soir, elle s'arrangerait pour lui parler en tête à tête, sérieusement. Il ne lui échapperait pas !

Une fois sa décision prise, elle regagna la salle à manger où le couvert avait été dressé. Pendant le repas, elle tenta de faire contre mauvaise fortune bon cœur, mais le bavardage d'Erik et de Margaret l'exaspérait.

La vieille dame se réjouissait de la présence de son petit-fils, s'extasiait sur sa bonne mine sans prendre garde aux commentaires vagues que lui adressait Briana en retour.

Dès la fin du dîner, Erik se leva et s'excusa auprès de sa grand-mère.

— J'ai rendez-vous avec Jane, expliqua-t-il en l'embrassant sur les deux joues. A plus tard.

— Je dormirai lorsque tu seras de retour, murmura Margaret avec bienveillance. Nous nous verrons demain.

— Entendu.

Une fois son frère parti, Briana souhaita bonne nuit à Margaret et regagna sa chambre. Elle avait hâte de se remettre au travail !

Il était environ minuit lorsqu'elle entendit Erik rentrer. Entrouvrant sa porte, elle attendit qu'il ait atteint le palier pour l'interpeller.

— Erik, j'aimerais te parler.

— Ah, tu n'es pas encore au lit, s'étonna-t-il en s'arrêtant net.

— Non, comme tu le vois ! Entre s'il te plaît.

Il la suivit à regret. Appuyée contre le chambranle, elle l'observa sans mot dire. Erik qui s'était installé dans un fauteuil lui lança un regard narquois.

— Tu as quelque chose à me dire ? Tu étais bien peu bavarde en présence de grand-mère ce soir, railla-t-il.

— Précisément ! rétorqua-t-elle avec froideur. Qu'es-tu revenu faire au manoir ? J'aimerais le savoir, reprit-elle aussitôt.

— Du calme, Briana ! Où voulais-tu que j'aille, au juste ? Et puis tu as vu le bonheur de grand-mère lorsqu'elle a su que je restais...

— Tu es abject ! coupa-t-elle, ulcérée. Tu ne penses qu'à toi et jamais tu ne t'es préoccupé du

sort de Margaret, lui fit remarquer Briana, ivre
de colère. Je paie le loyer de la maison figure-toi,
j'ai donc le droit de décider de certaines choses.

— Ah bon ? Si je m'en vais, je dirai à Margaret
que tu m'as chassé d'ici.

L'indignation fit suffoquer la jeune femme.

— Je te connaissais bien des défauts mais en
plus, tu es devenu maître chanteur ! Félicitations, bredouilla-t-elle.

Un rictus déforma la bouche d'Erik.

— Quand as-tu appris ce qui s'était passé ?
demanda-t-il avec insolence.

— Dès ton départ. Drake Rutledge m'a rendu
visite et m'a mise au courant de la situation.
Qu'avais-tu imaginé ? Qu'il nous laisserait géné-
reusement la demeure ? Drake n'a rien d'un
philanthrope, conclut-elle en le toisant.

— Tu es bien intime avec lui, tu l'appelles par
son prénom maintenant ! Je vais t'apprendre
quelques détails que tu parais ignorer, enchaîna
Erik en se levant de son fauteuil. Drake Rutledge
possède une immense maison sur Saint-John et
une fortune colossale. Autant dire que notre
vieux manoir délabré ne revêt aucun intérêt
pour lui.

Il s'arrêta brusquement puis se mit à arpenter
la pièce de long en large.

— Pourtant... il a accepté mon marché : la
demeure en dédommagement de mes... dettes,
reprit-il d'un ton rauque. Et tu sais pourquoi, ma
chère petite sœur ? Parce qu'il veut se venger de
grand-mère. Il ne rêve que d'une seule chose : la
chasser de chez elle.

De nouveau, il s'interrompit et observa attentivement le visage de Briana.

— Mais visiblement, Margaret n'est au courant de rien et vous êtes encore ici... ajouta-t-il, perplexe. Je me demande qui a empêché Rutledge de mettre ses projets à exécution.

Briana qui avait tressailli sortit de son mutisme.

— Je l'ai supplié de nous permettre de rester en invoquant la santé de Margaret, déclara-t-elle, les larmes aux yeux. J'ai moi aussi conclu un marché avec lui : je donne des cours particuliers à sa nièce et il nous autorise en échange à conserver le manoir. Pour le moment...

— Ton histoire est extrêmement touchante, railla-t-il en s'avançant vers elle... Mais je n'en crois pas un mot !

— Que veux-tu dire ?

— C'est clair pourtant ! Ton prétendu travail est une invention pure et simple.

— Je ne comprends pas...

— C'est un alibi, voilà tout ! En réalité tu es devenue la maîtresse de Rutledge et c'est exactement pour cette raison qu'il est si bien disposé à ton égard...

Il se tut et lança un regard moqueur en direction de sa sœur, Briana blêmit.

— Quelle curieuse coïncidence ! Sa mère et notre père ont eu une liaison ensemble et maintenant Rutledge et toi, êtes amants ! Amusant...

Le visage de Briana se contracta douloureusement.

— Drake ne m'a pas raconté de mensonges, alors... murmura-t-elle d'une voix sourde.

— Mais non !

— Père aimait la mère de Drake, il avait promis de l'épouser.

Le rire d'Erik emplit la pièce. Quand il eut repris son sérieux, il jeta :

— Frederik n'aurait jamais épousé une domestique ! C'est une idée complètement ridicule, ma chère. Et dire, que tu t'abaisses au point de supplier Rutledge. Mais tu n'as vraiment aucune dignité !

C'en était trop pour Briana ! Incapable de supporter plus longtemps les commentaires odieux de son frère, elle explosa :

— Je ne te permets pas de m'insulter ! J'ai fait ce que j'ai pu pour conserver le manoir, en effet. Pour éviter à grand-mère un choc qu'elle n'aurait pas supporté, prononça-t-elle d'une voix blanche. Toi, tu t'es contenté de détourner des fonds et de disparaître... Je ne vois rien dont tu puisses te vanter. En tout cas, ne te mêle pas de ma vie privée.

— Comme tu veux, fit-il avec une moue dédaigneuse. Libre à toi d'avoir une liaison avec qui te plaît. En revanche, n'essaie pas de me donner des ordres sinon tu le regretteras, trancha-t-il d'un ton menaçant.

A en juger par l'expression furieuse d'Erik, elle ne doutait pas une seconde de ses intentions. A la moindre occasion, il irait voir Margaret et inventerait n'importe quel mensonge pour se disculper et reporter tous les torts sur elle.

Erik et elle avaient grandi ensemble et soudain, Briana avait l'impression de se retrouver face à un étranger. Un étranger cynique et sans scrupules... Elle se tut, accablée puis reprit au bout d'un instant :

— Si tu restes au manoir, je veux que tu participes à l'entretien de la maison. Nous partagerons les dépenses. Si tu refuses, je serai obligée de tout raconter à grand-mère et d'en parler à Drake. Il n'hésiterait pas à te jeter dehors, tu peux t'en douter !

Au fond d'elle-même, Briana savait qu'elle ne mettrait Margaret au courant pour rien au monde. Avec un calme qu'elle était loin de ressentir, elle attendit la réponse d'Erik.

— D'accord, petite sœur, ne te fâche pas, marmonna-t-il. Je paierai ma part...

Sur ces paroles, il quitta la pièce après avoir lancé un vague bonsoir. Une fois seule, Briana demeura songeuse. L'entrevue avec son frère avait été houleuse mais il s'était engagé à contribuer aux frais quotidiens.

Il restait un point délicat à régler, se dit-elle en commençant à se déshabiller. Annoncer à Drake le retour d'Erik...

Le ferry venait d'aborder sur le quai des docks de Red Hook. Briana avait donné son cours particulier à Patty et regagnait Saint-Thomas.

Après avoir franchi la passerelle de bois, elle fit quelques pas puis obliqua en direction d'un banc. Ruth lui avait précisé que Drake finirait assez tôt son travail ce jour-là.

Supposant qu'il ne tarderait pas, elle s'assit et sortit un livre de son sac. Elle parcourait les pages distraitement, relevant la tête de temps à autre pour examiner les alentours.

Soudain la silhouette de Drake se détacha devant elle.

— Attendez-vous quelqu'un ? demanda-t-il d'un ton neutre.

— Oui, vous...

Elle referma son livre et poursuivit :

— J'ai quelque chose d'urgent à vous dire.

Drake se rapprocha d'elle. Il portait un costume de toile claire qui rehaussait son teint hâlé. Sous sa chemise de coton beige, on devinait la puissance de sa musculature.

Briana, troublée, détourna le regard.

— Je me doute de ce dont il s'agit, déclara-t-il en s'installant à ses côtés. Vous voulez m'annoncer le retour de votre frère.

— Mais...

— Je suis déjà au courant. Les nouvelles vont vite dans ces îles...

— Que... qu'en pensez-vous ? interrogea-t-elle d'une voix anxieuse.

— Vous me payez un loyer. Si vous acceptez de loger votre frère, c'est votre affaire, pas la mienne ! se contenta-t-il de répliquer.

Surprise par l'assurance tranquille dont il faisait preuve, elle l'observa à la dérobée puis poursuivit :

— Oh, je ne tiens pas vraiment à l'avoir au manoir, mais il m'a menacée de tout raconter à grand-mère si je l'obligeais à partir. Et je sais qu'elle ne supporterait pas ce choc. Il m'a donc fallu accepter son chantage mais il s'est engagé à participer à l'entretien de la maison, acheva-t-elle avec un pâle sourire.

— Les promesses d'Erik ne valent pas grand-chose...

Il la dévisagea pensivement en fronçant les sourcils puis remarqua :

— Vous avez l'air fatigué, reprit-il avec sollicitude. Dormez-vous assez ?

— Oui, à poings fermés, mentit-elle, refusant de lui dévoiler ses inquiétudes.

— Ne vous laissez pas impressionner par Erik déclara-t-il brusquement.

— Je ferai attention, fit-elle en hochant la tête.

— Vous me le jurez ?

— Oui.

Embarrassée par l'insistance de son regard, elle se leva du banc.

— Merci de votre compréhension, murmura-t-elle. Je dois rentrer. A bientôt.

Il lui saisit le poignet.

— Attendez une seconde, ordonna-t-il d'une voix douce. J'aimerais avoir l'inventaire du manoir et du mobilier. Il me semble préférable que ce soit vous qui dressiez la liste de tout ce qu'il y a. Si j'envoie quelqu'un, votre grand-mère s'inquiétera, n'est-ce pas ?

— Certainement, convint-elle.

— Vous vous chargerez donc vous-même de ce travail.

— D'accord, murmura Briana.

— Et si votre frère vous ennuie, parlez-m'en, voulez-vous ?

Elle acquiesça silencieusement et se libéra avec souplesse de son étreinte. Quand elle s'éloigna, elle sentit qu'il suivait chacun de ses mouvements.

Sa voiture était garée non loin de là. Elle ouvrit la portière et se laissa tomber sur le siège. Son entretien avec Drake ne s'était pas trop mal déroulé, se dit-elle en démarrant.

Tout en s'engageant dans le flot de la circulation, elle continuait à penser à lui.

Sa cicatrice ne la choquait pratiquement plus. Curieusement, elle l'oubliait totalement ! Le charme du séduisant Drake Rutledge opérait, s'avoua-t-elle avec un sourire amusé. A chaque fois qu'elle se trouvait en sa présence, elle ressentait une étrange émotion. Quelque chose d'irrationnel, mais qui s'imposait à elle d'une manière si forte...

9

Briana travaillait dans le bureau situé au rez-de-chaussée du manoir lorsque la sonnerie du téléphone retentit.

Elle releva la tête puis se remit à écrire. Sans doute était-ce Jane Fitzcannon, songea-t-elle distraitement. Depuis le retour d'Erik, Jane n'avait pas laissé passer une journée sans le joindre !

Sa thèse avançait, se dit-elle avec satisfaction. Elle avait réuni les éléments essentiels de ses recherches et tracé les lignes principales de son étude.

Elle mettait à présent au point les derniers détails avant de se lancer dans la rédaction de son mémoire.

Les documents que lui avait communiqués sa grand-mère lui avaient été d'un précieux secours. Grâce aux archives familiales, elle avait pu reconstituer une partie du passé de Saint-Thomas.

En revanche, il lui manquait des renseignements importants sur la révolte des esclaves de

Saint-John, une rébellion massive qui avait provoqué des incidents sanglants au cours de l'année 1733.

Elle posa son stylo. Drake entretenait des relations amicales avec bon nombre des habitants de l'île et accepterait certainement de l'introduire auprès des planteurs de Saint-John.

En consultant leurs registres personnels, elle parviendrait sans doute à glaner des informations vitales, conclut-elle, déterminée à solliciter l'aide de Drake dès que possible...

Ida fit soudain irruption dans la pièce.

— Miss Briana, une communication pour vous... annonça-t-elle cérémonieusement.

— Merci, Ida, j'y vais.

Elle se hâta vers le hall et prit le combiné.

— Briana Ivensen à l'appareil...

— Allô, c'est Drake. J'aimerais discuter avec vous. Quand pourrais-je vous voir ?

Sa question la prit au dépourvu. Que lui voulait-il ? s'interrogea-t-elle.

— Bien... Je donne un cours à Patty demain. Je peux vous retrouver à Saint-John si cet arrangement vous convient, rétorqua-t-elle brièvement.

— C'est assez urgent, annonça-t-il aussitôt. Etes-vous libre ce soir ?

— Laissez-moi une demi-heure. Je finis mon travail et je vous rejoins.

Drake marqua un temps d'arrêt.

— Briana... commença-t-il d'un ton légèrement exaspéré. Je veux vous inviter à dîner et en bonne et due forme cette fois-ci. Je passerai vous prendre vers sept heures...

— Vous ne pouvez pas venir au manoir, c'est impensable ! rétorqua-t-elle en balbutiant.

— Et pourquoi donc ? Vous avez honte de moi ? Margaret me déteste et s'évertue à vous prouver que je ne suis pas fréquentable ? Mais ma réputation est irréprochable. Je suis invité dans les milieux les plus fermés de Saint-Thomas !

Elle eut l'impression qu'il souriait au bout du fil.

— Mais quelle excuse vais-je donner à Margaret ? s'enquit-elle d'un ton inquiet.

— Aucune. Dites lui la vérité, tout simplement, conseilla Drake.

Il avait raison, songea Briana. Elle n'était plus en âge de se comporter comme une adolescente prise en faute.

— Entendu, je serai prête à sept heures, conclut-elle en raccrochant.

Immédiatement elle regagna sa chambre pour se préparer. Elle voulait soigner sa toilette pour l'occasion. La perspective d'une soirée avec Drake l'emplissait de joie.

Elle fouilla dans sa penderie et après de longues hésitations, sélectionna une blouse paysanne ornée de fines broderies et une jupe ample gris-bleu.

Puis elle se fit couler un bain chaud qui la détendit agréablement. Après une rude journée de travail, l'idée d'une sortie en ville n'était pas pour lui déplaire, s'avoua-t-elle en s'allongeant dans l'eau.

Après s'être enveloppée dans un vaste peignoir de coton, elle se maquilla légèrement. Une légère touche de mascara suffisait à rehausser l'éclat de ses yeux bleus.

Elle décida ensuite de laisser ses cheveux dénoués sur ses épaules. Elle enfila ses vêtements et après un dernier coup d'œil au miroir, Briana prit son sac et sortit de sa chambre.

Il était six heures et demie. Margaret et Erik devaient être au salon. Lorsqu'elle pénétra dans l'immense pièce, sa grand-mère bavardait avec son petit-fils.

En entendant Briana entrer, Margaret s'interrompit. Elle lui adressa un sourire attendri.

— Tu es très en beauté, Briana ! s'exclama-t-elle en se redressant dans son fauteuil. Quelle tenue ravissante !

— Merci, grand-mère... Je sors, je ne serai pas là pour le dîner, commenta-t-elle simplement.

— Tu es invitée chez des amis ?

— Non... Je vais retrouver Drake.

Margaret la foudroya du regard.

— Vraiment, je ne te comprends pas, jeta-t-elle d'une voix soudain glaciale. Tu ne le vois pas suffisamment lorsque tu donnes des cours à sa nièce ?

— Non justement ! Nous nous croisons et nous n'avons jamais une minute pour échanger un mot, déclara-t-elle d'un ton posé.

Elle n'allait tout de même pas justifier chacun de ses faits et gestes devant Margaret, se dit-elle

en contemplant le jardin à travers la croisée
ouverte. Les premières lueurs du crépuscule
baignaient le paysage d'une lumière orangée.

— Quand doit-il venir te chercher ? questionna Erik, hostile.

— A sept heures.

— Je suppose que tu joueras les parfaites
maîtresses de maison et que tu lui offriras
d'entrer ?

— C'est tout à fait possible...

D'un geste nerveux, il reposa son verre sur une
table basse et se leva.

— Tu m'excuseras mais rencontrer ce
Rutledge est au-dessus de mes forces, je préfère
m'en aller, conclut-il en se dirigeant vers le
corridor. A plus tard, grand-mère !

Les traits figés, Margaret examina sa petite-
fille.

— Quel genre de rendez-vous est-ce, un rendez-vous d'affaires ? s'enquit-elle sans aménité.

Briana se mit à rire.

— Je suis invitée à dîner, c'est tout !

— Je ne vois pas ce qui t'amuse, je m'inquiète
pour toi... Rutledge ne fait pas partie de notre...

— Monde... acheva Briana avec un sourire
ironique. Nous en avons déjà parlé, c'est vrai.
Permettez-moi de vous poser une question,
grand-mère : quelles qualités exceptionnelles
attribuez-vous aux gens de notre milieu ? Cela
m'intrigue...

Margaret qui avait pincé les lèvres, enchaîna :

— La différence est évidente, voyons !

Les positions de la vieille dame demeurèrent

inébranlables, songea Briana en observant les pelouses qui s'étendaient devant la maison. Le soleil couchant illuminait la verdure environnante, lui donnant un aspect presque irréel.

Un coup de sonnette fit tressaillir la jeune femme. D'un pas décidé elle traversa le salon et sortit dans le hall.

Lorsqu'elle ouvrit la porte, Drake était là. Elégamment vêtu d'un costume clair, plus séduisant que jamais, il lui souriait.

— Bonsoir, Briana, fit-il en la contemplant.

— Bonsoir, Drake, je vous attendais, fit-elle en lui faisant signe d'entrer.

La situation ne manquait pas de piquant ! Elle lui faisait les honneurs d'une maison qui ne lui appartenait plus.

Il la suivit sans un mot.

— Grand-mère, je vous présente Drake Rutledge, annonça Briana.

La vieille dame ne put réprimer un mouvement de contrariété. Son expression hautaine n'échappa pas à Drake mais, comme si de rien n'était, il s'avança et s'inclina cérémonieusement devant elle.

— Bonsoir, madame Ivensen.

Pendant une fraction de seconde Briana redouta le pire. Margaret allait-elle lui faire subir un terrible affront en refusant de le saluer ?

Elle échangea un long regard avec lui et déclara d'une voix tendue :

— Bonsoir, Drake...

La tension de Briana décrut. Pourtant Drake

continuait à observer la vieille dame comme s'il tentait de retrouver des souvenirs très lointains.

— Comment allez-vous ? demanda-t-il avec une politesse froide. Briana m'a un peu parlé de vos ennuis de santé.

Margaret se redressa avec dignité, et riposta.

— Je vais parfaitement bien, merci.

Elle se tut puis reprit :

— Ma petite-fille travaille pour vous, mais cette idée me déplaît souverainement, autant vous le dire en face.

— Je m'en doutais, rétorqua Drake sans la quitter des yeux. Essayez de vous mettre à la place de Briana : elle adore enseigner et son travail est remarquable. Ma nièce Patty a considérablement progressé grâce à elle... Vous pouvez être fière de votre petite-fille, madame Ivensen.

Margaret le toisa et esquissa une moue chargée de mépris.

— Je suis fière de Briana mais pour d'autres raisons. Elle fait partie d'une lignée d'hommes et de femmes qui se sont distingués au cours de l'histoire, lança-t-elle d'une voix claire. Notre fortune n'est plus ce qu'elle était, je le déplore, mais Briana a hérité des dons et de l'intelligence de ses ancêtres. Lorsqu'elle aura passé sa thèse, elle pourra obtenir un poste universitaire si elle le souhaite... Les Ivensen sont très connus dans les Iles Vierges, mon cher, et chacun s'estimera extrêmement honoré de fréquenter Briana ou de collaborer avec elle. Elle n'aura pas besoin de recommandation pour trouver un emploi... ni de votre... soutien... acheva-t-elle d'un ton mordant.

— J'en suis certain, reconnut Drake d'un air absent.

Margaret embrassa la pièce du regard et désigna le mobilier d'un geste majestueux.

— Dans ce manoir, toute la société de Saint-Thomas se réunissait autrefois. Nous organisions des fêtes somptueuses ! Ma maison a été photographiée maintes et maintes fois et les photos ont été publiées dans des journaux de New York. Le moindre objet vaut une fortune inestimable. Regardez cette lampe, dit-elle en montrant une table ornée d'une lampe en verre peint. Elle vient de France et a été fabriquée sur la demande de mon arrière-grand-mère, une pièce unique au monde. Cette commode nous a été offerte par le Prince de Galles et...

Elle s'interrompit brusquement.

— Mon Dieu ! Pourquoi vous raconter tout cela, après tout ? murmura-t-elle d'une voix lasse. Vous êtes bien incapable d'apprécier la beauté de notre maison.

— Mes parents ne m'ont légué aucune richesse, répliqua Drake, impassible. Mais j'espère laisser à mes enfants un patrimoine digne de ce nom.

Subitement, Margaret se tassa dans son fauteuil. Elle paraissait fatiguée. Après avoir observé Drake en silence, elle conclut :

— Je vais me reposer un peu avant le souper... Bonsoir !

Elle se dirigea vers la porte d'un pas pesant.

— Je vous accompagne, grand-mère, proposa Briana en s'approchant d'elle.

— Non ! Je te remercie, ma chérie. Je suis encore capable de regagner seule ma chambre.

Briana se tut. L'obstination de Margaret n'était plus à démontrer ! Lorsque la vieille dame eut disparu du salon, elle se retourna vers Drake qui restait immobile.

— Je suis désolée, murmura-t-elle avec sincérité. J'hésitais à vous inviter ici parce que j'avais peur que Margaret ne vous reçoive assez mal...

— Je vous en prie, ne vous excusez pas, vous n'y êtes pour rien. Etes-vous prête à partir ? demanda-t-il en changeant de sujet.

— Oui, je vous suis.

Drake ouvrit la portière de sa voiture. Briana s'installa à l'avant. Il démarra aussitôt avec des gestes précis et contrôlés.

Etonnée par son calme, elle l'épia à la dérobée tandis qu'il s'intégrait parmi le flot des voitures qui encombrait les artères principales de Charlotte Amalie.

Drake se gara devant le *Sebastian* et s'effaça galamment devant Briana pour la laisser pénétrer dans le hall spacieux du restaurant. Un garçon les guida jusqu'à une table située un peu à l'écart.

Lorsqu'ils eurent passé leur commande, Drake releva la tête.

— Patty m'a dit que vous lui aviez donné la liste des universités de Nouvelle-Angleterre.

Comme elle l'avait supposé, Drake l'avait invi-

tée pour lui parler de sa nièce ! Bravement, elle
s'efforça de ne pas montrer sa déception.

— Oui, nous avons longuement bavardé l'autre jour et elle avait l'air assez intéressée par ce
que je lui ai décrit de ma vie d'étudiante...
acquiesça-t-elle.

— C'est encourageant, concéda Drake. Patty
travaille beaucoup mieux depuis le départ de
Weldon.

— C'est juste, mais la réaction d'Abel l'a
terriblement secouée. Elle lui a téléphoné lorsqu'il faisait ses valises. Il lui a reproché de n'être
qu'une enfant et d'avoir pris leurs relations trop
au sérieux !

Drake la scrutait avec intensité.

— Dans quelque temps, le chagrin de Patty
aura disparu. Elle oubliera Abel... déclara-t-il
lentement. Et elle nous sera reconnaissante de
lui avoir évité bien des ennuis.

— C'est possible, à condition qu'elle n'ap-
prenne pas que vous avez payé Abel pour qu'il
s'en aille, lança-t-elle aussitôt.

Drake ne répondit pas. Le serveur était revenu
et leur versait à boire.

— Merci de votre compréhension, enchaîna-t-
elle en évitant de croiser son regard. Ma grand-
mère a été plutôt odieuse tout à l'heure. Vous
auriez pu lui avouer que la manoir vous appartenait. N'avez-vous pas été tenté de le faire ?

— Pas vraiment... Dès mon arrivée, je me suis
rendu compte que le rapport de forces avait
basculé... et...

— Je ne comprends pas, coupa Briana, désarçonnée.

— Autrefois, votre grand-mère m'impressionnait beaucoup. J'avais gardé le souvenir d'une
femme dure, inaccessible et majestueuse,
commença Drake. Mais aujourd'hui en la
revoyant, j'ai éprouvé un choc; elle m'a fait
pitié... Pourquoi refuse-t-elle d'accepter la réalité? Elle vit obstinément dans le passé. Pour
elle, le temps s'est arrêté...

Tout en mangeant, ils continuèrent leur
conversation en s'efforçant de parler de choses et
d'autres. Mais Briana restait distraite. Drake
avait rencontré Margaret et rien n'avait hélas
changé! se répétait-elle avec tristesse.

Rien n'éteindrait la haine et les désirs de
vengeance qui le consumaient. Les propos d'Erik
lui revinrent brusquement à l'esprit. Son frère
n'avait pas caché son mépris pour Drake. Ses
commentaires n'étaient pas tous justifiés, certes,
convint Briana mais ils contenaient une certaine
part de vérité! Drake jalousait les Ivensen et il
s'acharnerait contre eux.

Leur souper s'achevait. Drake releva la tête et
déclara :

— Je vous invite dans ma suite. Nous y serons
plus tranquilles pour prendre le café.

Briana hésita. La proposition de Drake l'effrayait. Trouvant plus prudent de décliner son
offre, elle répliqua d'une voix sourde :

— Non, je vous remercie, je préfère rentrer. Je
ne veux pas m'absenter trop longtemps. Margaret n'est pas bien portante.

— Vous téléphonerez de l'hôtel, suggéra Drake.

L'excuse qu'elle venait de lui fournir ne tenait pas debout, constata-t-elle aussitôt. Drake n'ignorait pas que Margaret était en compagnie d'Ida et d'Erik...

Remarquant son embarras, il la contempla avec intensité.

— Vous avez peur! nota-t-il d'un ton rauque.

— Pas du tout! rétorqua-t-elle avec un haussement d'épaules.

— Alors?

Elle se sentit prise au piège. Il lui paraissait impossible d'inventer une raison plausible pour s'éclipser. A contrecœur, elle déclara en se levant de table.

— Entendu, je vous accompagne.

Dès qu'ils eurent pénétré dans l'appartement de Drake, Briana eut beaucoup de mal à combattre sa nervosité. D'une main tremblante, elle s'empara de la tasse de café qu'il lui tendait, évitant le regard de son compagnon.

— Que se passe-t-il? l'interrogea-t-il en fronçant les sourcils.

— Rien... rien du tout.

— Si vous vous sentez inquiète, téléphonez au manoir, proposa-t-il en lui montrant le téléphone.

Quelques instants plus tard, elle reposait le combiné. Ida lui avait affirmé que Margaret dormait paisiblement.

Pourtant, sa gêne allait croissant. Drake jetait des coups d'œil furtifs dans sa direction. Il avait

remarqué sa pâleur et le léger tremblement de
ses lèvres.

— Briana, qu'avez-vous donc ? s'exclama-t-il
en s'approchant d'elle.

— Tout va... bien, affirma-t-elle sans conviction.

Mais le sol se dérobait sous elle. Un vertige la
saisit ; elle vacilla, incapable de comprendre la
raison de son malaise.

— Ne restez pas debout, déclara Drake en
l'entourant par la taille. Allongez-vous sur le
canapé.

Trop faible pour protester, elle se laissa faire
tandis que, d'une main, il disposait des coussins
sur le tissu de velours.

Lorsqu'elle fut installée, Drake revint avec un
verre d'alcool.

— Buvez !

Elle trempa ses lèvres dans le liquide ambré,
but une gorgée et ne put réprimer une grimace.
Mais une chaleur bienfaisante se propagea
immédiatement dans son corps.

— Je suis vraiment ridicule, balbutia-t-elle. Je
ne sais pas ce qui s'est passé...

— Je crois comprendre... Vous êtes surmenée,
ma chère, vous travaillez trop. Dans quelques
instants, vous irez mieux.

Le regard de Drake s'attarda sur elle.

— Vous êtes ravissante, Briana, murmura-t-il,
admirant la courbe de son visage et sa longue
chevelure blonde répandue autour d'elle. J'aime
beaucoup cette coiffure, elle vous va très bien...

Briana, confuse, ne sut que répondre. Un

silence pesant s'instaura entre eux. Soudain
Drake reprit :

— J'ai l'impression que vous me méprisez
autant que votre grand-mère.

— Non, vous vous trompez, affirma-t-elle précipitamment. Mais vous m'intimidez. Je ne sais
jamais à quoi vous pensez.

La main de Drake effleura sa joue.

— Vous m'attirez, Briana. Vous êtes si sédui-
sante, avoua-t-il avec un sourire charmeur.
Votre visage m'obsède jour et nuit... conclut-il
avec un rire grave.

Se moquait-il d'elle ? se demanda Briana. Un
frémissement la parcourut. Drake ne plaisantait
pas mais il masquait son émotion par une
remarque ironique... Craignait-il qu'elle ne s'of-
fusque de sa sincérité ?

— Je ne vous veux aucun mal, ajouta-t-il en se
penchant au-dessus d'elle. Je vous le promets.
J'aimerais tellement que vous me fassiez
confiance...

Sa voix avait pris des accents douloureux.

Une moue sensuelle se dessina sur ses lèvres. Il
se rapprocha d'elle. Elle ne détourna pas la tête
et ne chercha pas à fuir son baiser.

Ce fut un baiser ardent, passionné. Lorsque
Drake se redressa, son regard était éclairé d'une
lueur étrange.

— J'avais envie de vous embrasser depuis le
début de la soirée, confessa-t-il avec douceur.

De ses doigts, il continuait à la caresser. Drake
parviendrait-il un jour à oublier sa haine tenace

à l'égard des Ivensen, à surmonter sa rancune ?
se surprit à songer Briana, blottie contre lui.

Paupières closes, elle respirait son parfum,
s'enivrant de sa chaleur et du bonheur infini que
lui procurait sa présence.

Drake la pencha en arrière et s'allongea contre
elle. Leurs visages se frôlaient, frémissants de
volupté. Avec une lenteur calculée, il dégrafa le
chemisier de la jeune femme, dénudant sa poitrine nacrée. Puis, d'un geste vif, il fit glisser sa
jupe le long de ses jambes.

Lorsqu'elle fut nue, il la contempla avec une
émotion indicible puis s'empara à nouveau de sa
bouche avec ardeur, communiquant à Briana sa
fièvre.

Haletante, éperdue, elle s'agrippait à lui,
enfouissant avec volupté ses doigts dans sa
chevelure brune et bouclée.

Le temps avait suspendu son vol. Le cœur
battant à tout rompre, elle répondait à l'étreinte
langoureuse de Drake, consciente du plaisir
insensé qu'il faisait naître en elle.

— Je vous désire tant, Briana, articula-t-il en
effleurant ses cheveux d'or bruni.

Les paroles de Drake la sortirent de son état de
stupeur. Instinctivement, elle se figea. Quelque
chose se brisait brusquement en elle...

Une seconde plus tôt, elle aspirait de tout son
être à s'unir à Drake, à connaître avec lui cette
extase merveilleuse. Mais une peur sourde s'était
subitement insinuée en elle. Sentant son retrait,
Drake relâcha son étreinte.

— Je... je ne peux pas, Drake, bredouilla-t-elle d'une voix blanche.

— Ma chérie, je vous en prie, laissez-moi vous aimer. J'ai besoin de vous, reprit-il, avec ardeur.

Ricardo lui avait murmuré les mêmes paroles. Lui aussi l'avait désirée de toutes ses forces mais sa brutalité l'avait plongée dans un véritable cauchemar.

Les souvenirs, atroces, refluaient dans son esprit. Elle se débattait au milieu de ses souvenirs, de ces images de violence qui tournoyaient sans relâche dans sa mémoire.

Drake se penchait au-dessus d'elle. Elle vit son visage devenir flou. Ses lèvres cherchaient les siennes, s'attardaient au creux de son cou, s'efforçant de faire renaître en elle une délicieuse volupté.

Avec un sursaut, elle s'arracha aux bras de Drake et se mit à crier.

— Non ! Oh, non Ricardo ! hurla-t-elle, proche de l'hystérie.

Tout se brouillait devant ses yeux. Il lui sembla qu'un voile obscur l'enveloppait. Les paupières closes, elle se força à respirer lentement.

Puis lentement elle s'apaisa. Son souffle redevint régulier. Avec des gestes mécaniques, elle s'habilla.

Drake avait quitté le canapé et, immobile, regardait par la fenêtre. Un interminable silence s'étirait entre eux...

Soudain sa voix résonna dans la pénombre.

— Vous êtes toujours amoureuse de lui, n'est-ce pas ? questionna-t-il sans se retourner.

— De qui ? rétorqua-t-elle d'un ton égaré.

— De votre ex-mari ? fit-il d'un ton brusque.

Une immense lassitude s'abattait sur elle. Que s'était-il passé ?

— Non, je ne l'aime pas. Au contraire, je le hais ! s'exclama-t-elle, encore bouleversée.

D'un bond Drake fut près d'elle. Quand elle releva les yeux, il l'observait avec une expression indéchiffrable.

— Pourquoi avez-vous prononcé son nom tout à l'heure ?

— Je... n'ai rien dit, rétorqua-t-elle incapable de se souvenir avec précision des quelques minutes qui venaient de s'écouler.

Puis un voile opaque se déchira dans son esprit. Oui, elle avait sans doute parlé... parlé de Ricardo dans son délire, admit-elle silencieusement. Le puzzle se reconstituait lentement...

Les larmes aux yeux, elle contempla Drake. Un pli amer se dessinait au bord de sa bouche.

Sa réaction, son hurlement de peur l'avaient décontenancé, songea-t-elle, terriblement gênée.

— Ricardo était très perturbé mentalement, commença-t-elle en réprimant un frisson. Je l'ignorais avant de l'épouser. Il était d'une telle politesse, d'une courtoisie extraordinaire avec moi pendant nos fiançailles... Quant à moi, j'étais encore très jeune et je n'avais pas la moindre expérience...

Elle se tut puis poursuivit d'une voix saccadée :

— Lorsque je me suis mariée, j'étais complètement innocente... cela peut paraître ridicule de
nos jours mais c'est ainsi ! J'ai reçu une éduca-
tion très stricte. Dès notre nuit de noces, Ricardo
a changé, pour se transformer en une brute
ignoble, dit-elle en enfouissant son visage entre
ses mains.

— Ricardo a voulu abuser de vous par la
force, acheva Drake.

Briana hésita puis inclina lentement la tête en
signe d'acquiescement.

— Il se comportait avec une violence inouïe,
enchaîna-t-elle d'une traite. Ricardo s'amusait à
me terroriser et à me menacer. Il m'accablait de
reproches en m'insultant. Je crois qu'il éprouvait un dégoût profond des femmes, admit-elle
en éclatant en sanglots. Pendant longtemps je
me suis sentie responsable de cet échec... j'étais
totalement désemparée, jusqu'au jour où je l'ai
quitté. Nous n'avions vécu que six mois ensemble mais j'avais traversé un enfer quotidien...
J'en étais arrivée à détester Ricardo au point de
rêver de le tuer. Vous ne pouvez pas savoir à quel
point je le haïssais !

Drake la serra contre lui. La tête appuyée
contre sa poitrine, elle pleura longtemps. Il
effleurait doucement son visage.

— Lorsque je suis partie, Ricardo était à
l'étranger, en voyage d'affaires. Je n'ai pas voulu
revenir à Saint-Thomas de peur qu'il ne me
retrouve. Je me suis donc installée dans l'état du
Vermont, en Nouvelle Angleterre, précisa Briana
d'une voix plus ferme. Là, j'ai consulté un avocat

qui s'est mis en rapport avec mon mari et qui lui a transmis ma demande en divorce. Ricardo a fini par accepter ma décision pour éviter un scandale. Il ne voulait pas que je dévoile les sévices qu'il m'avait fait endurer, avoua Briana dans un soupir.

Drake ne disait mot. Un froid glacial enveloppa Briana. L'évocation du drame qui s'était déroulé quelques années plus tôt la faisait encore frissonner de la tête au pied.

Quand ces souvenirs horribles disparaîtraient-ils enfin de sa mémoire? se demanda-t-elle, les yeux noyés de larmes.

— Je n'ai jamais parlé de tout ceci à qui que ce soit, à l'exception de mon avocat, parvint-elle à articuler.

Drake la serra contre lui.

— J'ai été stupide, grommela-t-il en lui caressant les cheveux. J'aurais dû faire preuve de plus de tact... Oh, je m'en veux vraiment, Briana...

— Non, vous ne pouviez pas savoir, murmura-t-elle en se réfugiant contre lui. Ce n'est pas de votre faute.

— Je vais vous raccompagner au manoir, déclara-t-il avec tendresse. Mais laissez-moi une chance, une simple chance... celle de vous prouver que tous les hommes ne ressemblent pas à Ricardo...

10

Briana ne parvenait pas à trouver le sommeil. Elle repoussa les draps et se releva. Appuyée contre la croisée de la fenêtre, elle observa longtemps le scintillement des lueurs qui trouaient l'obscurité. Le signal régulier du phare à l'entrée du port balayait la nuit...

Comme promis, Drake l'avait raccompagnée chez elle. Mais depuis lors, un flot de pensées moroses l'envahissait.

Elle se reprochait sa conduite insensée et les confidences qu'elle avait faites à Drake. Ne s'était-elle pas jurée de fuir tout contact avec lui ? Son malaise l'avait égarée. Et elle s'était retrouvée dans ses bras comme une enfant !

Avec un soupir accablé, elle regagna son lit et s'efforça d'apaiser les battements désordonnés de son cœur. Peu à peu, ses paupières se fermèrent et elle s'endormit, hantée par le visage de Drake...

Quand elle pénétra dans la salle à manger, Erik avait commencé son petit déjeuner. Il releva la tête en la voyant entrer et l'accueillit avec un sourire chaleureux.

— Bonjour Briana.

— Déjà levé ? s'étonna-t-elle sans se départir de sa réserve.

— Mais oui ! De dures occupations m'attendent : je veux tondre la pelouse et enlever les mauvaises herbes qui envahissent les allées...

Surprise, Briana convint.

— C'est une excellente idée. Le jardin est complètement à l'abandon.

Elle s'assit et se versa une tasse de café brûlant.

— Puisque je vis ici, je trouve parfaitement normal de participer à toutes les tâches domestiques, lança-t-il en lui jetant un coup d'œil furtif. Au fait, j'ai donné de l'argent à Ida pour qu'elle achète des provisions...

— Que t'arrive-t-il ? questionna-t-elle, sarcastique.

— Ma métamorphose a de quoi étonner, en effet ! En rentrant à la maison, après mon séjour à New York, je me suis rendu compte que notre vie familiale avait beaucoup d'importance pour moi...

Il s'interrompit et contempla Briana.

— Je voulais... je voulais m'excuser de ma conduite, reprit-il avec sincérité. Je t'ai dit des choses assez odieuses l'autre jour. J'ai eu tort. Je n'aime pas beaucoup Rutledge mais je n'aurais pas dû le critiquer de cette manière, conclut-il sans quitter sa sœur des yeux. Ta vie privée ne me regarde pas...

— C'est vrai, admit-elle en hochant la tête. Tu sais, quand tu es parti je t'en ai voulu... je t'ai détesté !

— Je te comprends. Je n'ai pas eu le courage de t'expliquer en détail ce qui s'était passé, je n'osais pas non plus m'en ouvrir à grand-mère. Alors j'ai fait mes valises à toute vitesse, par simple lâcheté. Je ne sais pas si tu me croieras mais lorsque j'ai détourné l'argent de la *Rutledge Corporation*, je n'avais aucune intention de le garder. C'était un emprunt. Je comptais sur les cartes ou les courses pour me renflouer. Ensuite, j'aurais remboursé discrètement les fonds... Malheureusement, rien ne s'est déroulé comme prévu...

Briana réprima un sursaut d'indignation.

— Mais c'était ridicule ! s'exclama-t-elle.

— Oui, et dangereux, je l'ai découvert à mes dépens, avoua-t-il d'une voix lasse. Le manoir ne nous appartient plus ! J'admire la manière dont tu as fait face aux événements, Briana... Comment es-tu parvenue à t'entendre avec Rutledge ? interrogea-t-il d'une voix sourde. Comme patron, il m'a toujours semblé d'une telle intransigeance...

— Peut-être mais il est capable aussi de faire preuve de sensibilité, remarqua Briana en détachant ses mots. Lorsque j'ai rencontré Drake, il s'inquiétait beaucoup pour sa nièce, Patty, qui vit avec lui. Ses résultats scolaires étaient lamentables. Il m'a proposé de lui donner des cours de rattrapage. En échange, il m'a offert de rester au manoir. J'aurais difficilement pu refuser son marché, trancha-t-elle en esquissant un geste de la main.

— La mère de Patty est divorcée, je crois ? demanda Erik en versant une seconde tasse de café à Briana.

Elle acquiesça.

— Oui. Le mari de Ruth l'a quittée du jour au lendemain en la laissant avec leur fillette. C'est Drake qui l'a aidée à s'en sortir...

— J'ai déjà vu sa fille, une adolescente assez mince avec de longs cheveux, c'est bien cela ?

— Exactement. Où as-tu eu l'occasion de voir Patty ?

— Dans un snack-bar où je déjeunais à midi. Elle y était assez souvent avec des amies mais je l'ai également croisée en compagnie d'un homme d'une trentaine d'années.

— Abel Weldon ! Patty le fréquentait contre le gré de Ruth et de Drake. Il est vrai que la réputation d'Abel n'est pas bien fameuse, soupira-t-elle en s'appuyant contre le dossier de sa chaise.

Erik lui lança un regard aigu.

— Je me serais inquiété aussi à leur place, déclara-t-il brièvement. A mon avis ce Weldon ne s'intéressait qu'à la fortune de Patty.

— Sans doute mais elle ne pouvait pas s'en rendre compte. En tout cas, Abel a déménagé pour le Texas, murmura Briana.

— Et Patty ?

— Elle est si jeune, elle se remettra de ce chagrin !

Erik releva brusquement la tête et s'enquit :

— Comment Rutledge s'est-il débarrassé de Weldon ?

— Mais je n'ai pas dit que... commença Briana en bredouillant.

— Je devine ce qui s'est passé, coupa Erik, ironique. Drake lui a offert de l'argent pour qu'il disparaisse, est-ce que je me trompe ?

Briana ne sut que répondre. Elle demeura silencieuse tandis qu'Erik poursuivait.

— Oh, je ne critique pas Rutledge... Quand nos ancêtres étaient riches, ils réagissaient exactement comme lui ! L'argent permet de régler tant de problèmes... prononça-t-il d'un ton teinté d'amertume. Aujourd'hui, notre fortune familiale s'est évanouie mais il nous reste encore notre nom ! Dieu merci...

Briana décida de couper court aux réflexions d'Erik.

— Patty ne risque plus rien à présent. Je me sens vraiment soulagée, fit-elle avec un sourire.

— Tu l'aimes beaucoup...

— Oui, elle a une personnalité très attachante, sa mère aussi d'ailleurs. Drake et Ruth ont lutté d'arrache-pied pendant des années pour surmonter de lourdes difficultés matérielles. Ils ne souhaitent qu'une chose : voir Patty heureuse et lui éviter des ennuis. Depuis le départ d'Abel, elle s'est raisonnée et semble prête à s'inscrire à l'université l'an prochain. La Nouvelle-Angleterre la tenterait assez.

Ils interrompirent leur conversation pour achever leur petit déjeuner. Le soleil pénétrait à

flots dans la pièce, faisant miroiter la surface
patinée des meubles.

La sérénité de l'atmosphère, la bonne humeur
d'Erik réchauffaient le cœur de Briana. Cela
faisait des années qu'elle n'avait pas bavardé
aussi agréablement avec son frère, s'aperçut-
elle, ravie.

— Quand as-tu appris la liaison de père?
interrogea-t-elle soudain.

— Je l'ai su depuis le début... répliqua Erik en
soutenant son regard. J'avais huit ans à l'époque
et tout le monde connaissait les relations de père
et de Pearl, au manoir, à l'exception de toi et de
grand-mère... Quand elle a compris ce qui se
passait, elle a congédié la mère de Drake!

Erik, qui s'était tu, contemplait le jardin
inondé de lumière. Des effluves parfumés mon-
taient jusqu'à eux.

— Tu étais bien trop jeune pour t'intéresser à
tout cela, reprit Erik pensif. Mais moi, j'avais
l'habitude d'aller à l'office et j'entendais les
domestiques commenter l'affaire.

— Que racontaient-ils?

— Oh, ils reprochaient à Pearl ses idées de
grandeur. D'après eux, père ne prenait pas au
sérieux cette aventure.

Perplexe, Briana secoua la tête.

— Pourtant Frederik avait l'intention de
l'épouser. Il aimait profondément Pearl, nota-t-
elle dans un murmure.

— A mon avis, intervint Erik, elle s'est follement éprise de lui sans réfléchir. Elle s'est

suicidée lorsqu'elle a pris conscience que leur histoire restait sans issue.

Briana l'arrêta aussitôt.

— Non, Drake prétend qu'il s'agit d'un accident. Elle n'aurait jamais abandonné ses enfants. Quant à père, je suis certain de ses sentiments pour Pearl.

Erik laissa passer quelques secondes avant d'enchaîner :

— Margaret aurait refusé qu'il épouse une servante.

Un soupir s'échappa des lèvres de Briana.

— Grand-mère ne supportait pas qu'on lui tienne tête, c'est vrai. Mais pour une fois, son fils l'aurait contrecarrée, trancha-t-elle en se levant pour s'approcher de la fenêtre.

— Comme tu es idéaliste, lança Erik en sortant de la pièce. A tout à l'heure, petite sœur !

Briana haussa les épaules à cette remarque. Erik ne concevait pas que leur père ait pu sincèrement aimer Pearl. Pour lui, un Ivensen ne pouvait pas s'abaisser à courtiser une domestique.

Son frère était dominé par des préjugés indéracinables, tout comme Margaret...

En fin de matinée, la jeune femme s'arrêta devant l'appartement de Margaret. Elle frappa à la porte.

— Entrez ! répondit la vieille dame. Oh, c'est toi ma chérie, se reprit-elle en voyant Briana pénétrer dans la pièce.

Margaret était confortablement allongée, le dos calé contre des coussins.

— Comment allez-vous aujourd'hui? demanda Briana avec entrain.

— Très bien, je lisais... déclara Margaret en reposant son livre à côté d'elle. Je suis contente de te voir.

Briana s'assit au pied du lit et regarda le visage de sa grand-mère. Une expression irritée se dessinait peu à peu sur ses traits.

— Qu'y a-t-il? questionna-t-elle, surprise.

— Je ne veux plus te voir sortir avec Drake Rutledge, décréta Margaret d'un ton péremptoire. Tu travailles pour lui, soit! Mais que tu acceptes ses invitations...

Briana eut un sourire amusé.

— Mais voyons, quel mal y a-t-il? Je ne suis plus une enfant, j'ai vingt-cinq ans et je me débrouille seule depuis plusieurs années, riposta Briana avec patience.

— Pense à ta réputation, ma chérie... reprit Margaret d'une voix radoucie.

— C'est bien là le dernier de mes soucis! De toute façon, Drake Rutledge est parfaitement honorable.

— Pourquoi t'intéresse-t-il autant, je me le demande? C'est un rustre, murmura-t-elle. Ricardo au moins...

Briana ne la laissa pas achever sa phrase.

— Je vous en prie, ne parlons pas de mon ex-mari... jeta-t-elle en se redressant.

— Ton divorce t'a rendue si amère, Briana.

— Il y a de quoi!

— Promets-moi de ne plus sortir avec Drake Rutledge. Je le trouve... vulgaire... ordinaire, déclara Margaret en cherchant un qualificatif bien méprisant.

— Vous avez trop de préjugés, grand-mère. Mais vous vous inquiétez inutilement. Il n'y a rien de sérieux entre Drake et moi.

Margaret ne paraissait cependant nullement convaincue par les propos de sa petite-fille et elle esquissa un geste las.

Puis, changeant de sujet de conversation, elle demanda :

— Que fait Erik ?

— Il doit être dans le jardin en train de tondre la pelouse, rétorqua Briana.

— Nous aurions dû engager un jardinier !

— Oh, Erik n'est pas surchargé de travail. C'est une excellente occupation pour lui, riposta Briana avec un sourire.

Margaret avait-elle encore une fois oublié que l'état de leurs finances ne leur permettait plus d'embaucher du personnel ?

— Je vais en ville, j'ai rendez-vous avec Patty. Voulez-vous que je vous rapporte quelque chose ? enchaîna la jeune femme.

— Non, je te remercie. Je n'ai besoin de rien. A plus tard.

Briana gara sa voiture devant les hauts murs du collège, attendant l'arrivée de Patty. Soudain un conducteur klaxonna derrière elle.

Surprise, elle se retourna et aperçut Erik. Il

baissa sa vitre pour échanger quelques mots avec elle.

— La tondeuse à gazon est tombée en panne, expliqua-t-il aussitôt. Je viens de passer chez le réparateur mais il n'aura pas les pièces avant cet après-midi. Alors, tu guettes ton élève ?

— Oui. Patty ne va pas tarder.

Quelques secondes plus tard, la jeune fille arrivait. Briana fit les présentations.

— Mon frère, Erik et Patty Heyward, déclara-t-elle.

— Bonjour, ravi de vous connaître ! rétorqua Erik avec entrain.

Patty s'installa aux côtés de Briana.

— Je vous invite à déjeuner en ville toutes les deux, proposa Erik. Qu'en dites-vous ?

Briana interrogea sa passagère du regard.

— Je suis d'accord, fit Patty d'une voix posée. Ma mère est allée chez une amie et Greta s'est absentée pour faire des courses. Personne ne nous attend...

— Bien, entendu. Où se retrouve-t-on ? questionna Briana à l'adresse de son frère.

— Au *Palm Passage*.

— A tout de suite ! conclut-elle en démarrant.

Erik les avait devancées et les attendait à l'entrée du restaurant. Ils choisirent une table un peu à l'écart de la foule qui se pressait dans la salle.

C'était un endroit charmant, agréablement décoré de tables rustiques. Les murs blanchis à la chaux étaient ornés de tableaux représentant des paysages des îles.

De fins rideaux de lin tamisaient la lumière éclatante du dehors.

— J'ai déjà eu l'occasion de vous rencontrer, fit Erik en observant le visage juvénile de Patty.

— Vraiment ? dit-elle en rougissant imperceptiblement. Mais où ?

— Lorsque vous déjeuniez avec des amies dans le centre. Les jolies femmes ne passent jamais inaperçues, remarqua-t-il en lui jetant un coup d'œil admiratif.

Ecarlate, Patty détourna les yeux. Mais Briana savait que les compliments d'Erik ne la laissait pas insensible. Avec un sourire amusé, elle contempla son élève.

Lorsqu'elle abandonnait son expression maussade, elle était réellement pleine de charme et de séduction, s'avoua-t-elle, notant la cascade de cheveux châtains qui retombaient sur ses épaules.

— Vous irez à l'université l'an prochain ? poursuivit Erik.

— Sans doute... Si j'arrive à obtenir des résultats suffisants à mes examens. J'aimerais tant ne pas décevoir Briana, conclut Patty d'un air sincère.

— Tout se passera bien, j'en suis sûre, affirma Briana avec conviction.

Le reste du repas se déroula dans une atmosphère détendue. Erik bavardait à bâtons rompus avec Patty qui, pour la première fois depuis plusieurs semaines, paraissait enfin s'amuser sans arrière-pensée.

Quand il s'en donnait la peine Erik pouvait

être un compagnon très agréable, songea Briana, reconnaissante à son frère de sortir Patty de sa morosité.

— J'ai une idée, lança subitement Erik lorsqu'ils achevaient leurs desserts. J'emprunte le bateau des Fitzcannon cet après-midi et je vous emmène vous baigner dans une petite crique tranquille.

Le visage de Patty s'illumina.

— Formidable! s'exclama-t-elle, enthousiasmée par sa proposition.

— C'est impossible aujourd'hui, intervint Briana. Nous avons des révisions d'histoire à faire ensemble. Remettons cette sortie à une autre fois, Erik...

Patty qui s'était figée, prit un air consterné.

— Briana... vous n'avez pas envie d'abandonner pour une fois ces maudits livres? questionna-t-elle, boudeuse.

— Si, je l'avoue! mais votre oncle me paie pour que je vous donne des cours, pas pour que nous allions nous amuser...

Repoussant sa chaise, Briana se leva et ordonna :

— En route, ou nous risquons de manquer le ferry si nous nous attardons.

— A bientôt, Patty! déclara Erik en s'inclinant devant la jeune fille.

— Au revoir et merci pour le déjeuner, prononça-t-elle timidement.

A regret, elle suivit Briana. Pendant toute la durée de leur trajet jusqu'à Saint-John, Patty ne cessa de parler d'Erik.

— Votre frère est très séduisant! Pourquoi ne m'en aviez-vous jamais parlé? s'étonna-t-elle, retrouvant peu à peu sa bonne humeur.

— Je ne sais pas; sans doute parce que l'occasion ne s'est pas présentée...

Erik venait de faire une conquête, songea-t-elle.

— Est-ce qu'Erik est célibataire? demanda Patty d'un ton hésitant.

— Oui, mais il fréquente une jeune femme, Jane Fitzcannon...

— Oh! fit Patty avec une moue désappointée. Sont-ils fiancés?

Briana jeta un regard interloqué en direction de Patty.

— Mais non! Ils se voient de temps à autre, c'est tout. Leurs relations ne m'ont pas l'air bien sérieuses, conclut-elle en se détournant.

L'intérêt de Patty pour Erik la surprenait. Allait-elle tomber amoureuse de lui?

Lorsqu'elles arrivèrent en vue des docks de Saint-John, Patty avait cessé de se préoccuper d'Erik. Tant mieux! songea Briana avec un certain soulagement.

Son frère avait amusé son élève pendant l'heure du repas et lui avait permis de se distraire. Mais Patty était bien trop jeune pour s'éprendre d'Erik.

Pendant les jours qui suivirent, Patty ne mentionna plus Erik. Elle se concentrait sur son travail avec une énergie stupéfiante.

Quant à Drake, il évitait de se trouver en présence de Briana. Elle l'avait aperçu en ville lorsqu'elle faisait des courses. Après lui avoir adressé un signe de main, il s'était éclipsé dans la foule, s'éloignant d'elle à la hâte...

Avec frénésie, Briana tentait de ne plus penser à lui. Mais en pure perte !

Quand ses leçons étaient terminées, elle se dirigeait souvent vers la baie située en contrebas de la maison. Elle marchait alors des heures entières le long de la plage, s'attendant à voir surgir la silhouette de Drake.

Sans doute préférait-il l'éviter. Il conservait d'elle le souvenir d'une femme hystérique, encore meurtrie par sa douloureuse expérience.

De tout cœur elle souhaitait convaincre Drake qu'elle ne se jouait pas de lui. Lorsqu'elle évoquait ses caresses, une émotion bouleversante l'envahissait. Mais chacun de leurs brefs moments d'intimité avait été suivi par une dispute...

Parce que le souvenir diabolique de Ricardo la hantait toujours, hélas !

11

UNE semaine plus tard, Briana se trouvait devant l'école de Patty. La jeune fille se détacha du groupe qui s'attardait devant les grilles et vint la rejoindre.

— Bonjour Briana ! Comment allez-vous ?

— Très bien, et vous ? rétorqua Briana en lui ouvrant la portière.

Patty s'installa aux côtés de la jeune femme qui démarra aussitôt.

— Plus la date des examens approche, plus j'ai peur, avoua Patty d'un air consterné.

La circulation était fluide. Briana arriva rapidement devant l'embarcadère et se gara sans encombre. Une fois sur le ferry, elle reprit sa conversation :

— En admettant que vous n'obteniez que des résultats médiocres, la plupart des universités vous accepteront quand même à l'essai pour le premier trimestre, l'informa-t-elle d'un ton encourageant.

— C'est vrai ? lança Patty dont le visage s'était subitement éclairé.

— Mais oui ! Alors ne vous tourmentez pas trop. J'ai confiance en vous. Vous avez merveilleusement progressé. A mon humble avis, vous devriez réussir sans problème.

— Je l'espère. J'ai feuilleté vos dépliants et j'ai trouvé ce que je voulais, fit Patty d'une voix enthousiasmée. On peut faire des études théâtrales dans une université du Connecticut : j'aimerais m'y inscrire pour suivre les cours d'art dramatique.

Heureuse de voir Patty se lancer dans des projets d'avenir, Briana passa le reste du trajet à bavarder avec elle.

Lorsqu'elles pénétrèrent dans la maison, elles riaient aux éclats des plaisanteries qu'elles échangeaient. Ruth les attendait et les invita à passer à table.

Cette dernière paraissait assez tourmentée. Briana s'en rendit compte en l'épiant à la dérobée.

— Qu'y a-t-il ? demanda-t-elle avec sollicitude. Etes-vous souffrante ?

— Pas du tout ! répliqua Ruth avec un geste vague de la main. Je me tracasse pour ma fille...

Patty qui avait redressé la tête, toisa sa mère.

— Mais qu'ai-je encore fait ? questionna-t-elle avec insolence.

— Tu n'es pas au courant ? Comme c'est curieux, M. Edelson m'a gratifié d'un coup de fil ce matin.

— Le directeur de l'école ?

— En personne, coupa Ruth d'un ton impatienté. Tu as encore manqué des cours hier après-midi et il voulait savoir pourquoi...

Une subite rougeur envahit les joues de Patty qui baissa le nez dans son assiette.

— Que lui as-tu répondu ? fit-elle du bout des lèvres.

— La vérité tout simplement... Je lui ai dit que tu ne m'en avais pas parlé.

— Maman !

— Que devais-je raconter d'autre ? Alors qu'as-tu fait hier après-midi ? insista Ruth.

— J'avais besoin de réfléchir. L'atmosphère du collège m'étouffait tellement ! avoua Patty. Je suis allée jusqu'au port, je me suis assise le long du quai et j'ai lu.

L'explication ne sembla pas satisfaire Ruth qui arbora un air furieux.

— Tu aurais pu inventer une autre histoire, celle-ci n'est pas très plausible ! s'exclama-t-elle indignée.

— C'est vrai, maman, je te le jure...

— Tu aurais dû m'avertir. Tu supposais bien quand même qu'on s'inquiéterait de ton absence !

Patty se détendit et esquissa un pâle sourire à l'adresse de sa mère.

— J'avais prévu de t'en parler, je te le promets, déclara-t-elle en se levant. Je vais chercher le catalogue de l'université du Connecticut.

— Tu n'as pas fini de manger, remarqua sa mère.

— Je n'ai plus faim.

En tout hâte, Patty disparut dans le hall.

— Cette enfant me rend folle, gémit Ruth en jetant un regard désespéré à Briana. Elle me nargue...

— Non, elle se sent coupable et adopte une attitude défensive.

Ruth hocha la tête d'un air triste.

— Je ne la comprends pas : depuis quelque temps, elle était d'une humeur charmante et échafaudait des projets. Nous avons bavardé tranquillement ensemble hier soir. Bref, tout allait bien...

— Ne prenez pas cela au tragique, conseilla Briana. Il n'y a rien de catastrophique.

Ruth la regarda avec une expression songeuse.

— J'ai peut-être eu tort de lui dire que le directeur m'avait avertie de son absence, convint-elle, indécise.

— Je ne crois pas. Drake est-il au courant ?

— Non, je préférais en discuter avec Patty d'abord.

— Ses résultats scolaires se sont considérablement améliorés, nota Briana avec optimisme. Elle rattrapera sans difficulté ses heures de cours.

— Oui... enfin, nous avons au moins la certitude qu'elle n'était pas en compagnie d'Abel. C'est un point rassurant... conclut Ruth.

Elle hésita un instant avant de poursuivre.

— M. Edelson exige qu'elle reste une heure de plus à l'école demain en guise de punition...

— Cette histoire lui servira de leçon, murmura Briana. Si le directeur de l'école la surveille, elle ne recommencera pas de si tôt !

Vivez de vives émotions!…avec la toute nouvelle collection **HARLEQUIN SEDUCTION**

VOUS RECEVREZ GRATUITEMENT
un des romans de cette nouvelle et excitante collection, "Aux Jardins de l'Alkabir".

> *"Lorsque les lèvres de Raphaël se posèrent sur les siennes, Liona se sentit trahie par les réactions fougueuses de son corps qui venaient démentir ses protestations désespérées."*

Partagez les vives émotions et les plaisirs voluptueux que connaîtra Liona, dès son arrivée aux Jardins de l'Alkabir, en Espagne. Savourez les péripéties tumultueuses de cette jeune Américaine à l'âme jusqu'ici innocente, déchirée entre l'amour de deux frères, de célèbres et fougueux matadors. Laissez-vous prendre vous aussi aux pièges de ce sentiment nouveau chez elle: le désir.

"Aux Jardins de l'Alkabir", le début de l'aventure amoureuse que vous vivrez en vous abonnant à la nouvelle collection **HARLEQUIN SEDUCTION**

DES ROMANS EXCITANTS: plus épais, plus savoureux les uns que les autres, remplis d'intrigues et de folles passions sensuelles, des romans complètement inédits.

UN NOUVEAU STYLE DE BEST-SELLER qui vient merveilleusement compléter les autres collections Harlequin et qui vous fera vivre des moments de lecture encore plus exaltants.

Abonnez-vous dès aujourd'hui à la collection **HARLEQUIN SEDUCTION** et évitez ainsi d'attendre l'arrivée de ces nouveaux livres en librairie. Vous les recevrez directement à domicile, deux mois avant leur parution, à raison de deux (2) romans par mois, au prix avantageux de 3,25$ chacun.

PLUS DE 300 PAGES D'AVENTURES ENFLAMMÉES.

Une valeur incontestable si vous pensez aux heures de lecture agréable que chacun de ces romans vous procurera.

Si toutefois vous changez d'idée au cours de votre abonnement, vous pouvez l'annuler en tout temps.

Postez dès maintenant le coupon-réponse ci-dessous et vous recevrez aussitôt votre roman GRATUIT "Aux Jardins de l'Alkabir". Aucun timbre n'est nécessaire.

Détacher et retourner à:
Service des livres Harlequin,

UN ROMAN GRATUIT.
Oui, envoyez-moi **GRATUITEMENT**
et sans obligation de ma part
mon roman de la collection
HARLEQUIN SÉDUCTION

- Si, après l'avoir lu, je ne désire pas en recevoir d'autres, il me suffira de vous en faire part et je ne recevrai aucun autre volume. Je garderai néanmoins mon livre gratuit.

- Si ce premier volume me plaît, je n'aurai rien à faire et je recevrai ensuite chaque mois les deux (2) nouveaux titres d'Harlequin Séduction au prix de 3,25$ seulement le livre. Aucun frais de port, ni de manutention, soit un total de 6,50$ par mois.

- Il est entendu que je suis libre d'annuler à n'importe quel moment en vous prévenant par simple lettre, et que le premier roman est à moi **GRATUITEMENT** et sans aucune obligation.

394-CID-6ADY

Nom	(EN MAJUSCULES s.v.p.)	

Adresse		Appt

Ville	Province	Code postal

Imprimé au Canada.

Signature (Si vous n'avez pas 18 ans, la signature d'un parent ou gardien est nécessaire)

Cette offre n'est pas valable pour les personnes déjà abonnées. Prix sujet à changement sans préavis. Offre valable jusqu'au le 30 avril 1985. Nous nous réservons le droit de limiter les envois gratuits à 1 par foyer.

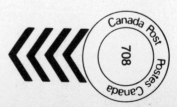

Canada Post
Postes Canada
708

Greta qui revenait avec le dessert regarda les deux femmes avec surprise.

— Eh bien, où est passée Patty ? questionna-t-elle en déposant une tarte aux pommes sur la table.

— Dans sa chambre, expliqua brièvement Ruth.

Une fois Greta disparue, elle reprit :

— J'aurais un service à vous demander, Briana.

— Bien sûr... de quoi s'agit-il ?

— Une de mes anciennes amies d'école m'a téléphoné hier pour m'inviter à passer quelques jours chez elle. Nous ne nous sommes pas vues depuis plus d'un an, fit-elle en découpant le gâteau.

— Acceptez son invitation !

— Oui, mais je suis un peu inquiète à l'idée de laisser Patty sous la surveillance de Greta. Quant à Drake, il rentre très tard du bureau. Patty est parfaitement capable de se débrouiller seule, ce n'est plus une enfant, mais j'aimerais quand même la savoir en compagnie d'un adulte disponible. Pourriez-vous vous installer ici pendant mon absence ?

Prise au dépourvu, Briana ne sut que répondre. Anxieuse, Ruth attendait. La perspective de demeurer sur Saint-John, si près de Drake, ne l'enthousiasmait guère. Désemparée, elle rétorqua d'une voix hésitante :

— Cela me semble un peu difficile...

— Je vous en prie, insista Ruth. Patty vo

aime bien et vous pourrez en profiter pour continuer vos recherches historiques.

La suggestion de Ruth était assez judicieuse. Oui, elle profiterait de ce séjour à Saint-John pour interviewer quelques familles de planteurs, et réunir des informations supplémentaires pour sa thèse. Et puis la présence de Patty et celle de Greta lui éviteraient le moindre tête à tête avec Drake!

— Bien, c'est d'accord! articula-t-elle avec un sourire.

— Merci de tout cœur, Briana.

L'expression radieuse de Ruth faisait plaisir à voir, se dit la jeune femme en l'observant.

Ruth lui avait toujours témoigné une extrême gentillesse. En lui refusant de lui rendre ce service, Briana l'aurait mortellement blessée!

— Quand partirez-vous? demanda-t-elle, achevant de déguster son dessert.

— Vendredi après-midi. Je reviendrai trois ou quatre jours plus tard.

Briana s'efforça de masquer son appréhension. Une angoisse sourde et irritante s'insinuait à présent en elle et lui faisait déjà regretter d'avoir accepté l'invitation de Ruth.

Mais elle ne pouvait pas lui faire faux bond et la décevoir. C'était impossible! Mais que se passerait-il lorsqu'elle reverrait Drake? s'interrogeait-elle, soucieuse. Comment se comporterait-il? Autant de questions auxquelles elle était incapable de trouver une réponse mais qui la paralysaient...

Comme Briana l'avait supposé, Margaret prit très mal la nouvelle.

— Drake Rutledge est riche. Pourquoi ne paie-t-il pas quelqu'un pour s'occuper de sa nièce au lieu de te faire déplacer ? siffla-t-elle entre ses dents.

Briana qui venait juste de rentrer de Saint-John sentait une immense lassitude peser sur ses épaules. Après un après-midi de travail intensif avec Patty, il lui fallait subir les réprimandes de sa grand-mère !

— Le problème n'est pas là, rétorqua-t-elle, calmant l'exaspération qui la gagnait. Patty me connaît bien et ces dispositions lui permettront de ne pas perturber son rythme de vie. Ruth pourra partir tranquille.

D'un mouvement vif, elle rejeta en arrière les boucles blondes qui balayaient son front.

— Je profiterai de mon séjour là-bas pour continuer mes recherches. C'est une occasion rêvée, reprit-elle aussitôt.

Erik apparut sur le seuil et lança sèchement :

— Quelles recherches au juste ?

Briana qui avait fait volte-face le suivit des yeux. Son frère s'installa dans un fauteuil, les jambes nonchalamment allongées devant lui.

— J'ai besoin d'obtenir des renseignements. J'irai voir les propriétaires d'une ou deux plantations de sucre, commenta-t-elle d'une voix agacée.

— Je vois...

Erik éclata d'un rire méprisant.

— Eh bien ! Tu deviens de plus en plus intime

avec les Rutledge. C'est le moins qu'on puisse dire... enchaîna-t-il narquois.

— Ne sois pas ridicule! marmonna sa sœur, furieuse.

Margaret intervint à son tour.

— Ces gens-là ne sont pas fréquentables, ma chérie. Combien de fois devrai-je te le répéter?

La vieille dame ne cachait pas sa réprobation. Briana se mordit la lèvre.

— Au risque de vous déplaire, je vais vous signaler une simple chose, grand-mère : les Rutledge appartiennent à la meilleure société des îles. Oubliez donc les origines de Drake : Il est directeur et propriétaire d'un des complexes hôteliers les plus réputés des Caraïbes, déclara-t-elle d'un trait. Sa réussite professionnelle et son intelligence ne sont plus à démontrer. Que pourrait-on lui reprocher?

— Dieu merci, certaines personnes accordent encore de l'importance aux traditions et aux origines sociales, coupa Margaret avec emphase.

Désespérant de faire entendre raison à son frère et à sa grand-mère, Briana s'avança vers la porte du salon.

— Inutile de discuter, cela ne servirait à rien. Je m'occuperai de Patty pendant l'absence de sa mère et c'est décidé! conclut-elle fermement.

Elle s'éclipsa, regagnant sa chambre à pas lourds. Après avoir tiré les rideaux, elle s'assit sur le rebord de son lit.

Pourquoi les choses se compliquaient-elles à plaisir? Une sorte d'étau se resserrait autour d'elle. D'un côté il y avait Margaret et Erik aveuglés par leurs préjugés. De l'autre, il y avait Drake, fascinant et merveilleux mais animé d'un impitoyable désir de revanche à l'encontre des Ivensen.

Sa dure carapace se brisait parfois pour laisser apparaître une sorte de fragilité, de la sensibilité aussi, mais que voulait-il exactement ?

L'utilisait-il inconsciemment pour assouvir sa haine si vivace encore ?

Briana se releva et marcha de long en large. A quoi lui servirait-il de se tourmenter ? songea-t-elle en s'asseyant devant son secrétaire.

Les quelques jours passés en compagnie de Patty lui fourniraient, somme toute, une agréable détente. Elle poursuivrait la rédaction de sa thèse et s'aérerait au bord de la mer.

Quant à Drake, ses occupations le retiendraient vraisemblablement loin de la maison. Ses soucis lui parurent brusquement absurdes. Chassant toute pensée pessimiste, elle se plongea dans son travail jusqu'à l'heure du souper...

Le vendredi suivant, Drake passa une grande partie de la matinée à discuter affaires avec son associé californien, Bill Drummond.

Après avoir investi des fonds dans la construction d'un hôtel à Phoenix, opération qui s'était avérée très fructueuse, les deux hommes projetaient de créer un complexe immobilier sur l'île de Sainte-Croix.

Bill Drummond venait de quitter le bureau de Drake. Ce dernier se prépara un repas léger, but une tasse de café noir puis retourna à ses dossiers.

Quand il vérifia l'heure à sa montre, il constata qu'il était seize heures. Ecartant les documents éparpillés devant lui, il repoussa son fauteuil pour se lever.

Il avait tout juste le temps de rentrer chez lui pour faire ses adieux à Ruth, nota-t-il en sortant de la pièce à la hâte.

Tout en marchant en direction du parking où il avait laissé sa voiture, il repensait à Briana. Les confidences qu'elle lui avait faites quelques semaines auparavant l'avaient bouleversé. Bien plus qu'il n'avait voulu l'admettre tout d'abord...

La jeune femme avait été cruellement éprouvée par son mariage. Les traumatismes qu'elle avait subis ne s'étaient pas encore estompés. Ses réactions de peur en témoignaient...

Pendant un temps, il avait interprété sa réserve, son incapacité à s'abandonner devant lui comme une marque de dédain : l'arrogance caractéristique des Ivensen...

Mais il s'était trompé ! Briana souffrait de son divorce, des blessures terribles infligées par Ricardo. Ses tentatives inconscientes pour éviter une nouvelle déception sentimentale n'avaient rien d'étonnant.

Briana ne ressemblait pas au reste de sa famille. Du moins, il l'espérait de toute son âme...

Quand Ruth lui avait fait part des dispositions qu'elle avait prises pour son absence, il s'était tu, vaguement inquiet, ne sachant s'il devait se réjouir de revoir Briana ou non.

Il s'approchait du parking lorsqu'une voix l'interpella :

— Monsieur Rutledge, comment allez-vous ?

Lorsqu'il leva les yeux, il reconnut la silhouette familière de Tom Edelson, le directeur du collège.

Les deux hommes échangèrent une poignée de mains.

— Alors, êtes-vous satisfait du travail de Patty ? demanda Drake.

— Dans l'ensemble oui... Votre nièce a réellement progressé. Je l'ai évidemment sermonnée après son absence injustifiée de l'autre jour mais ce genre d'accident ne se produira plus. Nous avons mis les choses au clair en discutant, conclut Edelson avec un sourire.

Drake masque son étonnement.

— Quel jour était-ce ? interrogea-t-il d'un ton neutre.

— Mardi après-midi. Mme Heyward ne vous en a pas parlé ?

— Non, je suis rentré très tard du bureau. Nous nous sommes à peine vus, commenta-t-il simplement.

— Patty m'a promis de ne pas récidiver. Elle tiendra sa parole.

— Je l'espère...

Une fois à bord du ferry, Drake se remémora sa conversation avec M. Edelson. Que s'était-il passé ? Pourquoi Ruth n'avait-elle pas jugé bon de le tenir au courant de l'incartade de Patty ?

Ruth manquait de fermeté avec sa fille ! se dit-il, bien décidé à tirer cette affaire au clair.

Aussitôt arrivé chez lui, il se rendit directement dans l'aile où était situé l'appartement de Ruth et s'arrêta devant la porte entrebâillée.

— Est-ce que je peux rentrer ?

— Oh, c'est toi, Drake ! Entre, bien sûr, lança sa sœur.

Il pénétra dans la pièce et déposa un baiser chaleureux sur la joue de Ruth puis salua Briana.

— Alors tu as abandonné ton travail pour venir me dire au revoir ? plaisanta Ruth, visiblement ravie de sa visite impromptue.

— Exactement ! Tes préparatifs avancent ?

— Oui ! J'ai presque fini.

Une énorme valise était posée sur le lit.

— Ma parole, tu pars pour un mois ! s'exclama Drake en jetant un regard amusé sur la pile de vêtements.

— Non pour trois ou quatre jours, mon cher. Mais comme j'ignore encore ce que nous ferons, je prévois une garde-robe complète pour ne pas être prise au dépourvu.

— Eh bien, tu ne laisses rien au hasard... dit-il en riant. Au fait, le frère de Dorothée habite-t-il toujours Sainte-Croix ?

Un sourire malicieux éclairait le visage de Drake tandis qu'il questionnait sa sœur. Une imperceptible rougeur colora les pommettes de Ruth.

— Sam et moi nous connaissons depuis des

années et il n'y a pas la moindre romance dans
l'air !

— Hum ! Je n'en suis pas si sûr.

Drake et Ruth continuèrent à bavarder. Pourtant, Briana avait conscience de la tension qui
habitait Drake. En dépit de ses efforts pour
dissimuler son trouble, une ombre venait de
temps à autre assombrir son regard. Briana
l'avait bien remarqué.

— J'ai croisé Edelson cet après-midi, lança-
t-il soudain.

Ruth et Briana échangèrent un rapide regard.

— Il m'a parlé de l'absence de Patty, reprit-il
d'un ton abrupt. Il supposait que tu m'avais mis
au courant...

Sa sœur referma sa valise et l'affronta.

— Je n'ai pas voulu t'ennuyer avec tout cela,
fit-elle calmement.

Drake la toisa, et insista :

— Tu aurais dû m'avertir. Qu'a pu te raconter
Patty pour se justifier ?

— Oh ! Elle en avait assez d'être enfermée
dans sa classe et voulait réfléchir, coupa Ruth
sur la défensive. Elle n'a pas commis un crime,
que je sache !

— Certainement pas mais elle nous a déjà
menti. Tu ne t'en souviens pas ?

Irritée, Ruth continua :

— En effet... à l'époque où elle fréquentait
Abel mais il est parti. Nous n'allons pas la suivre
pas à pas pour le restant de ses jours.

Drake fronça les sourcils. Il arpenta la pièce de

long en large, les mains enfoncées dans les poches de sa veste. La fureur le faisait suffoquer.

— Patty m'a promis de ne plus recommencer, souffla Ruth pour l'apaiser.

— Et tu crois à ses promesses ?

— J'ai discuté de cette histoire avec Briana qui m'a conseillé de ne pas dramatiser. Et c'est sans doute aussi bien.

Drake se retourna vers la jeune femme.

— Décidément, vous vous rangez toujours du côté de Patty !

— Pas du tout ! protesta Briana. Elle a dix-sept ans. Nous n'allons pas perpétuellement épier ses faits et gestes, c'est tout ! Elle rattra-pera les cours qu'elle a manqués. A elle d'assu-mer ses responsabilités...

— Comme c'est simple ! ricana-t-il.

— Drake... Votre nièce a vraiment progressé depuis plusieurs années. Elle a fourni des efforts considérables. Essayez d'être un peu indulgent.

— Ah oui ! De quel droit vous autorisez-vous à me donner des conseils ! Vous vous trouvez qualifiée peut-être ? Vous n'avez pas spéciale-ment réussi votre vie que je sache et...

— Quelle audace ! s'indigna Briana, blessée par sa remarque. Vous passez votre temps à me critiquer et vous culpabilisez votre sœur en l'accablant de reproches juste avant son départ. C'est charmant ! Ruth prend des vacances pour la première fois depuis des années et vous gâchez tout son plaisir. Mais vous êtes un monstre !

La rage l'emportait à son tour. Drake s'était

figé. Après un instant de silence, il marmonna
d'une voix coupante :

— Je transporte tes bagages jusqu'à la voiture, Ruth.

Sans ajouter un mot, il s'empara de la valise et
disparut. Accablée, Ruth examina le visage
défait de son amie.

— J'hésite à partir, Drake est visiblement
furieux contre vous. Je crains que votre séjour ici
ne se déroule pas très bien.

— Je suis en total désaccord avec lui sur pas
mal de points. Chacune de nos discussions se
termine par une dispute. Mais ne vous tracassez
pas ! souffla Briana, regrettant amèrement de
s'être laissée aller à un tel éclat. J'éviterai les
sujets de litige en restant bien à l'écart.

— Etes-vous sûre de... ?

— Je vous en prie, insista-t-elle de nouveau.
Tout se passera bien.

Ruth lui adressa un signe amical de la main.

— Au revoir, Briana.

— Reposez-vous bien !

Pendant le souper ni Patty ni Drake ne desser-
rèrent les dents.

— Bonsoir, lança Patty dès la fin du repas. Je
vais me coucher.

— Je monte aussi, déclara Briana à son tour.
J'ai pas mal de travail à terminer.

Sans accorder un regard à Drake, elle quitta la
pièce.

— Mon oncle est d'une humeur exécrable.

Qu'est-ce qu'il a ? s'étonna Patty lorsqu'elle fut dans le hall.

— Un peu de surmenage sans doute. Bonne nuit Patty, à demain.

Ravie d'échapper à l'atmosphère pesante de la soirée, Briana regagna sa chambre où elle s'enferma pour mettre de l'ordre dans ses documents.

Elle vérifia l'heure à sa montre : onze heures ! Le temps avait passé sans qu'elle s'en rende compte. Abandonnant ses dossiers, elle se leva et ouvrit la large baie vitrée donnant sur le jardin. Avec bonheur, elle laissa la fraîcheur de la nuit l'envelopper.

Il n'était pas encore très tard. Une rapide promenade dans le parc lui changerait les idées, décida-t-elle brusquement.

Elle posa un châle sur ses épaules et traversa la maison silencieuse. Lorsqu'elle fut dehors, elle suivit l'allée bordée de massifs.

La nuit était superbe. Les reflets de la lune baignaient le paysage d'un halo argenté. Dans le lointain, elle entendait le roulement de la mer venant se briser sur les récifs.

Elle s'arrêta quelques instants pour admirer les formes majestueuses des arbres tropicaux. Ils se détachaient dans la pénombre. Le doux bruissement des feuillages caressés par le souffle de la brise emplissait l'air d'un son mélodieux.

Un mouvement attira soudain son attention. Quelque chose remuait un peu plus loin.

— Briana... prononça la voix de Drake.

Quand il surgit devant elle, elle sursauta.

— Excusez-moi, je vous ai fait peur ?

— Oui, je ne savais pas que vous étiez dans le parc, avoua-t-elle avec un frisson.

Il se rapprocha d'elle.

— Je vous regardais. Vous êtes ravissante... Non, ne partez pas ! fit-il en voyant son mouvement de recul. Une petite conversation s'impose...

La lumière diaphane éclairait les traits de Drake.

— A quel sujet ? questionna Briana, peu rassurée.

— Asseyons-nous sur le banc.

Elle s'exécuta avec un soupir.

— Pardonnez mes réflexions déplacées, fit-il d'un ton navré. Je n'aurais pas dû faire la moindre allusion à votre vie privée devant Ruth. J'ai eu tort.

— Bien, n'en parlons plus... Qu'aviez-vous d'autre à me dire ?

— Je n'aime pas qu'on me cache la vérité. Je n'arriverai jamais à aider Patty si vous me dissimulez ce qu'elle fait.

— Votre sœur a préféré ne pas vous raconter l'incartade de sa fille et je la comprends, déclara Briana avec franchise. Vous êtes tellement intransigeant avec votre nièce...

— C'est vrai, convint Drake avec un hochement de tête.

Briana se releva. La discussion lui paraissait close. Mais Drake la retint ; son cœur se mit à battre de façon désordonnée à ce simple contact.

Sa dignité lui dictait de s'enfuir. Drake ne

l'avait-il pas accablée de sarcasmes cet après-midi ? En temps ordinaire, elle se serait indignée de sa cruauté.

Mais elle demeurait rivée sur place, incapable de se décider à partir. La main de Drake revint sur son poignet. Et soudain il la rapprocha de lui et l'entoura de ses bras.

Où était donc passés sa logique et son bon sens ? Elle blottit son visage contre la poitrine de son compagnon, humant le suave parfum de tabac qui empreignait ses vêtements.

Devenait-elle folle ? La prudence élémentaire consistait à se méfier de Drake et elle acceptait ses invites sans protester !

— Briana... je suis tellement content de vous voir, souffla Drake. J'attendais votre arrivée avec impatience.

Cet aveu la ravissait et l'effrayait à la fois.

— Ruth m'a demandé de venir. Je suis ici pour veiller sur Patty...

La bouche de Drake s'appuya contre ses lèvres, insistante et sensuelle.

— Vous aviez promis de me laisser du temps, fit-elle en se dégageant de son étreinte.

— Devrai-je attendre encore longtemps ?

— Je... je ne sais pas. Ne vous mettez aucune idée en tête, je vous en prie. J'ai simplement voulu rendre service à Ruth en venant ici.

Drake continuait à la serrer contre lui. Sous ses caresses, son corps frémissait.

— Vos réactions démentent vos paroles ! remarqua-t-il doucement.

Le châle qui enveloppait les épaules de Briana

avait glissé sur le sol. Drake défit les boutons de son chemisier et promena ses doigts sur les courbes de ses seins.

Une extraordinaire langueur l'envahissait. Elle se cambra sous la flambée du désir qui montait en elle...

— Vous êtes si belle ! Je pense à vous nuit et jour, avoua Drake dans un élan passionné.

Il déposait une pluie de baisers sur ses tempes puis sur ses lèvres pour ponctuer chacun de ses mots.

Briana refusa brusquement de s'abandonner au tourbillon de ses sens. Drake jouait un jeu dangereux avec elle. Comment aurait-elle pu le satisfaire alors qu'elle n'était pas remise du choc qui l'avait ébranlée des années auparavant ?

Des souvenirs pénibles hantaient encore ses nuits. Les images où elle revoyait Ricardo, riant froidement...

— Que voulez-vous au juste ? murmura-t-elle.

— Mais... rester avec vous, prononça Drake en la courbant contre lui. J'ai envie de vous toucher, de vous... serrer entre mes bras et de...

— Je ne peux pas, coupa Briana, apeurée.

Ricardo lui avait fait tant de mal ! Une fois encore, elle avait été sur le point de céder aux caresses de Drake et de les lui rendre. Mais à la dernière seconde, son esprit, son corps s'insurgeaient.

— Oh, Briana, laissez-vous faire, implora Drake. Ne pensez plus à rien, je vous aiderai à oublier.

« Mon Dieu ! » se dit-elle douloureusement.

« Comme j'aimerais le croire moi-même... J'ai tant besoin de retrouver de la confiance, de la tendresse et de l'amour. »

Les prunelles de Drake s'enflammaient. Il se pencha sur elle, poursuivant son exploration voluptueuse.

— Non ! gémit-elle en se reculant.

— Ricardo vous a brutalisée. Mais je ne suis pas comme lui. Venez avec moi, Briana, nous avons la nuit entière devant nous. Venez ! répéta-t-il avec des accents persuasifs.

La gorge de Briana se serra tandis que la vérité lui apparaissait dans un éclair. Elle aimait Drake mais la situation était désespérée...

Trop de conflits la déchiraient et l'empê-chaient de retrouver le bonheur. Il y avait l'absurde hargne de Drake pour la famille Ivensen et la persistance de sa rancune à leur égard... Il y avait aussi son désir pour elle, il ne s'en cachait pas !

Mais le passé ressurgissait à chaque seconde et venait réduire à néant tout espoir.

12

L<small>A</small> tension ne fit que s'accroître au cours du week-end. Drake ne faisait rien pour faciliter la situation. Briana cherchait à l'éviter, mais partout où elle allait, elle se heurtait à lui...

Il s'attardait dans le salon pour fumer sa pipe, déambulait avec nonchalance dans le patio et surgissait au détour d'une allée...

Une étincelle narquoise brillait dans son regard quand il la croisait. Et Briana avait beaucoup de mal à demeurer impassible, à cacher les sentiments qui l'assaillaient.

Quand le lundi arriva, elle vit Drake repartir pour son bureau avec un immense soulagement. Mettant à profit la tranquillité de la matinée, elle passa les heures suivantes à travailler.

L'heure du déjeuner approchait lorsque la silhouette de Greta s'encadra dans l'embrasure de la porte.

— Patty est au téléphone, elle veut vous parler.

— Merci Greta, j'y vais tout de suite.

Elle se dépêcha de prendre le combiné placé dans le hall.

— Oui, c'est moi.

— Je ne rentrerai pas directement après mes cours. Je vais chez Lise, elle m'a proposé de m'aider pour mon devoir de chimie. C'est la plus douée de la classe...

— Où habite-t-elle ?

— Tout près du collège. Je suis vraiment nulle dans cette matière, enchaîna Patty. Et nous avons une interrogation écrite demain...

— Bon, c'est d'accord, fit Briana. Prévenez votre oncle.

— Je m'en charge tout de suite, promit Patty. A ce soir !

Après le repas Briana rédigea quelques pages de son mémoire. Puis elle classa les documents qu'elle avait emportés et relut ses notes. L'horloge du salon égrena son carillon. Cinq heures !...

« Assez travaillé pour aujourd'hui ! » décida-t-elle en repoussant sa chaise. L'après-midi était ensoleillé et le vent tiède provenant du dehors caressait son visage. Derrière la croisée ouverte, pelouses et massifs étaient inondés de lumière.

Les flots turquoise, par-delà les arbres, miroitaient superbes de sauvagerie et de beauté.

Briana enfila son maillot et prit une serviette. Après avoir suivi le sentier débouchant sur la baie, elle s'approcha de l'eau.

Les vagues léchaient le sable mouillé et venaient mourir à ses pieds avec un bruissement apaisant. Elle nagea vigoureusement puis revint se sécher. La chaleur l'assoupissait.

Allongée sur le drap de bain, elle sentit ses paupières se fermer. Avant de s'endormir, elle pensa à Drake. Leur rencontre avait modifié radicalement sa vie et lui avait fait retrouver une grande partie de sa vitalité et de son optimisme.

Pourtant, Drake lui livrait une véritable guerre. Ils se désiraient, s'affrontaient et finissaient toujours par se quereller. Drake sortait vainqueur de ces batailles...

Il exerçait une telle fascination sur elle ! Quoi qu'elle fasse, il restait présent dans son esprit... Elle ne parvenait pas à oublier son visage énigmatique, ses traits vifs et énergiques, sa grâce virile...

Et dès qu'elle le voyait, son corps la trahissait, elle cédait à toutes ses caresses.

« Oh Drake, si je pouvais avoir confiance en vous ! »... murmura-t-elle avant de sombrer dans le sommeil.

Quand elle s'éveilla une heure plus tard, son dos la faisait cruellement souffrir. Le moindre mouvement lui arrachait une grimace de douleur.

Elle avait été bien imprudente de rester sans bouger ! se réprimanda-t-elle en se redressant. Briana connaissait pourtant les dangers encourus en s'exposant trop longtemps au soleil.

Elle s'enveloppa dans sa serviette et regagna la maison. Quand elle arriva dans sa chambre, elle contempla ses épaules et ses bras, d'un rouge vif, inquiétant.

Il ne lui restait plus qu'à appliquer une crème adoucissante sur ses brûlures et prendre son mal en patience. Elle commençait à s'enduire de produit lorsqu'une voix s'éleva derrière la porte.

— C'est moi... Patty, puis-je entrer ?

— Bien sûr.

Patty était radieuse. En s'avançant vers Briana elle poussa un cri de stupeur.

— Mon Dieu, quel coup de soleil !

Briana hocha la tête, et marmonna :

— J'ai été stupide, je me suis endormie sur la plage...

— Voulez-vous que je vous aide ?

— Volontiers.

Patty étala la lotion dans le creux de sa paume et frotta le dos de Briana.

— Ouf, cela soulage un peu...

— Vous aurez mal ce soir.

— Je le crains, se lamenta Briana. La prochaine fois, je me méfierai.

Elle disparut dans la salle de bains attenante pour passer une robe légère et revint dans la pièce. Patty, assise au pied du lit, l'attendait.

Pour la première fois depuis longtemps, Briana lui voyait un air enjoué. Elle souriait, parfaitement détendue, tout en dévisageant la jeune femme.

— Comment s'est passé votre après-midi ? la questionna Briana.

— Merveilleusement bien ! Je ne m'étais pas autant amusée depuis longtemps.

Briana releva les sourcils.

— Vous êtes-vous prise d'une passion subite pour la chimie ? lança-t-elle en riant.

— Pas vraiment... Nous avons fait nos révisions, Lise m'a expliqué tout ce que je n'avais pas compris pendant le cours. Je crois que cela ira : je devrais réussir mon devoir correctement demain. Après, nous avons discuté, conclut-elle.

— Etes-vous amie avec Lise depuis longtemps ?

— Nous nous connaissions un peu mais aujourd'hui, nous avons eu le temps de bavarder en dansant et...

Patty s'interrompit. Elle était devenue écarlate et se mordillait la lèvre d'un air penaud.

— Vous dansiez ensemble ? l'interrogea Briana assez surprise.

Patty semblait mal à l'aise. Elle reprit d'une voix hésitante :

— N'en parlez surtout pas à mon oncle, cela le mettrait hors de lui. En tout cas, je vous promets que j'ai travaillé. Je n'étais pas seule chez Lise, il y avait aussi un garçon de notre classe. Après nos révisions nous avons écouté des disques, voilà...

Briana l'observa avec un sourire taquin.

— Je m'étonnais de vous voir d'aussi bonne humeur, mais si vous étiez avec un garçon charmant, je comprends mieux !

— Oui, il est gentil et très séduisant, affirma Patty avec conviction.

Voilà qui était rassurant, se dit Briana à part elle. Patty fréquentait enfin des jeunes gens de son âge. Elle ne penserait bientôt plus à Abel.

— Avez-vous téléphoné à Drake comme convenu ?

— Je l'ai appelé de l'école mais il n'était pas dans son bureau. Après j'ai complètement oublié de le recontacter. Je n'ai pas vu le temps passer quand j'étais chez Lise, avoua-t-elle d'un trait.

— Ce n'est pas bien grave fit Briana.

Patty se dirigea vers la porte et la main posée sur la poignée, précisa :

— Je vais prendre une douche avant le dîner. Si quelqu'un cherche à me joindre au téléphone, criez fort !

— Vous attendez un coup de fil de votre ami ?

— Oui... à plus tard.

Elle disparut dans le couloir d'une démarche dansante. Briana, quant à elle, avait peine à bouger. Le corps endolori par les brûlures du soleil, elle s'installa près de la fenêtre et lut quelques chapitres d'un roman.

Quand vint l'heure du dîner, elle descendit à la salle à manger. Finalement, son entretien avec Patty l'avait soulagée d'un grand poids, nota-t-elle rêveusement.

L'attitude de Patty, son besoin de retrouver des gens de son âge était tout à fait normale. Il valait beaucoup mieux pour elle qu'elle fréquente des filles et des garçons de sa génération. Son aventure avec Abel avait été une expérience trop désastreuse.

Patty et Drake étaient déjà à table. Ils se retournèrent en l'entendant entrer. Ce dernier arborait une expression détendue.

L'oncle et la nièce bavardaient avec entrain

pendant le repas. Briana gardait une certaine réserve de crainte de raviver des conflits latents avec son hôte. Quand Greta eut fini de desservir les plats, il se retourna vers elle :

— Qu'avez-vous fait pendant la matinée pour vous occuper, Briana ?

Le ton de sa voix était cordial. Elle remarqua le tressaillement involontaire de Patty.

— J'ai travaillé, fit-elle calmement. Je voudrais vous demander un service...

Elle but une gorgée de café avant de poursuivre.

— Pourriez-vous me mettre en contact avec des familles de planteurs de Saint-John ou leurs descendants si vous en connaissez ?

Il réfléchit quelques secondes et rétorqua :

— Dodie Gundersen, la propriétaire de la boutique d'artisanat, pourrait sans doute vous être utile. Ses ancêtres habitaient l'île il y a deux ou trois siècles.

— Elle doit avoir conservé des archives familiales.

Drake hocha la tête.

— Certainement. Je lui en parlerai demain.

— Si j'obtenais rendez-vous avec elle mercredi matin, ce serait franchement idéal pour moi, ajouta Briana. J'ai prévu d'aller visiter les ruines d'Annaberg l'après-midi.

Le visage de Patty s'illumina.

— Est-ce que je pourrai vous accompagner ?

— Bien sûr !

Drake observa sa nièce avec incrédulité.

— Tiens, tu t'intéresses à l'histoire maintenant ?

— Eh oui ! Pas d'objection ?

— Aucune, bien au contraire !

Amusée, Briana assistait à l'échange sans mot
dire. L'atmosphère s'était enfin détendue. Mais
pour combien de temps ?

Drake se leva de table pour se diriger vers un
bahut sculpté. Il revint avec une bouteille de
liqueur et des verres. Briana déclina son offre.

— Non je vous remercie, Drake. Je vais me
coucher.

La douleur provoquée par ses coups de soleil
persistait. Elle avait envie d'ôter les vêtements
qui irritaient sa peau, de se blottir entre des
draps frais et de dormir. Elle se sentait brusquement épuisée.

Lorsqu'elle se leva après avoir salué Patty et
Drake, ce dernier eut une exclamation horrifiée
en apercevant son dos, dénudé par sa robe.

— Que s'est-il passé ? Vous êtes complètement
brûlée.

— Je suis allée sur la plage cet après-midi et je
me suis endormie en plein soleil, déclara-t-elle
en guise d'explication.

— C'est la dernière des choses à faire ! Ce n'est
vraiment pas très intelligent...

Agacée par son commentaire, elle tourna les
talons et referma la porte.

Un léger bruit la tira de son sommeil. Elle se
redressa cherchant à percer la pénombre de la

chambre. Ses yeux s'habituaient à l'obscurité. Elle distingua alors la silhouette de Drake.

Il se tenait devant elle. Furieuse, Briana serra le drap autour de son corps.

— Que faites-vous ici ?

— Ne vous fâchez pas. Je vous ai apporté un baume fabriqué par Dodie. Les produits vendus dans le commerce ne valent rien ! décréta-t-il en s'approchant près d'elle.

— Un baume ?

Elle était encore trop ensommeillée pour comprendre. Drake reprit patiemment :

— Contre les coups de soleil ! Vous risquez d'être dans un piteux état demain si vous ne faites rien.

Elle s'indigna, et gronda :

— Qui vous a permis d'entrer ?

— Personne évidemment. Mais j'ai pensé à toutes les souffrances que vous alliez endurer. J'ai voulu faire quelque chose pour vous par simple charité d'âme ! déclara-t-il en plaisantant.

— Je vous remercie, riposta sèchement Briana.

Il se moquait d'elle encore une fois. Elle recula et son mouvement lui arracha une grimace.

— Aïe !

— Vous voyez bien ! Il vaut mieux que je vous soigne.

— Certainement pas, riposta-t-elle d'une voix vibrante de rage.

Sa calme assurance et son regard narquois, l'exaspéraient.

— Laissez-moi, ordonna-t-elle.

Il n'esquissa pas un mouvement. Renonçant à lui faire entendre raison, elle se retourna sur le côté aussi dignement que possible.

— Restez tranquille, c'est parfait, murmura-t-il derrière elle.

Elle l'entendit se déplacer dans l'ombre. Puis il commença à masser ses épaules avec des gestes experts. Une apaisante sensation de fraîcheur l'envahit aussitôt. Il appliquait le baume sans lui faire mal, effleurant délicatement sa peau endolorie.

La situation était parfaitement ridicule, s'avoua-t-elle, trop abasourdie pour réagir et le chasser de la chambre.

Une fois de plus, Drake avait vaincu sa résistance... Lui fallait-il, une fois de plus en passer par ses moindres volontés ?

Que pouvait-elle faire ? Crier, au risque de réveiller toute la maisonnée ?

— Détendez-vous et allongez les bras, ordonna-t-il.

Elle obéit sans réfléchir et exhala un soupir de bien-être. Soudain il la questionna :

— Est-ce que cela vous fait du bien ?

— Heu... marmonna-t-elle d'une voix étouffée.

— Bon sang ! Pourquoi êtes-vous restée si longtemps au soleil ?

— Je vous l'ai déjà dit, je me suis endormie sur la plage.

Il repoussa le drap qui la couvrait pour la masser un peu plus bas. Elle n'avait plus la force de protester. Lorsqu'il laissa errer ses doigts le long de ses chevilles, elle eut un léger sursaut.

— Je n'ai pas de coup de soleil à cet endroit, Drake !

— C'est juste ! Mais là non plus, souffla-t-il en caressant ses seins.

Ses mains glissant sur sa peau nue éveillaient en elle une violente fièvre. Ses tempes bourdonnaient. Un long frisson la parcourut.

Elle n'avait aucune envie de repousser Drake et lui ordonner de partir. Bien au contraire...

— Tournez-vous ! lança-t-il d'une voix étrangement sereine.

Elle s'exécuta sans réfléchir, mue par une volonté qui n'était plus la sienne. Drake s'était assis à côté d'elle. Il arrangea les oreillers pour qu'elle puisse se rehausser légèrement.

— Merci, bredouilla-t-elle.

— Vous serez mieux. Je vais essayer de ne pas vous faire mal.

Elle l'écoutait comme dans un rêve. Drake enfouit son visage contre les cheveux de Briana. Puis il s'écarta et l'embrassa. Ce baiser lui sembla interminable.

Un bonheur fou l'envahissait. Elle avait retrouvé Drake, le Drake tendre et passionné qu'elle aimait tant.

Son calvaire se terminait enfin. La solitude des journées passées loin de lui n'était plus qu'un mauvais souvenir.

Les lèvres de Drake se pressaient contre les siennes, leurs souffles se mêlaient. Ils partageaient cette incroyable volupté avec le même plaisir.

— Et dire que nous dormions sous le même toit depuis plusieurs jours ! J'ai cru devenir fou. J'avais tellement envie d'aller vous rejoindre, murmura-t-il d'une voix rauque.

De nouveau il échangea un baiser à la fois violent et sensuel avec Briana. Elle répondait à son étreinte sans retenue. Tout sentiment d'humiliation ou de peur s'était miraculeusement évanoui !

Elle était dans les bras de Drake, de l'homme qui l'aidait à renaître. Rien d'autre ne comptait. Elle sortait grâce à lui du terrible isolement dans lequel elle s'était murée des années durant.

L'amour n'était plus une chose redoutable. C'était une merveilleuse communion physique, un acte extraordinaire de pureté et de force.

Les doigts de Drake jouèrent avec ses cheveux puis descendirent le long de son cou, pour se poser au creux de sa gorge.

Une douce chaleur enveloppait Briana, se répandant dans toutes les fibres de son corps. Plus rien n'existait que le désir sans cesse grandissant qui se propageait en elle, en ondes sourdes et lancinantes.

Drake avait ôté sa chemise. Sa poitrine se pressait contre la sienne.

— Oh, Drake ! gémit-elle prise dans le tourbillon vertigineux qui l'entraînait, loin, très loin...

Avec un gémissement, elle se serra plus près de lui encore, en un geste d'offrande.

— Me désirez-vous ? Dites-le-moi, Briana, articula Drake.

— Oui... Drake, de toutes mes forces, je...

Elle ne pouvait plus parler. Les mots étaient inutiles, dérisoires. Comment auraient-ils pu traduire des émotions si bouleversantes ?

Drake avait fait glisser ses vêtements. De nouveau, il déposa un baiser tendre et passionné sur les lèvres de Briana.

— Vous sentez-vous... prête ? s'enquit-il d'un ton vibrant. Je veux faire l'amour avec vous, ma chérie. Vous en avez envie aussi, n'est-ce pas ?

— Oui... oui, Drake !

Dans l'ombre, elle vit le visage de son compagnon se contracter puis s'illuminer d'une joie intense. Lorsqu'ils ne firent plus qu'un, elle ferma les paupières en proie à un bonheur indicible. Leur harmonie était totale. Plus rien ne les séparait.

Les mouvements de leurs corps s'accordaient et prolongeaient leur indicible extase. Arquée contre Drake, Briana sentait ses mains qui la retenaient contre lui.

Leur respiration devenait haletante. Un long gémissement de plaisir s'échappa de Briana quand Drake se contracta avec un spasme interminable.

— Briana... prononça-t-il à son oreille. Briana...

Puis lentement, ils s'apaisèrent et se blottirent, alanguis, l'un contre l'autre. Il leur fallut de longues minutes pour retrouver leur souffle.

La violence de leurs désirs paraissait intarissable. Leurs mains s'unirent tendrement.

— C'était merveilleux, murmura Briana sans détacher son regard de celui de Drake. Jamais encore je...

Il l'interrompit pour l'embrasser. D'un doigt, il s'amusa à effleurer ses lèvres, dessinant lentement le contour de sa bouche.

— Etait-ce la première fois depuis... votre divorce ? se hasarda-t-il à demander d'un ton peu assuré.

— Oui, murmura Briana.

— Vous n'avez pas rencontré d'homme ? Vous n'avez pas eu d'aventure avec qui que ce soit depuis ?

Elle pouvait enfin avouer la vérité à Drake, sans redouter ses sarcasmes.

— Non, j'avais peur. Alors je suis restée seule.

— Je ne veux plus me séparer de vous, ma chérie. J'ai trop besoin de vous. Vous êtes si belle...

Une lueur de désir brillait encore dans ses prunelles sombres. Il l'enlaça par la taille et la rapprocha de lui cachant son visage dans le flot de cheveux blonds.

Il demeura immobile. A quoi songeait-il ? se demanda-t-elle, sentant sa chaleur se communiquer en elle.

Ils ne bougeaient plus, étroitement serrés l'un contre l'autre. Puis leur souffle se fit plus régulier. Le sommeil les prenait peu à peu.

Leurs paupières se fermèrent et la nuit les enveloppa.

13

L ES pâles lueurs de l'aube filtraient à travers les rideaux. Encore assoupie, Briana s'étira puis se retourna sur le côté.

Son dos la faisait encore souffrir mais un extraordinaire sentiment de plénitude l'envahissait. La lumière jouait sur son visage, accentuant les lignes harmonieuses de ses pommettes et de son front.

Elle tenta de se rendormir. Les souvenirs de la nuit affluèrent soudain. Le voile se déchirait doucement.

Drake n'était plus là ! constata-t-elle en tendant le bras. La place qu'il avait occupée était vide... désespérément vide.

Un long soupir s'échappa de ses lèvres entrouvertes. Il lui avait fallu attendre quatre interminables années avant d'accéder à un tel bonheur. Drake ne l'avait pas trompée... et avait su la combler.

Ne lui avait-il pas promis de lui faire partager un plaisir qu'elle n'avait jamais eu l'occassion de connaître ? Le moindre contact physique avec Ricardo la révulsait jadis, alors qu'avec Drake...

Grâce à cet homme, tendre, attentif et passionné à la fois, ses sens s'étaient enfin éveillés. Elle n'avait subi aucune violence. Drake ne l'avait pas contrainte.

Seul son désir pour lui l'avait poussée à demeurer avec lui. Elle s'était laissée glisser dans la volupté de leurs étreintes, et s'était abandonnée au plaisir sans réserve et sans peur.

Pourtant les doutes s'insinuaient brusquement en elle. S'agissait-il d'une vulgaire stratégie de la part de Drake ? La désirait-il vraiment ou savourait-il simplement la victoire d'avoir enfin vaincu une Ivensen ?

Il ne lui avait pas caché ses intentions quelques semaines plus tôt. Il voulait la séduire et attendrait le temps qu'il faudrait, patiemment comme un félin guettant sa proie dans l'ombre.

Briana s'était d'abord indignée mais elle avait fini par lui céder. Drake avait-il pris ainsi une juste revanche sur la famille qu'il haïssait tant depuis l'enfance ?

Troublée, elle se redressa et s'appuya contre l'oreiller, ses longues mèches blondes auréolant son fin visage.

Depuis son divorce, elle avait fui les hommes et fui l'amour. Pourquoi donc s'était-elle éprise de Drake ? Pourquoi avait-il été le seul à toucher en elle une corde sensible et à vaincre ses défenses ?

Elle ferma les paupières. Son cœur se contractait douloureusement. Etait-elle amoureuse de Drake ? Ou s'agissait-il d'une simple attirance physique ?

En proie à un tourbillon de pensées contradictoires, elle ne savait plus que penser. La situation lui parut subitement trop embrouillée...

Elle aurait voulu s'enfuir immédiatement
pour retourner au manoir, mettre le plus de
distance possible entre Drake et elle. Une réaction de lâcheté ? Sans doute mais son passé était
encore trop proche d'elle.

La triste expérience qu'elle avait vécue l'incitait à la prudence. En chassant Drake de sa vie,
le bonheur lui échapperait... Oui, certes, mais
leurs relations ne sombreraient pas non plus
dans le drame et l'horreur.

Sa décision était prise ! Elle oublierait Drake,
il le fallait. Sa gorge se noua. Et lui, souffrirait-il
de son étrange comportement ? Elle espérait que
non. Il se montrerait surpris, furieux peut-être,
puis il n'y songerait plus...

Quand elle pénétra dans le salon pour prendre
son petit déjeuner, Patty était installée à table.
Elle releva la tête pour l'accueillir.

— Bonjour ! Comment vont vos coups de
soleil ? lança-t-elle, les sourcils froncés.

Briana se sentit rougir, et déclara :

— Beaucoup mieux ce matin, merci.

Elle s'assit. Greta déposa des toasts fumants et
un pot empli de café noir devant elle. D'un signe
de tête, elle la remercia et se servit.

— Monsieur Drake est parti de bonne heure
au bureau, commenta l'intendante.

Son absence soulageait Briana. Elle aurait le
temps de réfléchir à la situation.

— Je vous conduirai jusqu'à l'embarcadère,

fit-elle à l'adresse de Patty qui venait de consulter sa montre.

Patty lui rendit son sourire.

— Inutile ! La radio vient d'annoncer la fermeture de tous les établissements scolaires pour la journée, à cause de la pénurie d'eau.

Une nouvelle qui n'était pas pour surprendre Briana. Deux ou trois fois l'an, la sécheresse provoquait de tels incidents. Le gouvernement avait mis en place un plan de secours, permettant de ravitailler l'île de Saint-Thomas. Mais il fallait attendre un jour ou deux avant que le dispositif fonctionne avec une pleine efficacité.

Pourquoi ne pas profiter du congé de Patty pour visiter les ruines d'Annaberg ? songea-t-elle soudain. La journée était ensoleillée mais la chaleur nettement moins étouffante que la veille.

— J'ai changé mes projets, expliqua Briana. J'ai décidé d'aller à Annaberg aujourd'hui. Venez-vous avec moi comme prévu ?

Patty se renfrogna, et riposta :

— Je suis navrée mais c'est impossible.

— Pourquoi ?

— J'ai une foule de choses à faire, répondit-elle d'un ton évasif. Vous ne m'en voulez pas ?

— Non, bien sûr.

— Cela m'ennuie de vous abandonner à la dernière minute.

Briana haussa les épaules.

— C'est dommage mais vous m'accompagnerez une autre fois.

— Oh oui, c'est promis !

Le brusque revirement de Patty l'étonnait. La veille au soir elle avait insisté pour l'escorter et elle changeait subitement d'avis. Perplexe, Briana l'observa.

Que dissimulait ce changement ? Après tout, il n'y avait rien de bien étrange, remarqua-t-elle aussitôt. Patty s'enthousiasmait pour un projet un jour et l'oubliait le lendemain. Les adolescents étaient si imprévisibles...

Quand Briana eut déjeuné, elle regagna sa chambre pour se préparer. Son appareil photo lui serait utile. Elle le mit dans un petit sac de cuir et se munit d'un carnet de notes.

Drake avait emprunté la voiture de Ruth pour aller jusqu'au port. Elle monta à bord de la Pontiac garée le long de l'allée et prit la direction de King's Road.

Cette voie traversait l'île de part en part et avait été tracée au xviiie siècle. Elle suivit la route ombragée pendant un moment et arriva assez rapidement en vue des anciennes fabriques de sucre d'Annaberg.

Les bâtiments délabrés étaient entourés de champs à l'abandon. Des centaines d'esclaves y avaient jadis travaillé, s'acharnant à entretenir les immenses plantations de canne à sucre qui constituaient la richesse principale de Saint-John.

Leur dur labeur s'effectuait dans des conditions abominables. Sous l'œil vigilant des contremaîtres, les Africains transportés par bateaux entiers sur Saint-John avaient consacré la majeure partie de leur existence à faire prospérer les cultures sucrières.

Leur travail faisait la fortune de planteurs locaux. Le sort de leur main-d'œuvre était d'ailleurs le dernier de leurs soucis ! Les pauvres esclaves étaient sévèrement châtiés au moindre signe de fatigue ou de révolte.

Rien d'étonnant à ce qu'une rébellion massive éclate et sème un vent de terreur sur l'île.

Briana s'attarda sur le site, observant d'un œil intéressé les vestiges des bâtiments. Un peu en contrebas du corps principal, elle reconnut le lieu où se trouvaient les habitations des ouvriers.

Il restait encore quelques pans de murs, qu'elle photographia tout en marchant. Pensive, Briana reprit sa voiture et bifurqua en direction de la côte.

Caneel Bay, avec ses artères animées et le flot de touristes qui déambulait autour du port, la distrairait un peu de ses préoccupations.

Elle s'installa à la terrasse d'un café, regardant les passants qui flânaient. Un serveur s'approcha d'elle et s'enquit :

— Que désirez-vous ?

Briana hésita un instant. Rapidement elle vérifia l'heure : midi dix. Greta ne l'attendait pas pour le déjeuner. Autant prendre le temps de manger avant de regagner la demeure, se dit-elle aussitôt.

Elle commanda une salade composée, un dessert et une citronnade glacée.

— Parfait, acquiesça-t-il en prenant la commande.

Il revint quelques minutes plus tard et disposa les plats sur la table de marbre.

En face d'elle, elle voyait les mâts des bateaux osciller sous la brise légère. La mer étincelait sous les rayons ardents du soleil.

Des pêcheurs venaient de rentrer au port et déchargeaient leur cargaison de poissons. Des touristes les entouraient, appareils de photos sur l'épaule.

Un sourire détendit les traits de Briana. La scène pleine de pittoresque était à l'image de l'île : haute en couleurs, variée et sauvage à la fois...

Drake lui ressemblait : généreux et hautain, fascinant mais redoutable. Elle appréhendait son retour. Comment se passerait la soirée ? se demanda-t-elle, saisie d'une angoisse subite.

Quand elle eut réglé l'addition, elle retourna jusqu'au petit parking où elle avait garé la Pontiac. La chaleur était torride. Vitres baissées, elle démarra et s'éloigna rapidement de *Caneel Bay*.

Son anxiété croissait. Lorsqu'elle arriva devant la maison, elle s'efforça de se détendre.

Patty n'avait pas à supporter ses sautes d'humeur et ses états d'âme ! se dit-elle fermement en descendant de la voiture.

Greta était dans la cuisine et préparait une pâte à tarte. Elle s'arrêta en entendant Briana entrer.

— Contente de votre excursion ? interrogea-t-elle aimablement.

L'intendante s'essuya les mains avec un torchon.

— Oui, les ruines d'Annaberg sont très intéressantes. J'ai pris des photos, j'espère qu'elles seront réussies. Ensuite, je suis allée jusqu'à *Caneel Bay*, conclut Briana en s'asseyant. Je meurs de soif...

Greta avait sorti une carafe de jus d'orange fraîchement pressé. Elle en versa un verre à la jeune femme.

— Merci, Greta.

Elle dégusta le liquide glacé avec plaisir et demanda :

— Où est Patty ?

Greta exhala un soupir :

— Elle s'ennuyait à périr ici et elle a finalement décidé d'aller passer une partie de la journée à Charlotte Amalie pour faire des courses... Oh, elle m'a dit qu'elle irait voir une de ses amies, précisa-t-elle brusquement.

— Lise ?

Gretta marqua un temps de réflexion.

— Oui, c'est cela...

— A quelle heure doit-elle rentrer ?

— Avant le dîner. Son oncle n'aime pas qu'elle s'attarde en ville le soir.

Il ne restait plus à espérer que la jeune fille ne manque pas le dernier ferry, songea Briana en regagnant sa chambre. Mais Patty n'était plus une enfant. Drake comptait sur elle, elle mettrait certainement un point d'honneur à être ponctuelle...

Malheureusement, Drake arriva un peu plus tôt que prévu. Il s'étonna de l'absence de Patty.

— Pourquoi ne l'avez-vous pas accompagnée à Saint-Thomas? questionna-t-il en regardant Briana d'un air courroucé.

— Parce que je suis allée à Annaberg, rétorqua-t-elle.

Soucieux, Drake poursuivit :

— Je n'aime pas du tout la savoir seule.

— Ne vous affolez pas, il fait encore jour. Elle voulait seulement faire des achats et rendre visite à l'une de ses camarades.

— C'est possible mais je n'arrive plus à lui faire confiance, grommela-t-il en arpentant le patio de long en large.

Briana l'épia à la dérobée. Elle le revit brusquement penché sur elle, lui souriant... La nuit qu'ils avaient passée ensemble, leur merveilleuse entente lui semblaient déjà loin...

Drake se retourna et l'observa d'un air interrogateur. En rougissant, elle balbutia :

— Excuse-moi, je monte travailler un peu.

Elle voulait être seule. La présence de Drake la menaçait. Ne s'était-elle pas juré de ne plus jamais retomber dans ce piège? Elle s'était fait cette promesse le matin même mais ses sages décisions lui paraissaient si vaines à présent...

Il avait suffi qu'elle le revoie pour que ses désirs renaissent. Elle ferma les paupières. Il lui fallait fuir Drake, fuir cette terrible tentation...

D'un bond, elle se leva.

— A tout à l'heure, répéta-t-elle d'une voix rauque.

Drake la rattrapa et immobilisa son poignet.

— Lâchez-moi, supplia-t-elle, sentant sa détermination l'abandonner.

Il inclina la tête vers elle. Son visage la frôlait.

— Greta est à l'autre bout de la maison. Personne ne nous verra.

Ses syllabes se détachèrent dans le silence.

— J'ai pensé à vous toute la journée, reprit-il en effleurant ses cheveux avec tendresse.

— Vraiment, fit-elle d'un ton incertain.

— Oui. Comme je n'arrivais plus à me concentrer sur mon travail, je suis rentré plus tôt.

Ses lèvres sensuelles se posèrent sur celles de Briana. Affolée, elle se détourna :

— Non, je vous en prie, implora-t-elle en se dégageant.

Offusqué par sa réaction, il la regarda sans comprendre. La longue cicatrice qui barrait sa joue contrastait avec le hâle cuivré de son teint.

— Bien, je vous verrai pendant le dîner alors...

Tournant les talons, il s'éloigna et disparut derrière la maison. Briana fut parcourue d'un frisson. Ses relations avec Drake avaient pris peu à peu un tour inattendu.

Quand il l'avait embauchée, elle était décidée à se tenir sur ses gardes et à ne pas se permettre la moindre familiarité avec son employeur. Mais c'était sans compter le charme et la séduction de Drake...

Une fois dans sa chambre, elle s'efforça de classer ses documents. Au bout d'un moment, elle y renonça pourtant et se laissa tomber sur son lit. Drake monopolisait ses pensées sans relâche.

Qu'espérait-il d'elle? s'interrogea-t-elle accablée. Ils avaient passé la nuit ensemble, certes, mais qu'attendait-il à présent? Qu'elle se soumette à lui corps et âme?

Le lointain grondement des vagues rompait le silence du crépuscule. Briana s'approcha de la fenêtre et contempla le parc illuminé par les derniers rayons du soleil.

Le parfum enivrant des plantes tropicales montait jusqu'à elle. Une immense lassitude l'accabla de nouveau avec le sentiment d'avoir essuyé un lamentable échec.

Elle désirait Drake de toutes ses forces comme jamais encore elle n'avait désiré un homme. Ne lui avait-il pas prouvé de son côté la force de son attachement pour elle?

Elle soupira avant de s'asseoir devant le secrétaire encombré de papiers. Rien n'était possible entre Drake et elle. Le passé ressurgissait sans cesse avec ses tragédies et ses drames. Il y avait la haine de Drake pour sa famille et le souvenir lancinant et cruel de Ricardo...

Avait-elle définitivement perdu tout espoir de bonheur?

Trop agitée pour travailler, elle préféra se rendre directement dans l'office pour interroger Greta.

— Patty a-t-elle téléphoné?

— Non, elle n'a pas donné signe de vie.

— Connaissez-vous le nom des parents de Lise?

L'intendante fronça les sourcils.

— Patty ne l'a jamais mentionné devant moi. Vous vous inquiétez ?

— Oui, un peu, avoua Briana en s'accoudant contre le comptoir de bois. Ruth m'a confié sa fille pendant son absence. Oh ! Patty n'a plus deux ans mais elle peut faire des bêtises quand même, conclut-elle tourmentée.

Patty avait-elle encore menti ?

— Elle va arriver par le prochain ferry, déclara Greta dans l'espoir de l'apaiser.

— Je l'espère bien...

Quelques minutes plus tard, la porte du hall s'ouvrit et la jeune fille fit son apparition.

— Que complotez-vous ? demanda-t-elle gaiement en dévisageant les deux femmes.

— Rien du tout ! riposta Greta. Nous commencions à nous faire du souci pour vous.

— Ah ? Il a fait une chaleur accablante aujourd'hui, s'exclama-t-elle en guise de réponse. Reste-t-il du jus de fruit ?

— Oui, dans la carafe, indiqua brièvement l'intendante.

Patty se servit et se retourna vers Briana :

— Quelle journée épuisante ! J'ai essayé des dizaines de vêtements mais je n'ai rien trouvé...

— Vous aurez plus de chance la prochaine fois, fit Briana avec un sourire tendu.

Patty se releva de son tabouret et s'avança vers le seuil.

— Je monte dans ma chambre. J'ai une dissertation anglaise à faire, je vous la montrerai après le dîner.

— Entendu, acquiesça Briana.

Patty n'avait sans doute pas dit la vérité, songea-t-elle. Au lieu de faire des emplettes, elle avait rejoint le garçon dont elle lui avait parlé la veille... Son expression faussement désinvolte dissimulait son embarras.

— Je vais voir M. Drake, déclara Greta en s'éclipsant.

Briana le rejoignit à son tour pour le souper. Il ne lui accorda même pas un regard.

— Tu es rentrée bien tard, fit-il en observant sa nièce avec attention.

— Pas tellement ! protesta-t-elle en riant.

— Admettons... Est-ce que le collège sera ouvert demain ?

— La radio le précisera aux informations.

— Bien, si jamais tu n'as pas cours et que tu t'absentes, laisse-moi un numéro de téléphone où je puisse te joindre.

Patty releva le menton d'un air de défi.

— Pourquoi ? Tu as peur que je disparaisse ? coupa-t-elle avec une pointe d'insolence.

— Pas du tout ! J'aimerais simplement pouvoir te contacter en cas d'urgence. On ne sait jamais...

Briana s'amusa presque de l'air indigné de la jeune fille.

— Quel prétexte ! ironisa Patty. Et puis après tout, je m'en moque. Pense ce que tu veux...

Résigné, Drake changea de sujet de conversation.

— Au fait, j'ai vu Dodie, je lui ai expliqué en quoi consistaient vos recherches. Mais apparemment, tous les registres de sa famille ont été perdus. Elle ne possède plus aucune archive personnelle.

— Merci de lui en avoir parlé, murmura Briana.

Pour la première fois depuis le début du repas, Drake s'adressait à elle.

— J'essaierai de contacter quelqu'un d'autre, reprit Drake en la fixant avec insistance.

Le reste du souper s'écoula dans un silence assez pesant. Patty boudait et baissait obstinément la tête. Quant à Briana, elle n'osait rompre le mutisme de Drake.

Elle fut soulagée de pouvoir regagner sa chambre. Patty lui apporta le brouillon de son devoir de littérature dont elles discutèrent pendant une heure environ.

Lorsque la jeune fille repartit pour achever de rédiger son texte, Briana se rendit dans la salle de bains et emplit la baignoire d'eau tiède. La brûlure provoquée par les coups de soleil s'était considérablement atténuée... grâce au baume de Drake, dut-elle reconnaître avec honnêteté.

Lorsqu'elle se sentit enfin rafraîchie et détendue, elle s'enveloppa dans son peignoir et noua ses cheveux en un chignon qui mettait en valeur la finesse de son cou. Elle poussa la porte et articula un cri de surprise.

Drake était assis devant le petit secrétaire de sa chambre et jouait nonchalamment avec un crayon.

— Mais que faites-vous ici ? s'exclama Briana, stupéfaite.

— J'attends...

— Si c'est une plaisanterie, elle n'est pas très drôle. Vous pourriez frapper avant d'entrer, ce serait la moindre des politesses, remarqua-t-elle avec raideur.

— J'ai frappé mais vous n'avez pas entendu. Vous faisiez couler l'eau de votre bain.

— Que voulez-vous ?

— Vous ne le devinez pas ?

Il continuait à la dévisager avec une attitude étrange. Son expression était empreinte à la fois d'ironie et de tendresse. Le cœur battant à tout rompre, Briana demeura immobile.

Soudain, il fut près d'elle. Il l'enlaça et l'embrassa avant qu'elle n'ait eu le temps de protester.

Qu'étaient devenues ses résolutions ? songea-t-elle désespérément. Les caresses de Drake réveillaient les désirs qu'elle avait voulu nier. Alors comment lutter ?

Il écarta les pans de son peignoir puis l'entraîna doucement vers le lit. Elle le suivit sans opposer de résistance. Puis il se déshabilla rapidement et, dans la pénombre, se glissa près d'elle.

Ses sens étaient en émoi. Une onde de plaisir la parcourut quand il la pressa contre lui. Elle sentait la puissance de son torse, légèrement haletant, contre elle. Leurs peaux s'effleuraient leurs mains se cherchaient.

Mais elle commettait une regrettable erreur, se dit-elle brusquement dans un moment de lucidité. Ne s'était-elle pas promis de ne plus revoir Drake, de le fuir à tout prix ?

— Non, Drake, il ne faut pas, prononça-t-elle sans conviction dans un dernier sursaut.

Briana aurait voulu le persuader de partir, mais aucun mot ne franchissait ses lèvres. Elle brûlait de rester près de lui. A quoi bon alors tenter ce qui était au-dessus de ses forces ?

Partagée entre ce que lui dictaient son corps et sa raison, elle exhala un long soupir.

— Ma chérie, comme vous êtes belle, murmura Drake avec adoration.

Il la contemplait dans l'ombre, et explorait ses courbes harmonieuses. Les paupières closes, elle enfouit son visage contre les cheveux bouclés de Drake... prête à capituler.

Puis, comme attirés par un puissant aimant, ils se rapprochèrent. Une vague de désir, plus forte que les autres, lui arracha un gémissement tandis que Drake la serrait contre lui.

Ils oscillaient, s'accordant au même rythme. Un courant les emportait loin, très loin sur des rivages merveilleux...

14

L A lune éclairait la pièce, jetant un éclat irisé sur les corps de Drake et Briana, tendrement blottie contre lui.

Timidement, elle effleura sa joue.

— Ma cicatrice vous gêne-t-elle ? questionna-t-il en posant un regard incertain sur sa compagne.

— Oh non !

Elle entoura Drake de ses bras et l'embrassa avec douceur.

— J'ai trouvé cette balafre horrible pendant des années et des années, avoua-t-il avec lenteur. Et puis je m'y suis habitué...

Comme il avait souffert de cette marque ! songea-t-elle en l'observant.

— Un terrible souvenir laissé par les Iven-sen... reprit-il aussitôt.

Le cœur de Briana se serra. Le sentiment de bonheur et de plénitude qui l'emplissait une seconde plus tôt s'évanouissait brusquement. Elle avait peur, très peur.

Pourquoi n'oubliait-il pas ce drame ? Pourquoi

choisissait-il de rompre le charme de ce moment si merveilleux ?

— Drake, tournez le dos au passé... Pensez à l'avenir.

— Si je le pouvais ! fit-il avec un petit rire triste.

Le silence de la nuit les enveloppait. Briana, terriblement malheureuse, ne disait plus un mot.

— Vous m'en voulez, n'est-ce pas ? lança-t-il soudain.

— Non, je vous assure... murmura-t-elle d'une voix blanche.

Elle continuait à l'observer et remarqua la contraction de ses mâchoires. Puis il sourit.

— Vous êtes belle... resplendissante de beauté, souffla-t-il. Une vraie déesse nordique aux cheveux d'or.

Ses lèvres revenaient sur les tempes de Briana. Avec une lenteur torturante, il déposait une pluie de baisers sur son front, ses joues puis il s'arrêta sur sa bouche frémissante.

— Briana... ajouta-t-il soudain. Je n'ai jamais rencontré de femme plus désirable que vous.

Les doigts de Drake erraient sur ses seins avec volupté. Elle se lova contre lui tandis qu'il la serrait plus violemment entre ses bras.

Briana ne voulait plus se séparer de lui. De toute son âme elle souhaitait prolonger cet instant.

Soudain elle se figea, frappée de stupeur.

Une pensée qu'elle n'avait jamais voulu formuler dans son esprit s'imposait brutalement en elle. Un long frémissement la parcourut. Elle

était amoureuse de Drake... éperdument amoureuse de lui.

Comment n'avait-elle pas compris cela plus
tôt ? Pourquoi s'était-elle refusée à considérer
cette simple évidence ? La situation si compli-
quée l'avait abusée...

Tout s'était brouillé à plaisir pendant des
semaines et des semaines. Elle avait été
aveugle... Mais la vérité venait de lui apparaître
dans un éclair : elle l'aimait depuis le premier
jour où elle l'avait rencontré. Ses ruses mala-
droites pour lui échapper n'avaient servi à rien...

Drake continuait de l'enlacer fougueusement.
Puis elle sentit son corps peser sur elle.

— Non, Drake, attendez ! supplia-t-elle en
s'écartant imperceptiblement de lui. Je veux
vous regarder, vous toucher...

La respiration de Drake devenait plus saccadée. Les lueurs argentées de la lune éclairaient
son visage. Prenant appui sur un coude, il
observa à son tour les traits de Briana.

Le bonheur la transfigurait. Ses longues
mèches dorées retombaient en cascade sur ses
épaules nues. Drake ne pouvait détacher son
regard de cette vision de rêve.

La main de Briana, d'abord timide, frôla sa
peau hâlée avec la légèreté d'un papillon, puis,
peu à peu, elle s'enhardit et explora plus audacieusement son corps musclé, admirant la puissance de son torse viril recouvert d'une toison
sombre. Ses doigts poursuivaient leur chemin,
arrachant un gémissement à Drake.

Briana, émerveillée, découvrait le pouvoir

qu'elle avait sur lui. Ses yeux trahissaient le désir violent qui l'étreignait. Puis, n'y tenant plus, il l'enlaça avec ardeur et s'empara de ses lèvres. Dans ce baiser voluptueux, il lui communiquait sa fièvre.

Ils haletaient. Leurs corps se mouvaient, se confondaient de nouveau avec une extraordinaire sensualité. Paupières closes, Briana s'abandonnait totalement. Elle murmura quelques mots incohérents avant de se laisser emporter par l'immense vague qui déferlait en elle.

Eperdue, elle cria son nom lorsqu'il la fit sienne. Une explosion éclata dans toutes les fibres de son être, au plus profond d'elle-même. Au loin le grondement sourd de la mer ponctuait le silence nocturne...

Quand ils se furent enfin apaisés, ils se blottirent l'un contre l'autre, ivres de bonheur et de fatigue.

Briana reposait contre la poitrine de Drake. Soudain son visage se contracta.

Drake n'avait pas prononcé un seul mot d'amour... Elle tourna la tête pour le contempler. Il s'était assoupi et respirait régulièrement. A son tour elle sombra dans le sommeil...

Lorsqu'elle s'éveilla, la lumière du jour entrait à flots par la baie vitrée et illuminait la pièce. Elle s'étira et se frotta les paupières avec un geste enfantin. Quelle heure pouvait-il bien être ?

Les aiguilles du réveil posé sur sa table de

chevet indiquaient dix heures. Elle se redressa sur son séant...

D'un bond, elle sauta de son lit et se précipita dans la salle de bains. Le miroir lui renvoya le reflet d'une jeune femme au doux visage auréolé de mèches épaisses.

De légers cernes ombraient ses paupières. Avec des gestes rapides, elle enfila une robe de coton et se chaussa de sandalettes à talons.

Le souvenir de la nuit revenait lentement à sa mémoire. Jamais elle n'aurait espéré tant de bonheur ! Et c'était Drake qui lui avait permis de vivre ces moments si bouleversants. L'homme qu'elle avait d'abord détesté avait peu à peu modifié le cours de sa vie solitaire. Elle lui en serait reconnaissante pour toujours. Elle ne cesserait pas de l'aimer, se dit-elle subitement accablée. Il lui avait fait découvrir tant de choses qu'elle croyait perdues à jamais... Mais cet amour n'était pas partagé.

Cette question la tourmentait sans relâche depuis la veille. Drake la trouvait belle. Pourtant à aucun moment il ne lui avait avoué ses sentiments. Peut-être n'en ressentait-il aucun... Sa rancune à l'égard des Ivensen était si tenace ! Sa haine implacable le possédait à tel point qu'il avait sans doute fini par perdre toute capacité d'aimer, conclut Briana en sortant de la chambre.

Elle avait eu tort de faire l'amour avec lui. Jamais elle n'aurait dû lui montrer si ouvertement ses faiblesses et ses désirs aussi. Drake retournerait la situation contre elle, demain peut-être ou plus tard... Elle éprouvait la conviction qu'il tirerait parti de ces moments d'intimité pour assouvir ses besoins de revanche.

Il lui ferait payer cher la confiance qu'elle lui avait témoignée. N'avait-il pas su manipuler Erik habilement ? Il l'avait guetté dans l'ombre pendant dix-huit mois, sachant qu'il finirait par remporter une victoire éclatante sur lui et sur tous les Ivensen.

Son amour pour Drake était impossible, soupira-t-elle les larmes aux yeux. Elle refusait d'être l'instrument de sa vengeance. Pourquoi avait-il soudain fait irruption dans sa vie ? Pourquoi s'était-elle éprise du seul homme qu'elle aurait dû éviter ?

— Bonjour, Miss Briana ! lança Greta d'une voix enjouée lorsqu'elle pénétra dans l'office.

Une délicieuse odeur de café embaumait la pièce.

— Bonjour, Greta, répondit Briana avec un sourire.

L'intendante savait-elle que Drake s'était éclipsé de sa chambre pour la rejoindre deux nuits de suite ? Elle se sentit brusquement rougir. Mais les traits impassibles de Greta la rassurèrent. Visiblement, elle n'était au courant de rien.

— Je suis désolée de m'être réveillée si tard, murmura Briana, confuse.

— A votre âge on a besoin de dormir...

Le ton de Greta était cordial. Elle enchaîna aussitôt :

— Madame Heyward nous a téléphoné à huit

heures ce matin, elle était à *Cruz Bay*. Je suis allée la chercher et en même temps, j'ai déposé Patty au port.

— Ruth est rentrée ? s'exclama Briana.

— Oui, elle est dans le patio.

Greta lui offrit une tasse de café. Elle la remercia puis décida d'aller rejoindre Ruth. La sœur de Drake, allongée dans un fauteuil, releva la tête en la voyant.

— Oh, Briana ! Comment allez-vous ?

— Bien, je vous remercie. Les vacances semblent vous avoir reposée, commenta-t-elle en s'asseyant à côté de son amie.

Elle avait posé la soucoupe sur la table basse et admirait la mine resplendissante de Ruth.

— Je me suis follement amusée. Si j'avais été certaine de ne pas abuser de votre complaisance en prolongeant mon séjour, je serais restée une semaine de plus là-bas...

— Drake sait-il que vous êtes arrivée ?

— Il est parti de très bonne heure au bureau. Je lui ai téléphoné il y a un instant pour le prévenir, rétorqua-t-elle avec un sourire. Il m'a presque reproché de ne pas avoir pris deux ou trois jours de vacances supplémentaires. Au moins, je ne lui ai pas manqué ! lança-t-elle avec un rire gai.

Elle s'interrompit pour repousser légèrement son chapeau de paille et reprit :

— Ne retournez pas à Saint-Thomas avant d'avoir parlé avec Drake. Il a quelque chose d'important à vous dire. Il rentrera un peu plus tôt...

Briana se mordilla la lèvre. De quoi pouvait-il bien s'agir ? Vaguement anxieuse, elle finit sa tasse de café puis questionna Ruth.

— Votre séjour vous a détendue ?

— Oui, cela m'a fait un bien énorme d'aller à Sainte-Croix. Dorothée et son frère, Sam, m'ont merveilleusement reçue mais je ne suis pas mécontente de retrouver la maison.

Elle observa attentivement Briana et déclara en fronçant les sourcils.

— Vous me paraissez fatiguée. Je serais prête à parier que vous avez passé des nuits blanches à rédiger votre thèse...

Briana se contenta de répliquer :

— Mon travail avance un peu.

— J'admire votre courage. Oh, j'oubliais ! Patty a laissé un devoir d'anglais sur la commode du salon. Pourrez-vous le relire et noter quelques corrections en marge ?

— Entendu.

Briana qui avait marqué un temps d'hésitation enchaîna.

— Je vais rentrer directement à Saint-Thomas. Je m'inquiète toujours un peu pour ma grand-mère. Erik est au manoir mais il s'absente assez souvent. Je préfère la voir le plus vite possible...

— Je comprends... mais Drake voulait vous parler ce soir ; il a laissé entendre que c'était assez urgent, avança Ruth.

— Tant pis ! riposta Briana. Il attendra...

Une expression perplexe se dessina sur les traits de Ruth.

— Qu'est-ce qui ne va pas ? questionna-t-elle en voyant la mine renfrognée de Briana.

— Tout va bien, sauf que je ne serai pas là lorsque Drake rentrera du bureau, c'est tout !

Un large sourire éclaira le visage de son amie.

— Je ne sais pas comment vous remercier, Briana. Vous m'avez rendu un précieux service en acceptant de vous installer ici pendant mon absence. Merci encore, conclut-elle d'une voix chaleureuse.

— C'était tout à fait normal. Bien... je vais corriger le devoir de Patty et après, je ferai mes bagages.

Elle reprit sa tasse vide et s'apprêtait à rentrer dans la maison lorsque Ruth se releva de son siège.

— Je vous ai rapporté un souvenir de Sainte-Croix, fit-elle en s'avançant à son tour vers la porte. Il est encore dans ma valise, je vais le chercher.

— Oh, Ruth, c'est tellement gentil de votre part, mais ce n'était pas la peine, protesta Briana, touchée par cette attention.

— C'est un modeste cadeau, précisa Ruth. Mais j'ai pensé qu'il vous plairait.

Ruth lui avait rapporté un magnifique chemisier brodé, de fabrication artisanale.

— C'est superbe, s'exclama Briana avec ravissement.

Une heure plus tard, elle avait réuni ses affaires : Ruth l'accompagna jusqu'à l'embarcadère de *Cruz Bay*. Lorsque le ferry la déposa sur les docks de *Red Hook*, elle se dirigea vers le parking où était garée sa voiture.

Il régnait une chaleur suffocante à l'intérieur. Après avoir baissé toutes les vitres pour faire circuler l'air, elle démarra et prit la direction de *Denmark Hill*.

Son frère était dans le salon et lisait un magazine. Il accueillit Briana avec un sourire amusé.

— Alors tu nous avais oubliés ?

— Bonjour, fit-elle d'une voix absente. Tout s'est bien passé ?

— Mais oui, petite sœur, pas de problème...

Quand elle pénétra dans l'office ; Ida préparait le repas. Le visage de la vieille servante s'illumina quand elle la vit entrer.

— Miss Briana ! Vous voilà de retour. Comme je suis contente !

— Comment va grand-mère ? s'enquit aussitôt Briana.

Ida eut un haussement d'épaules.

— Pas trop mal, ma foi. Mais elle n'a cessé de se plaindre de votre absence.

Briana exhala un soupir.

— J'irai la voir tout à l'heure pour la rassurer.

— Mangez d'abord, Miss, le déjeuner est prêt...

Ida avait dressé le couvert dans la salle à manger. Margaret, prétextant la fatigue, avait refusé de descendre. Une manière de montrer à Briana qu'elle lui en voulait de l'avoir abandonnée pendant cinq jours, songea cette dernière en fronçant les sourcils.

Erik était assis en face d'elle. Il releva la tête et l'observa d'un air critique.

— Comment s'est passé ton séjour chez Rutledge ?

— Très bien, répliqua-t-elle sans s'étendre.

— Grand-mère est furieuse. Tu avais dit que tu resterais là-bas trois jours et tu reviens cinq jours plus tard ! Tu exagères.

Le ton de reproche d'Erik l'exaspéra brusquement.

— Ruth ne savait pas exactement pour combien de temps elle s'absenterait, riposta-t-elle avec sécheresse. Elle est rentrée un peu plus tard que prévu. Je n'y peux rien.

Elle s'interrompit et attaqua son hors-d'œuvre avant de reprendre :

— J'ai pris la peine de téléphoner tous les jours pour avoir des nouvelles de grand-mère, précisa-t-elle. Ida m'a dit qu'elle allait bien. je ne me suis donc pas vraiment inquiétée, je le reconnais...

Le rire d'Erik résonna dans la pièce. Une lueur moqueuse éclaira son regard.

— C'est vrai, Rutledge avait besoin de toi là-bas ! Pour veiller sur sa nièce de dix-sept ans... Quel prétexte ! railla-t-il.

— Garde tes commentaires pour toi ! coupa-t-elle irritée par ses insinuations malveillantes.

— Enfin, Briana, ne te fâche pas ! Tu es devenue bien susceptible ! Je trouve Rutledge parfaitement ridicule : te faire déplacer pour surveiller Patty, ajouta-t-il en haussant les sourcils.

Après une pause, il ajouta :

— Je ne connaissais pas Drake Rutledge sous cet angle là. Il ne m'avait pas semblé être le genre d'homme à s'inquiéter pour qui que ce soit ! Son attitude envers Patty m'étonne, je l'avoue...

— Drake se préoccupe beaucoup trop à son sujet, admit-elle avec honnêteté. Elle retrouvera l'autonomie dont elle a besoin lorsqu'elle sera à l'université, l'an prochain.

— Dans le Connecticut.

Briana sursauta.

— Comment le sais-tu ?

— Patty en a parlé lorsque nous étions au restaurant.

Autant qu'elle pouvait s'en souvenir, Patty ignorait encore, à l'époque, le nom de l'université où elle voulait aller.

— Cesse de me regarder avec cet air soupçonneux, lança Erik, d'un ton coupant.

Ses nerfs lui jouaient des tours, songea aussitôt Briana. Après tout, si son frère était au courant c'était bien parce que la conversation avait tourné autour de ce sujet pendant leur repas ensemble. Comment Erik aurait-il bien pu glaner cette information autrement ?

— Excuse-moi, Erik, se reprit-elle avec une expression contrite. C'est la fatigue... Je ne sais plus très bien ce que je dis.

— Qu'est-ce qui te tracasse ? Rutledge ?

— Mais non ! mentit-elle. Je dois être un peu surmenée par mon travail. La rédaction de ma thèse n'avance pas assez vite à mon gré.

Ils demeurèrent silencieux pendant un long moment. Puis Erik déclara subitement :

— J'espère que tu n'es pas amoureuse de Drake...

— Non, certainement pas... riposta-t-elle, piquée au vif.

Elle n'oublierait pas Drake en une journée, se dit-elle intérieurement. Le souvenir de leurs nuits passionnées mettrait longtemps avant de disparaître de sa mémoire.

Il lui faudrait de longs mois pour chasser de son esprit celui qu'elle avait si violemment désiré...

Elle s'était juré de mettre un terme final à leurs relations ! Cette fois-ci, elle tiendrait sa promesse.

Son propre destin était en jeu. Elle refusait de toutes ses forces l'inévitable meurtrissure qu'entraîneraient ses relations avec lui.

Comme s'il avait lu ses pensées, Erik déclara soudain :

— Ne tombe pas amoureuse de Rutledge. Tu souffriras trop.

— Tu es très gentil de t'intéresser à moi mais je suis assez grande pour savoir ce que j'ai à faire, fit-elle peu aimable.

— Tant mieux ! Drake Rutledge est un monstre d'égoïsme. Si tu continues à le voir, il se produira une chose : il t'abandonnera tôt ou tard. Alors méfie-toi, Briana.

La jeune femme devint écarlate. Ses senti-

ments pour Drake étaient-ils si évidents ? Elle
protesta :

— Drake nous en veut, je suis au courant... je
fais attention. Ne t'inquiète pas, je ne suis pas
folle ! Je n'ai aucune envie qu'il se venge de quoi
que ce soit sur moi.

— Bien...

Il repoussa sa chaise pour se lever de table.

— Je vais faire un tour en ville. A plus tard.

Margaret devait l'attendre, prête à l'accabler
de reproches... A contrecœur, Briana monta l'escalier menant à l'étage et s'arrêta devant l'appartement de sa grand-mère.

Elle frappa.

— Entrez ! lança la voix frêle de la vieille
dame.

Elle était assise à son secrétaire et rédigeait
son journal intime. Le stylo à la main, elle se
retourna vers sa petite-fille.

— Bonjour, grand-mère, murmura Briana en
l'embrassant.

— Eh bien, ton patron n'a pas hésité à t'impo-
ser des heures supplémentaires, nota-t-elle d'un
ton aigre-doux.

Margaret était d'une humeur exécrable, songea Briana optant pour un silence prudent.

— Comment vous sentez-vous ? interrogea-
t-elle.

— Bien, mais je ne comprends pas ce qui s'est
passé. Tu devais t'absenter trois jours si je ne me
trompe ?

— Oui, mais Ruth a retardé son retour et j'ai

téléphoné régulièrement à Ida pour prendre de
vos nouvelles.

Pourquoi lui fallait-il se justifier auprès de
Margaret ? La situation était absurde !

— Ta place est ici, chez nous au manoir,
affirma Margaret d'un air catégorique.

Un soupir s'échappa des lèvres de Briana. À
quoi bon discuter ?

— Je vais faire quelques achats. Voulez-vous
venir avec moi ? Nous pourrions ensuite nous
promener le long de la côte, proposa-t-elle dans
l'espoir de distraire un peu la vieille dame.

Celle-ci haussa les épaules.

— J'ai horreur de la foule, tu le sais bien !

— Vous ne sortez jamais d'ici, insista Briana.

Margaret prit un air pincé, et riposta :

— Je ne vois pas l'intérêt d'aller ailleurs. Je
suis heureuse de mon sort et je déteste quitter
ma maison, coupa-t-elle, visiblement offensée
par la suggestion de Briana.

Elle s'arrêta avant de poursuivre d'une voix
plus énergique.

— J'aimerais que vous me ressembliez. Erik
et toi ne cessez de vous en aller. J'ai à peine vu
ton frère, ces derniers temps.

— Oh, il sort assez souvent avec Jane
Fitzcannon...

Désespérant de vaincre son entêtement,
Briana fit une ultime tentative pour la contenter.

— J'ai l'intention de consulter les archives des
Von Scholten. Mais il y a quelques points qui me
semblent encore assez obscurs. Pourriez-vous

m'aider ? questionna-t-elle, guettant la réponse
de Margaret.

— Avec plaisir.

Elle ne s'était pas trompée. Sa grand-mère ne
se passionnait que pour les affaires concernant
la famille.

15

Quand arriva le vendredi suivant, l'humeur de la vieille dame s'était fort heureusement radoucie. Briana avait consacré la majeure partie de son temps à étudier les registres familiaux en compagnie de Margaret qui s'était fait un véritable plaisir d'évoquer le glorieux passé des Ivensen et de Von Scholten devant elle.

Briana prit le ferry en début d'après-midi pour se rendre sur Saint-John et donner son cours particulier à Patty. Mais la jeune fille, trop distraite pour se concentrer, accumulait les erreurs.

Quelque peu impatientée, Briana écourta leur leçon. Patty avait-elle renoncé à ses efforts? Pourtant, elle avait manifesté un réel intérêt pour son travail pendant plusieurs semaines.

Pourquoi relâchait-elle brusquement son attention? se demanda Briana, perplexe.

— Vous avez toujours l'intention d'aller à l'université? interrogea-t-elle soudain.

— Hum... je ne sais plus, marmonna Patty.

— Mais vous vouliez vous inscrire au cours de théâtre !

— Oui...

Elle se renfrogna aussitôt.

— Au fait qu'est devenu votre ami ? s'enquit Briana avec un sourire.

— Quel ami ?

— Celui avec lequel vous dansiez chez Lise...

— Oh, c'est un enfant, fit-elle, dédaigneuse.

Briana ne put s'empêcher de rire.

— Il a votre âge.

— Peut-être, mais les garçons de notre classe manquent tellement de maturité et d'expérience.

— Je vois... Vous n'aurez que l'embarras du choix quand vous serez en faculté. Les étudiants sont effectivement plus mûrs que les lycéens.

— Nous verrons bien, rétorqua Patty d'un air absent.

— Nous reprendrons nos révisions la prochaine fois, conclut Briana en se levant.

— D'accord.

Patty prit ses livres et disparut dans la maison. Briana contourna la demeure. Ruth était devant le patio, occupée à désherber des massifs.

— Aïe, mon dos, gémit-elle en se redressant. La terre est basse.

Elle éclata d'un rire gai en regardant Briana.

— Ces fleurs sont splendides, commenta la jeune femme, impressionnée par la beauté des plantes qui croissaient le long des allées.

— Je consacre pas mal de temps au jardin, souligna Ruth. Le jardinier m'aide pour les gros travaux... Au fait, Drake était furieux que vous ne l'ayez pas attendu l'autre jour.

Briana esquissa un geste impatienté.

— Mon frère ne vous a pas téléphoné ?

— Non !

— J'étais un peu inquiète en partant en vacances avoua Ruth. Comment Drake s'est-il comporté avec vous ?

Briana ne sut que répondre. Après avoir hésité, elle s'efforça de résumer la situation sans trop se compromettre.

— Il m'a superbement ignorée à certains moments mais à d'autres, il était tout à fait charmant.

Charmant ! le mot était peu approprié, se dit-elle intérieurement. Mais comment expliquer à Ruth ce qui s'était produit entre Drake et elle ?

Un rire nerveux s'échappa des lèvres de Briana.

— Drake n'est pas très égal d'humeur ! ajouta-t-elle en fixant Ruth.

— Que pensez-vous exactement de lui ? Je veux dire, comment le trouvez-vous ? J'ai eu l'impression qu'il vous attirait...

Briana resta évasive.

— Drake est séduisant, en plus c'est un homme d'affaires brillant. Il doit plaire aux femmes...

— Vous vous écartez du sujet, plaisanta Ruth. Dites-moi simplement une chose : qu'éprouvez-vous pour lui ?

La curiosité de Ruth était bien naturelle, songea Briana en réfrénant son irritation. Le sort de son frère la concernait, celui de son amie aussi.

— Ecoutez, reprit Briana après un long silence. Quand Drake joue les tyrans domestiques avec moi, je le déteste. J'ai horreur qu'il me donne des ordres, comme l'autre jour... par exemple. J'ai préféré rentrer immédiatement au manoir. Mais il peut être vraiment chaleureux et cordial par moments, continua-t-elle d'une voix rêveuse. Lorsqu'il me prend dans ses bras, je...

Elle s'interrompit en rougissant, s'apercevant qu'elle s'était trahie.

— Je n'y comprends rien, avoua-t-elle. Tout est si confus entre nous...

— Les histoires d'amour ne sont pas toujours aussi simples qu'on le souhaiterait, remarqua Ruth.

— Oh, il n'est pas question de cela entre nous !

Elle soupira avant de reprendre.

— Dans le fond, je pourrais être amoureuse de lui si j'oubliais qu'il hait notre famille. Mais c'est impossible, je ne veux plus souffrir ni à cause de Drake ni à cause d'un autre homme ! lança-t-elle avec des accents douloureux.

Ruth avait tressailli. Son regard affectueux se posa sur celui de Briana.

— L'amour échappe à la logique et au raisonnement, déclara-t-elle d'un ton posé.

— Peut-être...

— Drake a beaucoup changé depuis qu'il vous connaît. Il tient à vous, Briana.

— Ce n'est qu'une simple attirance physique,

affirma Briana attristée. Mais j'ai trop souffert autrefois, je ne veux pas revivre la même chose !

— Mais vous...

D'un coup d'œil rapide, Briana vérifia l'heure à sa montre.

— Il faut que je me dépêche ; j'ai des courses à faire avant de rentrer chez moi.

— Et vous voulez éviter de tomber nez à nez avec Drake... compléta Ruth.

— A-t-il demandé que je l'attende ? questionna-t-elle avec une irrépressible curiosité.

— Non, mais il m'a laissé entendre qu'il sortirait plus tôt du bureau aujourd'hui.

— Alors, je me sauve ! Surtout, pas un mot de notre conversation à votre frère !

— D'accord.

Elle pouvait avoir confiance en Ruth, songea Briana, en contemplant le visage de son amie avec affection.

— Je serai muette, c'est promis, conclut la sœur de Drake en lui adressant un geste amical.

Briana finissait ses emplettes lorsqu'elle croisa Jane Fitzcannon devant une boutique de mode.

— Oh, Briana, cela fait une éternité que nous ne nous sommes pas vues, s'exclama-t-elle d'une voix haut perchée.

Jane était vêtue avec élégance. Elle posa la main sur le bras de la jeune femme.

— Venez prendre un verre, il fait bien trop chaud pour rester au soleil.

— Entendu, acquiesça Briana hésitant à la froisser par un refus.

Elles s'installèrent à la terrasse d'un café et commandèrent des boissons glacées.

— Alors, que devenez-vous ? questionna Jane.

— Je continue ma thèse en travaillant à mi-temps.

— Pour Drake Rutledge, c'est bien cela ?

Briana hocha la tête.

— Erik m'en a vaguement parlé, ajouta Jane. Il n'a pas apprécié d'avoir Rutledge en tant que patron, il paraît qu'il est très dur en affaires. Et vous, comment le trouvez-vous ?

— J'ai très peu de contacts avec lui mais je n'ai pas à me plaindre, il est tout à fait correct.

Jane retint un petit rire.

— Vous n'êtes donc pas du même avis qu'Erik... Rien d'étonnant ! Votre frère n'est pas très acharné au travail...

Briana se rembrunit, et rétorqua avec raideur :

— Il va bien falloir qu'il s'y mette un jour : de quoi vivra-t-il sinon ? Nous n'avons plus de fortune personnelle.

Jane sortit une cigarette d'un étui et l'alluma avec des gestes lents.

— Erik a des projets, lança-t-elle avec une certaine réserve. Il prétend avoir découvert le moyen de faire une sorte d'investissement à long terme. En tout cas, il se donne beaucoup de mal.

Médusée, Briana écarquilla les yeux.

— De quoi parlez-vous ? Vous vous trompez sûrement...

— Non, non, reprit Jane. Vous n'avez rien

remarqué ? demanda-t-elle en haussant les sourcils. Erik s'absente souvent.

— C'est vrai mais je croyais qu'il sortait pour
son plaisir. Je supposais même qu'il vous voyait
pratiquement tous les jours...

— Hélas, si c'était vrai ! Malheureusement, il
se fait très rare ces derniers temps. Il n'a plus
une minute de libre.

— Que fait-il alors ? s'étonna Briana.

Les bagues qui ornaient les doigts de Jane
accrochaient la lumière.

— Je n'en sais trop rien, il ne s'est pas confié à
moi. Mais il affirme pouvoir gagner beaucoup
d'argent.

Briana éprouva un vague malaise. Dans quelle
aventure Erik s'était-il encore lancé ?

— Je n'étais pas au courant, murmura-t-elle.

— Dites-lui de passer me voir, ajouta Jane. Je
lui ai téléphoné deux fois en lui laissant un
message mais il ne m'a pas encore donné signe
de vie. Gare à lui s'il m'oublie...

— Ida n'a sans doute pas pensé à lui transmettre vos appels, fit Briana en se levant. Bien... je
dois vous quitter à présent, Jane. A bientôt !

— Au revoir, Briana.

Visiblement, Jane était amoureuse d'Erik.
Mais son frère la négligeait sans en manifester le
moindre remords...

Lorsqu'elle arriva au manoir, Erik était de
retour. Elle l'évita, préférant aller tenir compagnie à Margaret.

Elle s'apprêtait à regagner la bibliothèque

pour mettre à jour ses notes quand la sonnette de
la porte d'entrée retentit.

— Ne vous dérangez pas, Ida, cria-t-elle. Je
vais ouvrir.

La silhouette altière de Drake se détachait
dans l'embrasure.

— Que se passe-t-il ? s'exclama-t-elle, stupéfaite de le voir. Pourquoi n'avez-vous pas téléphoné au lieu de vous déplacer ?

Ses questions le firent sourire. Prise au
dépourvu, Briana hésita :

— Est-ce urgent ? Je voulais travailler avant
le dîner et...

Une note autoritaire perça dans la voix de
Drake.

— C'est *très* urgent, l'interrompit-il.

— Je suis navrée mais je ne suis pas disponible ce soir.

— Choisissez, soit je rentre, soit vous m'ac-
compagnez dehors, riposta-t-il d'un ton coupant.

Pendant une fraction de seconde, Briana réfléchit. Il était hors de question d'inviter Drake au
manoir. Margaret et Erik s'en offusqueraient.

Pour éviter un inutile conflit, elle s'inclina.

— Je vais prévenir ma grand-mère. Attendez-
moi dans votre voiture.

— Entendu, mais faites vite !

Quelques minutes plus tard, elle avait rejoint
Drake et s'installait sur le siège avant. Furieuse,
elle décida de ne pas dire un mot.

Drake quitta l'avenue qui bordait le manoir et
prit la direction de la mer.

— Pourquoi cherchez-vous à m'éviter ? demanda-t-il enfin.

Il suivait la route des yeux et conduisait sans accorder le moindre regard à sa passagère. Briana se redressa et jeta avec une innocence feinte :

— Je ne vois pas bien à quoi vous faites allusion.

— Comme c'est curieux... fit-il, railleur. J'ai demandé à ma sœur, à plusieurs reprises, de vous laisser un message : en l'occurrence attendre mon retour avant de repartir pour Saint-Thomas. Et à chaque fois, vous vous étiez envolée...

— J'ai horreur de recevoir des ordres, explosa Briana, indignée. Je fais mon travail ! Pour le reste, vous n'avez strictement rien à exiger de moi. Est-ce bien clair ?

— Ah bon ! murmura-t-il en commençant à caresser ses cheveux.

Son comportement ressemblait à de la provocation ! Briana se recula dans son siège.

— N'ayez pas l'air aussi effarouchée !

— Cessez ce petit jeu ridicule, ordonna-t-elle.

Le geste de Drake l'avait troublée, et elle cachait son émoi en se montrant agressive.

Drake qui venait de couper le moteur, ouvrit la portière.

— Je vais prendre l'air. Sortez de la voiture.

— Non !

— Sortez ! répéta-t-il, vibrant de colère.

De nouveau, elle s'exécuta. Le visage de Drake était redevenu impénétrable. Il l'examina en silence puis l'entraîna par le bras. Ses mouvements étaient fermes mais empreints d'une indéniable tendresse. Briana en était consciente et ne pouvait maîtriser son tremblement...

Ils s'étaient avancés sur un piton rocheux qui dominait la mer. Le crépuscule naissant baignait le paysage d'une lumière féerique.

Briana sentit ses jambes se dérober sous elle. Qu'avait-elle fait de ses résolutions ? Drake se retourna brusquement vers la jeune femme.

— Comme vous êtes belle... souffla-t-il en l'enlaçant.

A quoi bon lutter ? se dit-elle intérieurement. Quand elle appuya sa tête contre sa poitrine, un sentiment de bonheur l'irradia.

— Oh, Drake ! gémit-elle.

— A quoi pensez-vous ?

— Je... il ne faut pas que ce qui s'est... passé chez vous se reproduise.

Elle avait voulu prendre un ton assuré mais elle sut aussitôt que son effort n'avait pas trompé Drake.

Il l'embrassa furtivement.

— Regrettez-vous ce qui s'est produit ?

— Je... non, bredouilla-t-elle. Mais nos relations n'ont aucun avenir. Nous ne pouvons pas continuer ainsi.

Les accents de sa voix étaient désespérés. La douleur qu'elle ressentait lui était presque intolérable. La bouche de Drake se posa contre la sienne, lui communiquant sa fièvre et son ardeur.

Embrasée par une onde de désir, elle lui

répondait avec une fougue qu'elle ne comprenait pas. Soudain, elle s'écarta et secoua la tête d'un air las.

— Drake... pourquoi faut-il que cela soit vous ? Les choses auraient été si simples si vous ne vous étiez pas appelé Rutledge...

Le visage de Drake se referma.

— Je ne suis pas assez bien pour vous, peut-être ?

Elle recula de quelques pas et contempla les reflets du soleil couchant sur la mer. Elle venait de blesser Drake par sa maladresse. Il valait sans doute mieux lui laisser croire qu'elle le méprisait plutôt que de lui avouer son amour...

Il lui tourna le dos et se dirigea vers sa voiture. Ils n'échangèrent pas un mot pendant le retour. Lorsqu'il se gara devant le manoir, il l'interrogea avec âpreté :

— Oh ! les Rutledge sont certainement inférieurs aux illustres Ivensen ! railla-t-il. Mais comment se fait-il que vous vous abaissiez au point de vérifier l'état de mon compte bancaire alors ? Seriez-vous dépourvue de dignité et de savoir vivre à ce point ?

Briana qui avait blêmi, l'écoutait, interloquée par la violence de ses inflexions.

— Je... De quoi parlez-vous ? fit-elle d'une voix blanche.

— Ne faites pas l'idiote !

Comme elle demeurait muette, il enchaîna, détachant chacune de ses syllabes :

— Hier, une femme est parvenue à obtenir des renseignements confidentiels auprès de ma banque. L'employé, à qui elle s'était présentée au téléphone comme l'une de mes futures associées, lui a communiqué des informations sur les revenus de la *Rutledge Corporation*. Il lui a également dit à combien se montait le compte de Ruth et celui de Patty... Avant qu'il ne prenne conscience de son erreur, elle avait raccroché.

Briana, livide, s'exclama :

— Et bien entendu vous m'accusez d'avoir monté cette mise en scène ?

— Oui, ma chère !

— Vous êtes ignoble, je vous hais, hurla-t-elle en se ruant hors de la voiture...

16

Avril était arrivé. La nature rayonnait. Les récentes averses avaient rafraîchi momentanément l'atmosphère permettant aux myriades de fleurs de s'éclore dans leur nid de verdure.

Les touristes affluaient par centaines à la recherche du soleil. La date des examens approchait. La nervosité de Patty s'accroissait de jour en jour sans qu'elle se décide pourtant à entreprendre de sérieuses révisions.

Briana l'incitait à travailler, s'acharnant à la convaincre de l'utilité d'un dernier effort. Depuis la soirée où Drake avait accusé la jeune femme d'avoir cherché à le duper, ils ne s'étaient pas revus. Les rôles étaient inversés. Cette fois-ci, Drake avait tout mis en œuvre pour ne plus rencontrer Briana.

Trois semaines s'étaient écoulées, lourdes d'attente et de chagrin pour elle. Elle perdait l'appétit et parvenait à peine à se concentrer sur ses recherches. Le visage de Drake la hantait jour et nuit...

Elle finissait de corriger un devoir de Patty lorsque son élève bredouilla du bout des lèvres :

— Saviez-vous que mon oncle avait payé Abel pour qu'il s'en aille ?

De qui tenait-elle cette information ? Briana masqua sa surprise et s'enquit :

— D'où vient cette histoire ?

— Vous étiez au courant ? s'exclama Patty en perdant tout sang-froid.

— Oui...

— Ma mère aussi ?

Briana acquiesça.

— Nous l'avons appris incidemment et avons décidé de ne pas vous en parler.

Au bord des larmes, la jeune fille poursuivit :

— J'avais confiance en vous et vous m'avez trahie...

— Non, Patty, nous avons voulu vous éviter de souffrir.

— C'est de la faute d'oncle Drake si Abel est parti, murmura-t-elle d'une voix tremblante. Mon oncle n'a pas de cœur, c'est un égoïste, conclut-elle en se relevant.

— Je n'en suis pas si sûre, riposta Briana. Il s'inquiétait terriblement pour vous et ne voulait pas vous voir commettre une erreur. Réfléchissez un instant : Abel ne vous aimait pas, sinon il n'aurait pas accepté plusieurs milliers de dollars pour disparaître...

Ses propos étaient cruels mais justes, hélas.

— Mon oncle s'est toujours mêlé de mes affaires, souffla Patty avec rancœur.

Briana regarda le visage fragile de la jeune fille, ses longs cheveux ondulés.

— Franchement, répondez-moi honnêtement, Patty, questionna-t-elle d'un ton posé. Regrettez-vous toujours le départ d'Abel ?

Son élève hésita.

— N... non, mais la question n'est pas là. Je l'aimais à l'époque et j'ai eu beaucoup de peine. Pourquoi Drake ne m'a-t-il pas laissée libre de mes choix ?

— Parce qu'il voulait vous protéger, Patty, vous étiez trop jeune pour vous engager dans une aventure aussi désastreuse.

— Ah bon ? Et vous, qu'avez-vous fait de mieux ?

— Rien en effet, je me suis mariée trop jeune et mon mariage a été un échec. J'aurais aimé que l'on me mette en garde avant qu'il ne soit trop tard... conclut Briana, amère.

— J'en veux à mon oncle ! s'obstina Patty.

— Vous avez tort. Oubliez, cela vaudra mieux.

— Certainement pas, je lui montrerai que je suis capable de me débrouiller sans lui ! décréta-t-elle avec véhémence en se ruant vers la maison.

Patty se présenta à ses examens la semaine suivante. Briana était en compagnie de Ruth dans le patio lorsque Greta leur apporta un pli provenant de la poste.

— Ce sont les résultats de Patty... commenta Ruth en prenant l'enveloppe.

Elle l'ouvrit d'une main tremblante. Sa fille fit irruption au même instant devant elle.

— J'ai trop peur de lire moi-même, prononça-t-elle d'une voix peu assurée.

Ruth parcourut le bulletin et alla embrasser Patty.

— C'est merveilleux, tu es reçue ma chérie. Félicitations !

Elle exultait. Patty qui aurait dû se réjouir, ne desserrait pas les lèvres. Elle disparut sans un mot. Ruth, perplexe, interrogea Briana :

— Qu'a-t-elle ? Elle n'a pas l'air contente, c'est bizarre...

— Ce doit être l'émotion, répliqua Briana avec un sourire rassurant.

— Voulez-vous une tasse de café ?

— Non merci, je vais rentrer à Saint-Thomas.

L'après-midi s'achevait. Briana, installée devant son bureau dans la bibliothèque du manoir, avait couvert plusieurs pages de sa fine écriture. Depuis quelques instants cependant, elle s'était arrêtée et griffonnait des lettres enchevêtrées sur son brouillon.

« Drake » avait-elle écrit et répété sur la feuille !...

Elle se leva, décidée à le contacter sous n'importe quel prétexte. Son interminable attente lui était devenue insupportable.

Elle s'avança vers le téléphone placé dans le hall d'entrée puis composa le numéro de l'hôtel Bel-Air.

— Qui dois-je annoncer ? demanda la standardiste.

— Briana Ivensen.

Le cœur battant, elle s'inquiéta. Drake allait-il lui raccrocher au nez ? Quelques secondes plus tard, elle entendit sa voix grave résonner à l'autre bout de la ligne. Elle poussa un imperceptible soupir de soulagement.

— Ruth vous a-t-elle contacté ? demanda-t-elle.

— Je l'ignore, j'étais sorti. Pourquoi ?

— Patty a reçu ses résultats d'examens. Ils sont bons dans l'ensemble. Elle sera certainement acceptée à l'université du Connecticut, expliqua-t-elle.

Il y eut une seconde de silence.

— Je savais qu'elle réussirait brillamment, déclara-t-il. Vous l'avez beaucoup aidée, Briana...

Elle hésita avant de reprendre.

— J'ai fini l'inventaire du mobilier. Dois-je le poster ou voulez-vous que je le remette à Ruth ?

— Vous me le donnerez en main propre. Je vous invite à dîner ce soir ; je passerai vous prendre tout à l'heure.

Elle n'eut pas le temps d'ajouter un mot. Il avait déjà reposé le combiné.

Le repas s'achevait. Les nerfs tendus, Briana continuait à observer discrètement le visage impassible de Drake. Depuis le début de la soirée, il était demeuré distant et impénétrable.

Quand il se leva de table et s'approcha de la jeune femme pour lui tenir sa chaise, il évita soigneusement tout contact avec elle.

La nuit était superbe. Caressés par le souffle

tiède de l'air, ils firent quelques pas sur le trottoir avant de monter à bord de la Pontiac.

Une fois installée, Briana le regarda et lança :

— J'ai quelque chose à vous dire : Patty sait que vous avez donné de l'argent à Abel...

— Et qui le lui a annoncé ?

— Je l'ignore. Apparemment le bruit circulait en ville... avoua Briana. Lorsqu'elle m'en a parlé, je n'ai pas voulu lui mentir. Elle sait tout...

Drake lui jeta un regard oblique.

— Et comment a-t-elle réagi ?

— Oh, elle est absolument furieuse contre vous !

— Cela s'arrangera, fit-il en haussant les épaules.

— Je l'espère ; en attendant, elle a juré de vous montrer qu'elle n'était plus une enfant.

Drake eut une moue perplexe.

— Que compte-t-elle faire ? Abel est parti et elle ne connaît pas son adresse.

— Elle meurt d'envie de se venger, commenta Briana assez soucieuse.

La réaction de Patty l'avait tourmentée. Sous le coup de l'indignation, elle risquait de commettre une grave erreur, songea-t-elle en s'approchant de la vitre ouverte. Avec surprise, elle constata que Drake avait obliqué et s'écartait de la route menant au manoir.

— Où m'emmenez-vous ? s'écria-t-elle d'une voix mal assurée.

— A l'hôtel...

Elle se recroquevilla sur son siège.

— Mais... pourquoi ?

— Vous ne devinez pas ? La réponse est simple pourtant, riposta-t-il d'un ton ironique.

— Je préfèrerais rentrer chez moi... je...

— Tiens, c'est étonnant ! Pourquoi m'avez-vous téléphoné cet après-midi alors ?

Que répondre à cela ? Rien, bien sûr... Les lumières des réverbères accentuaient la dureté des traits de Drake. Si elle avait pu lire dans ses pensées, qu'y aurait-elle trouvé ? se demanda-t-elle avec un soupir.

Elle frissonna et s'efforça de paraître détachée car elle sentait le regard de braise de Drake posé sur elle.

Comme elle avait envie de le toucher, de caresser ses lèvres, son corps ! En proie à des émotions de plus en plus intenses, elle baissa la vitre et se détourna.

— Soyons clair, dit-il, rompant le silence. Vous me méprisez, vous détestez mon nom et mes origines sociales mais vous avez accepté de dîner avec moi... J'avais un but précis en vous invitant, conclut-il en arrêtant son moteur.

Il venait de se garer dans le parking souterrain de l'hôtel.

— Je voulais passer la nuit avec vous...

Elle tressaillit à peine à ces mots directs. N'était-ce pas ce qu'elle désirait ardemment, elle aussi ? Ce qu'elle avait inconsciemment espéré en lui téléphonant ?

Drake s'empara de son bras quand elle descendit de voiture puis l'enlaça en l'entraînant avec autorité vers une cage d'escalier dérobée. Ils gravirent les marches conduisant jusqu'à l'appartement de Drake.

Drake serrait Briana contre lui. Son souffle effleurait ses cheveux. Elle avait tant attendu cet instant! Pendant des nuits entières, elle s'était agitée, incapable de trouver le sommeil au souvenir de leurs étreintes.

L'image de Drake ne la quittait plus et venait la torturer sans répit. C'est alors qu'elle avait amèrement regretté les divergences qui l'avaient opposée à Drake.

Car elle avait pris conscience que son amour pour lui était aussi fort pour surmonter tous les obstacles. Des espoirs fous et insensés l'avaient envahie. Elle avait longuement réfléchi. Peut-être n'était-il pas trop tard?

Son comportement avait été ridicule. L'idée de perdre Drake à tout jamais l'avait bouleversée. Elle l'aimait de toute son âme et ne souhaitait qu'une seule chose : vivre à ses côtés et oublier le passé...

Quand ils pénétrèrent dans la suite, Drake s'immobilisa pour la contempler. Briana était éblouissante dans une robe longue décolletée qui mettait en valeur sa poitrine haute et ferme.

De fins pendentifs en diamant brillaient doucement à travers ses boucles d'or bruni.

Immobile, elle souriait à Drake. Elle possédait cet éclat si particulier qu'ont les femmes amoureuses. Lui, paraissait fasciné.

— Mon Dieu, Briana, s'exclama-t-il d'une voix rauque. Vous êtes si belle! J'ai eu envie de vous prendre dans mes bras prendant tout le repas, confessa-t-il.

Sa main erra audacieusement au creux de sa gorge. Les paupières closes, elle s'abandonnait à ses caresses sensuelles, envahie par un délicieux vertige.

Lentement Drake commença à défaire les boutons de son corsage, effleurant au passage sa peau couleur de miel.

Les lèvres frémissantes, elle savourait ce moment d'extase. Son calvaire était enfin terminé! Drake était près d'elle. Plus jamais elle ne le quitterait! se jura-t-elle farouchement. Elle ferait tout ce qui était en son pouvoir pour le garder.

Elle se laissa emporter par une vague de plaisir. Tout son être vibrait tandis que Drake la pressait contre son corps. Cet instant l'enivrait, plus rien d'autre ne comptait.

Elle était avec Drake, cet homme impénétrable et mystérieux qu'elle aimait et redoutait aussi... Dans un brouillard, elle vit Drake se déshabiller puis il la souleva et la déposa sur le lit orné d'une courtepointe écrue.

La robe de Briana avait glissé à ses pieds, formant comme un lac de soie noire miroitant sous la lune. Haletante, elle se blottit contre Drake, consciente de n'avoir jamais vécu aussi intensément.

Bientôt, ils furent saisis par cette même fièvre qui les consumait tous deux avec une égale force.

— Vous m'avez tellement manqué, Briana,

murmura Drake d'une voix altérée. J'ai cru devenir fou. Vous ai-je manqué aussi ?

— Oh, oui !

Le dos cambré pour s'unir plus étroitement encore contre lui, elle savourait la volupté de ses caresses expertes. Puis ses lèvres quittèrent la bouche de Briana pour descendre le long de sa gorge, et embrasser la pointe de ses seins durcie par le désir.

— Continuez, Drake ! implora-t-elle. Je vous en prie...

A son tour, elle s'écarta doucement. Ses mains erraient sur le corps de Drake, l'explorant avec une lenteur mesurée.

Il tressaillit, étreignant Briana avec une fougue passionnée. Puis étouffant un gémissement, il la fit sienne.

Une violente explosion éclata soudain en elle avant de décroître doucement, progressivement.

Son cri déchira le silence nocturne.

— Drake, oh Drake, je vous aime !...

Au même moment, Drake fut agité d'un imperceptible tremblement. Sa respiration devenait de plus en plus saccadée.

Un râle lui échappa.

— Briana, mon amour...

Son corps s'affaissa lentement sur celui de Briana.

— Mon amour, répéta-t-il.

Ils s'enlacèrent à nouveau, ivres de fatigue et s'embrassèrent interminablement.

17

LES reflets de la lune jouaient sur leurs corps enlacés. Briana, songeuse, ne bougeait pas : des mots bouleversants lui avaient échappé quelques instants plus tôt, des paroles où elle criait tout l'amour qu'elle éprouvait pour Drake.

Mais il n'avait pas répondu à son appel. Une vague de terreur la submergea tout à coup. Elle se leva, incapable de supporter cette terrible angoisse. Drake ne lui avait pas dit qu'il l'aimait... Cette pensée la harcelait.

Il ouvrit les paupières en l'entendant remuer dans la pénombre.

— Si votre père nous voyait, il serait scandalisé !

Elle sursauta. Cela en était trop !

— Vous me méprisez et vous haïssez ma famille, commença-t-elle en enfilant sa robe à la hâte. Plus nous faisons l'amour ensemble, plus vous me trouvez indigne de vous...

La voix de Drake, tendue par l'émotion, s'éleva alors dans le silence.

Est-ce vraiment ce que vous croyez ?

— Oui...

Il la foudroya du regard et déclara d'un ton cinglant :

— Très bien ! Je vous raccompagne chez vous !

Il se rhabilla rapidement avec des gestes nerveux. Lorsqu'ils furent dans le corridor, Briana décréta avec fermeté :

— Je ne vous reverrai plus, Drake. Dans quelque temps, je n'aurai plus besoin de faire travailler Patty. D'ici là, si vous voulez me communiquer quelque chose, téléphonez-moi. Cela me semble préférable...

Il la reconduisit jusqu'au manoir. Pendant le trajet, ils observèrent chacun un mutisme hostile. Briana descendit de la voiture, claqua violemment la portière puis s'engouffra dans la vieille demeure. Enfin seule !

Le mois de mai était arrivé. Briana continuait à faire travailler Patty trois fois par semaine. Dans peu de temps, il lui faudrait se mettre en quête d'un autre emploi, se dit-elle en guettant la jeune fille devant les grilles du collège. Elle chercha son élève du regard parmi les groupes des lycéens. Après un quart d'heure d'attente, elle pénétra dans le hall de l'école. Aucune trace de Patty ! constata-t-elle après avoir jeté un coup d'œil dans les longs couloirs.

Que diable pouvait-elle faire ? Une cabine téléphonique était à proximité. Elle composa le numéro de Ruth et s'enquit :

— Où est Patty ? Est-elle déjà rentrée chez vous ?

— Mais non ! Elle devait vous retrouver devant la sortie comme d'habitude, rétorqua son amie avec une pointe d'anxiété dans la voix.

Briana s'obligea à garder son sang-froid.

— Restons calme. Je vais contacter son amie, Lise, pour savoir ce qui se passe. Connaissez-vous son nom de famille ?

— Lise Grey.

M. et Mme Grey se trouvaient dans l'annuaire. Briana appela chez eux. Ce fut leur fille qui lui répondit.

— Je cherche Patty, savez-vous où elle est ? questionna Briana.

Lise marqua un temps d'hésitation, avant d'ajouter :

— Oh ! elle a peut-être rendez-vous avec son ami...

— Quel ami ? Ce garçon de votre classe ?

— Non, quelqu'un de plus âgé qu'elle. Mais elle ne m'en a jamais beaucoup parlé.

La situation devenait alarmante ! Briana se rendit jusqu'aux docks. Personne n'avait vu Patty monter dans le ferry.

Elle ouvrait la porte d'entrée du manoir, complètement découragée par ses recherches infructueuses, lorsqu'Ida l'interpella.

— Miss Briana ! Mme Heyward a laissé un message, elle veut que vous la rappeliez dès votre arrivée.

Dès qu'elle fut en ligne avec Ruth, elle comprit

qu'il s'était produit quelque chose de grave. La jeune femme avait du mal à parler :

— Je suis allée dans la chambre de Patty tout à l'heure et j'ai trouvé une lettre en évidence sur le bureau, brédouilla-t-elle. Oh, c'est affreux ! Je vais vous la lire :

« Maman, je ne te pardonnerai jamais ni à Drake, d'avoir chassé Abel. C'est à mon tour de partir, cette fois-ci, avec un homme merveilleux. Erik m'aime et me rendra heureuse. Ne vous faites aucun souci pour moi.

　　　Patty »

Le sang de Briana s'était glacé dans ses veines. Les jambes coupées, elle se laissa tomber dans le fauteuil près du téléphone, saisie de nausée.

— Comment a-t-elle su que son oncle avait payé Abel pour qu'il disparaisse ? Et qui est cet Erik ?... gémit Ruth, désemparée.

— Il faut prévenir Drake, c'est la première des choses à faire, décréta Briana.

— Il va être hors de lui !

— Voulez-vous que je lui annonce moi-même la fugue de Patty ?

— Oh, oui... merci Briana. Je ne sais pas ce qu'il faut faire, ajouta-t-elle d'un ton pathétique.

— Gardez votre calme, nous aviserons un peu plus tard ; en attendant, je vais contacter Drake.

Briana reposa le combiné.

— Ida, avez-vous vu Erik aujourd'hui ?

— Non, Miss, pas depuis ce matin.

Et dire que Patty lui avait menti depuis plusieurs semaines, des mois peut-être ! s'indigna-t-elle en claquant la portière de sa voiture.

Elle prit la direction du centre et se gara devant l'hôtel Bel Air. Briana fut vite introduite auprès de Drake et le mit rapidement au courant.

— Depuis combien de temps connaissiez-vous les relations de Patty et de votre frère ? demanda-t-il d'un ton tranchant.

Elle le regarda d'un air interloqué.

— Je les ignorais, précisément !

— Difficile à croire, railla-t-il en se levant de son bureau.

Il arpentait la pièce de long en large, les mains croisées derrière son dos. Il se retourna brusquement pour dévisager Briana.

— Comment se sont-ils rencontrés ?

— Par pure coïncidence. Nous sommes tous les trois allés déjeuner ensemble une fois. Mais cela dit, ma responsabilité s'arrête là, précisa Briana en le toisant.

— Toutes les absences de Patty s'expliquent enfin, elle le retrouvait le plus souvent possible ! s'écria Drake. Ah, si je tenais votre frère, je vous assure que...

Il s'arrêta.

— Excusez-moi, je me mets en colère et cela ne sert à rien. Patty est allée assez souvent sur la plage le soir depuis quinze jours... Croyez-vous qu'elle y voyait Erik ?

— C'est bien possible, il empruntait assez souvent le bateau des Fitzcannon pour se promener le long de la côte.

Drake l'observa d'un air menaçant.

— J'espère que vous n'avez pas trompé dans

cette affaire, déclara-t-il en détachant bien ses mots. Sinon...

Il laissa sa phrase en suspens mais son air menaçant suffit à alarmer Briana.

— Non! s'écria Briana, les traits altérés par l'angoisse. Je peux vous l'assurer.

L'attitude soupçonneuse de Drake la révoltait. Il la croyait donc capable d'avoir trahi sa confiance et celle de Ruth! Tremblante d'indignation, elle se redressa.

Leurs regards se croisèrent et elle comprit aussitôt qu'il avait peur, peur pour Patty, et qu'il masquait son désarroi sous une colère froide.

Quand il ouvrit la porte de son bureau pour se diriger vers le couloir, elle le suivit sans mot dire.

— Nous allons effectuer des recherches à l'aéroport, annonça-t-il d'un ton moins coupant. Ils ont certainement déjà quitté l'île à l'heure actuelle mais nous parviendrons sans doute à connaître leur destination.

Lorsqu'ils arrivèrent en vue des bâtiments modernes, Briana n'avait pas desserré les lèvres. Elle avait été suffisamment naïve pour supposer que son frère avait réellement changé! Quelle incroyable stupidité de sa part!

Erik avait mis au point une odieuse machination pour séduire Patty en profitant de sa jeunesse et de son inexpérience. Quelques paroles flatteuses avaient suffi à entraîner la jeune fille dans une aventure dont l'issue s'avérait déjà catastrophique.

Que faire? s'interrogeait Briana, cédant à la

panique. Drake paraissait heureusement avoir retrouvé son calme. Il s'avança vers les guichets situés dans le hall principal. Son assurance l'aida à retrouver un peu de son sang-froid.

— Erik a dû demander à Jane Fitzcannon de l'aider à mettre au point cette sinistre affaire, déclara-t-elle timidement. Jane est très attachée à lui. Elle a vraisemblablement accepté de téléphoner à votre banque pour soutirer des renseignements confidentiels sur vos revenus et sur ceux de votre famille.

— Quel intérêt avait-elle à le faire ? s'enquit Drake.

— Oh ! Jane est follement amoureuse d'Erik et...

— Quelle histoire insensée ! coupa-t-il, agacé.

— Oui, acquiesça Briana d'un air las.

L'employé répondit avec empressement aux questions de Drake.

— Je me rappelle avoir vu une jeune fille en uniforme, accompagnée d'un homme d'une trentaine d'années. Ils paraissaient assez nerveux l'un et l'autre, déclara-t-il en observant tour à tour Drake et Briana.

— Où sont-ils allés ? lança Drake.

L'homme secoua la tête avec une expression navrée.

— Je suis désolé mais je ne m'en souviens pas. Nous voyons tellement de gens dans la journée...

— Je vous en prie, c'est extrêmement important, insista Drake.

— Bon, je vais vérifier dans mes registres mais je ne vous promets rien.

Quelques minutes plus tard, son visage s'éclaira.

— Voilà, nous y sommes... marmonna-t-il en tournant les pages d'un énorme classeur. Le couple dont vous me parlez est arrivé juste après un groupe de touristes hollandais, j'en suis à peu près certain...

Il réfléchit puis reprit.

— Ils ont pris un aller simple pour Miami. Oui... c'est cela...

— Quand part le prochain vol ?

— Pas avant demain matin.

Après avoir remercié l'homme, Drake se retourna vers Briana.

— Je vais utiliser l'avion de notre compagnie pour partir à leur recherche le plus vite possible, articula-t-il d'un ton nerveux.

— A quoi bon, Drake ? Ils ont peut-être fait escale là-bas pour aller à l'étranger. Vous n'arriverez pas à retrouver leur trace si facilement, remarqua Briana.

— Vous avez raison...

Il la considéra longuement avant de poursuivre d'une voix ferme.

— Je chargerai mon détective d'effectuer toutes ces investigations pour moi. Il se rendra sur place. Il vaut mieux que je ne bouge pas d'ici pour le moment. Patty essaiera peut-être de me joindre, qui sait ? conclut-il avec un geste vague de la main.

Que pouvait-elle répondre ? Il y avait si peu d'espoir de voir Patty revenir de son plein gré. Mais Briana se garda bien d'exprimer son opinion. Drake était tellement bouleversé par la situation. Il était inutile d'accroître son inquiétude.

Quand ils eurent regagné le parking où Drake avait garé sa voiture, ils s'installèrent de nouveau à l'intérieur de la Pontiac. Briana épia son compagnon à la dérobée. Son visage s'était assombri.

— Ruth ne sait pas qu'il s'agissait de votre frère ? questionna-t-il sèchement.

— Non... bredouilla Briana. Je n'ai... pas osé le lui dire. J'étais catastrophée et complètement désemparée... je...

— Je vois, trancha-t-il abruptement.

Il s'éloigna de l'aéroport.

— Que faisons-nous maintenant ? fit Briana perplexe.

— Je veux parler à votre grand-mère.

— Mais ce n'est pas le moment ! protesta-t-elle, interloquée.

— Ah bon ? Etes-vous complètement inconsciente ? Patty a disparu en compagnie d'Erik et vous ne voyez pas la nécessité que j'en informe votre grand-mère ! Elle sait certainement où ils se trouvent.

— Non Drake ! Je vous l'assure...

— Je lui parlerai, répéta-t-il avec une obstination farouche.

— Je vous en prie, ménagez-là, elle est si âgée et...

— Entendu, vous l'avertirez de mon arrivée, ensuite j'aurai une petite discussion avec elle.

Renonçant à faire entendre raison à Drake,

Briana soupira. Elle redoutait la scène qui opposerait Margaret à Drake. Assister à une nouvelle altercation était au-dessus de ses forces. Mais elle n'avait pas le choix...

Drake arrêta la voiture devant le manoir puis suivit la jeune femme dans le hall.

— Attendez ici, voulez-vous, commanda-t-elle d'une voix blanche.

Des notes de musique s'échappaient de la bibliothèque. Briana poussa la porte et s'avança dans la pièce. Margaret, confortablement installée dans un fauteuil, lisait tout en écoutant une symphonie de Beethoven. Elle accueillit l'arrivée de sa petite-fille avec un large sourire.

— Tu rentres de bonne heure, ma chérie.

— J'ai quelque chose à vous apprendre, grand-mère, déclara-t-elle en s'approchant d'elle.

Alarmée par le ton inhabituel de Briana, Margaret contempla son visage blême et tiré.

— Qu'y a-t-il ?

— Erik s'est beaucoup absenté de la maison depuis quelque temps...

— Oh, je m'en suis aperçue, en effet, déclara la vieille dame avec un froncement de sourcils réprobateur.

— Il... fréquentait Patty, la nièce de Drake Rutledge, enchaîna faiblement Briana.

— Que me racontes-tu là ? commenta Margaret. Tu sais bien s'il s'agit d'une enfant, voyons !

Briana s'arma de courage.

— Erik l'a encouragée à fuguer. Ils ont pris

l'avion pour Miami et nous ne savons pas où ils se trouvent à l'heure actuelle.

— C'est aberrant! D'où tiens-tu cette histoire invraisemblable, s'il te plaît?

— Patty a laissé un message pour avertir sa mère de son départ. Drake est dans le hall, il voudrait vous parler...

Margaret s'était raidie. Un léger tremblement agitait ses mains mais son corps demeurait droit, presque rigide.

Drake fit irruption devant elle.

— Je suis désolé de vous déranger, madame Ivensen mais ma nièce s'est enfuie avec votre petit-fils. J'espère que vous pourrez me donner certains renseignements, sur...

— J'en suis bien incapable, voyez-vous, coupa-t-elle, hautaine. Expliquez-moi pourquoi vous autorisez une mineure à se conduire de la sorte?

Briana se hâta de préciser.

— Grand-mère, nous ignorions ce qui se passait. Patty s'était bien gardée d'en parler à qui que ce soit. Nous n'avons pas pu intervenir...

Drake dévisagea son interlocutrice.

— Madame Ivensen, Erik vous a peut-être confié ses projets, savez-vous où il est en ce moment?

Briana percevait l'irritation qui gagnait Drake. Les mâchoires crispées, il fixait attentivement la vieille dame, guettant sa réponse.

— Je l'ignore! Dois-je en conclure que mon petit-fils s'est épris d'une enfant de dix-sept ans?

— Oh, non! railla-t-il. Erik n'est pas amou-

reux d'elle. Il s'intéresse simplement à son
argent... c'est très clair. Patty disposera de revenus appréciables à sa majorité. Comprenez-vous
mieux la situation à présent ?

Une brusque émotion s'empara de Briana. Les
traits de Margaret s'étaient creusés. Son regard
avait perdu son arrogance coutumière.

— Mon Dieu, devrai-je payer la faute que j'ai
commise jusqu'à la fin de mes jours ? murmura-
t-elle en se tassant sur son siège.

— Que voulez-vous dire ? s'enquit Briana en
entourant ses épaules avec sollicitude.

— J'ai voulu faire pour le mieux, j'ai essayé de
protéger mon fils, Frederik. Lorsque j'ai compris
mon erreur, il était trop tard. Pearl était morte...
reprit-elle avec des accents désespérés. Frederik
était éperdument amoureux d'elle mais j'ai
refusé de l'admettre. Je pensais qu'il avait perdu
la raison.

Elle s'interrompit pour reprendre sa respiration.

— Mon fils voulait épouser votre mère,
ajouta-t-elle en contemplant Drake. J'ai tout fait
pour l'en dissuader, hélas ! Je me suis obstinée à
lui faire oublier la femme qu'il aimait. J'ai... j'ai
congédié Pearl en profitant d'une absence de
Frederik. Mon Dieu, comme j'ai eu tort !

Des larmes coulaient sur ses joues pâles.

— Dès son retour, Frederik m'a réaffirmé son
désir de l'épouser. Pour la première fois dans sa
vie, il s'opposait à moi. Le jour où vous êtes venu
venger Pearl, j'ai compris que jamais les Ivensen
ne pourraient retrouver leur tranquillité. Le

bonheur s'est enfui de notre demeure. Nous avions tous contribué à pousser Pearl au désespoir. Je suis responsable de sa mort, avoua Margaret en redressant la tête. Frederik ne s'est jamais remis de la disparition de Pearl. Jusqu'à ce qu'il s'éteigne, il a vécu en solitaire, sombrant irrémédiablement dans l'alcoolisme.

— Je sais que Frederik a voulu se racheter en nous aidant financièrement, trancha Drake d'un ton vibrant d'émotion. J'avais tellement souffert que j'ai refusé, des années durant, de lui pardonner. Je haïssais les Ivensen pour tout le mal qu'ils nous avaient fait. Je vous ai tous détestés.

— C'était inévitable, chuchota Margaret, essuyant les larmes qui ruisselaient sur son visage.

— Madame Ivensen... commença Drake.

Il hésita avant de poursuivre.

— Je vous dois des excuses. J'aurais dû apprendre à pardonner, j'aurais dû chercher à oublier ce drame mais j'ai entretenu mon besoin de revanche, jour après jour.

— Mon pauvre enfant...

Briana se pencha avec sollicitude au-dessus de Margaret. La respiration de la vieille dame s'était faite haletante. Elle paraissait plus fragile que jamais, en proie à la violence de ses tourments.

— Drake, attendez-moi dans le hall, ordonna Briana en soutenant son aïeule par les épaules. Je vais lui donner un calmant.

Drake s'éclipsa, le dos voûté. Il avait perdu toute son assurance. Ses pas résonnèrent lourdement dans le corridor. Briana allongea Margaret sur un sofa et l'enveloppa d'un plaid.

Elle demeura auprès d'elle un long moment.

— Ne vous tourmentez plus, grand-mère. Le passé est si loin, il ne faut plus y penser, répétait-elle avec douceur.

Margaret s'apaisait peu à peu. Ses joues retrouvaient leurs couleurs.

— J'ai eu tort de gâter Erik comme je l'ai fait, constata-t-elle avec tristesse. Au lieu de l'encourager à développer des qualités d'indépendance et de courage, je l'ai corrompu. Je ne m'en rendais pas compte. Il me semblait si démuni, si sensible. En réalité, j'en ai fait un monstre d'égoïsme, incapable de prendre la moindre responsabilité.

— Reposez-vous ! l'encouragea Briana, les larmes aux yeux.

Quelques minutes plus tard, Margaret s'était assoupie. Immobile, Briana contempla la silhouette menue de la vieille dame.

Cette dernière avait été tourmentée, ravagée par les remords qui l'accablaient sans relâche. Jamais pourtant elle n'avait laissé percevoir sa blessure secrète.

— Comment va Mme Ivensen ? interrogea Drake dès qu'elle l'eut rejoint dans le hall.

— Elle dort paisiblement. Je ne savais pas à quel point elle souffrait des erreurs qu'elle avait commises dans le passé, rétorqua-t-elle avec un pâle sourire. En parlant d'Erik, elle m'a confessé qu'elle regrettait amèrement d'avoir fait preuve de tant d'indulgence à son égard.

Briana pénétra dans le salon et invita Drake à s'asseoir.

— Je n'aurais jamais dû autoriser Erik à s'installer au manoir, marmonna-t-elle soudain.

Elle se releva brusquement et arpenta nerveusement la pièce.

— Quelle bêtise ! J'aurais pu éviter le pire en lui conseillant de vivre ailleurs...

— Vous n'aviez pas le choix, affirma Drake d'un ton très calme. Vous ne vouliez pas inquiéter votre grand-mère en la mettant au courant de la situation, n'est-ce pas ?

— C'est vrai, j'ai cru faire pour le mieux mais il aurait mieux valu que je l'avertisse en définitive... La disparition de Patty...

Brake balaya ses appréhensions d'un geste de la main.

— Vous n'êtes pas responsable de quoi que ce soit, décréta-t-il avec une étrange conviction. Je suis désolé de vous avoir si violemment agressée tout à l'heure. J'étais fou de terreur en apprenant la fugue de ma nièce, et je me suis conduit comme un idiot en vous reprochant d'avoir participé à cette affaire... Vous n'y êtes pour rien.

Briana n'en croyait pas ses oreilles. Drake comprenait-il enfin qu'elle n'avait pas trempé dans cette sinistre histoire ? Elle l'espérait de toute son âme. Ses accusations avaient été si cruelles !

Incapable d'articuler une parole, elle continuait de le fixer d'un air abasourdi.

— Vous ne voulez pas me pardonner, j'en ai l'impression... conclut-il chagriné.

— Vos réactions ont prouvé qu'il vous était impossible de m'accorder la moindre confiance. Bien ! n'en parlons plus, acheva-t-elle en rejetant en arrière la masse soyeuse de ses cheveux.

Son geste avait quelque chose d'enfantin qui émut subitement Drake. Il la contempla avec insistance, admirant la pureté de son visage.

Sentant le poids de son regard posé sur elle, la jeune femme tressaillit et se détourna. Les lueurs rougeoyantes du crépuscule avaient cédé la place à l'obscurité de la nuit. Elle tira les lourds rideaux de velours puis alluma les lampes.

— Je vais me reposer un peu dans ma chambre en attendant des nouvelles de Patty, déclara-t-elle, refusant de croire tout espoir vain.

— Je resterai près du téléphone, acquiesça Drake. Ruth sait que je suis ici.

Lorsque Briana se fut allongée sur son lit, elle s'efforça de trouver le sommeil. Mais la panique qu'elle avait tenté de refouler depuis plusieurs heures revenait en vagues terrifiantes.

Qu'allait-il advenir de Patty ? Où Erik l'avait-il entraînée ? se lamentait-elle en proie à une angoisse croissante. A bout de fatigue, elle finit par s'assoupir puis se réveilla brusquement en sursaut.

Les premières lumières de l'aube envahissaient la chambre. Elle regarda les objets familiers d'un air égaré avant de reprendre tout à fait ses esprits.

Alors une peur sourde s'insinua de nouveau en elle. Trop agitée pour se rendormir, elle se glissa hors de la pièce et descendit furtivement l'escalier donnant dans le hall.

La sonnerie stridente du téléphone la glaça ensuite. Il lui fallut quelques instants avant de sortir de son état de stupeur. Elle se rua vers l'appareil et saisit le combiné d'une main tremblante.

— Briana, oh Briana ! balbutia la voix de Patty à l'autre bout du fil.

— Dieu soit loué, Patty ! s'exclama la jeune femme le souffle coupé. Où êtes-vous ?

Patty éclata en sanglots.

— Patty, je vous en prie, répondez-moi, implora Briana.

— Je n'ai pas osé téléphoner à la maison. Maman... et... oncle Drake ne me pardonneront jamais de...

— Bien sûr que si ! Où êtes-vous ? répéta Briana d'une voix plus contrôlée.

— Je... suis dans un hôtel à Miami. J'ai peur... Oh, c'était horrible, Erik...

— Que s'est-il passé ?

— Il m'a laissée seule. Il est parti !

— Où ?

— Je l'ignore, répliqua Patty en hoquetant. Il m'a menacée de me frapper.

— Mon Dieu, murmura Briana atterrée. Vous a-t-il fait le moindre mal... je veux dire physiquement ?

— Non... mais quand je suis arrivée à Miami, il a voulu que j'appelle oncle Drake pour lui extorquer de l'argent. J'ai refusé et il est rentré dans une rage folle.

La voix de Patty se brisa.

— Je m'étais déjà rendu compte que j'avais commis une erreur grossière en le suivant. Il avait l'intention de nous faire chanter pour obtenir des fonds, n'est-ce pas ? interrogea-t-elle.

— Je le crains malheureusement...

— Que dois-je faire ?

— Restez dans votre chambre, Patty, enfermez-vous. Vous n'avez plus rien à redouter. Votre oncle a envoyé quelqu'un à votre recherche.

La jeune fille poussa un soupir de soulagement.

— Donnez-moi vos coordonnées exactes et ne bougez surtout pas de l'hôtel. Nous préviendrons le détective et il sera auprès de vous dans très peu de temps.

Briana répéta ses explications.

— Vous m'avez bien comprise, Patty ?

— Oui. Je resterai dans ma chambre, c'est promis.

— C'est parfait.

Drake avait rejoint Briana et venait de s'emparer de l'écouteur. Son visage rayonnait de joie. Il serra le bras de Briana en un geste ému.

— Je n'oserai jamais rentrer à la maison, oncle Drake me tuera.

— J'en doute, murmura Briana en observant les traits radieux de Drake. Il n'avait qu'un seul désir : vous savoir hors de danger !

— Je n'aurais jamais dû partir, reprit Patty mais je croyais qu'Erik m'aimait. Quand j'ai découvert qu'il essayait simplement de s'enri-

chir, j'ai compris à quel point j'avais été stupide,
naïve et ridicule... Je voulais montrer à Drake
que j'étais capable de me débrouiller seule. Je
m'y suis prise comme une idiote...

— Nous sommes fous de joie de te savoir saine
et sauve, articula Drake à son tour... Nous ne
reparlerons plus jamais de tout ceci, reviens sans
crainte, Patty !

18

BRIANA avait terminé sa tâche de répétitrice auprès de Patty. La jeune fille, une fois ses derniers examens passés, s'était mise en quête d'un travail pour l'été. Elle avait répondu à l'offre d'emploi de la propriétaire d'une boutique de mode située dans l'artère principale de Charlotte Amalie.

Elle avait été immédiatement acceptée et resterait jusqu'au début de l'automne. Drake avait largement approuvé son initiative, considérant cette activité comme une première étape vers l'autonomie et la responsabilité.

Briana qui avait revu Patty à diverses reprises depuis sa fugue, avait compris que son élève avait définitivement abandonné ses rêves insensés et ses chimères d'adolescente. Son expérience si dramatique avec Erik l'avait soudainement mûrie.

Erik n'était pas revenu à Saint-Thomas. Drake avait porté plainte contre lui et laissé la justice poursuivre l'affaire comme il se devait. Pourtant, toutes les recherches entreprises par la police s'étaient soldées par un échec. Erik semblait s'être volatilisé.

Margaret avait admis avec réalisme les torts de son petit-fils mais continuait toutefois à se sentir responsable de son incroyable lâcheté.

Briana avait consacré les deux semaines qui avaient suivi l'escapade involontaire de Patty à progresser dans la rédaction de sa thèse. Elle était absorbée par son travail lorsque la sonnerie du téléphone retentit dans le hall.

Elle sursauta et se leva de son bureau pour répondre. Aussitôt elle reconnut les inflexions modulées de la voix de Drake. Son cœur se mit à battre plus vite.

— Briana...

— Oui, je vous écoute. Vous voulez sans doute me parler du manoir.

— C'est cela.

Un long soupir s'échappa des lèvres de la jeune femme. Elle n'avait pas revu Drake depuis le retour de Patty. Pourtant, retarder la discussion qui s'imposait depuis si longtemps n'était qu'une dérobade bien inutile.

Il fallait reparler de la maison et des dispositions qu'il convenait de prendre. Le cœur lourd, elle enchaîna :

— Quand pourrons-nous nous voir pour mettre les choses au point ? interrogea-t-elle d'un ton anxieux.

— Je peux vous recevoir dans une demi-heure environ. Je suis à l'hôtel Bel-Air, conclut-il.

— Entendu, je viens immédiatement.

Elle ne pouvait plus reculer. La mort dans

l'âme, elle se rendit dans sa chambre pour changer de tenue.

La robe légère qu'elle enfila à la hâte rehaussait le hâle de sa peau dorée par le soleil et son échancrure dégageait ses épaules. Elle releva ses cheveux en un lourd chignon, se maquilla discrètement et sortit.

Quand elle pénétra dans le bureau de Drake, un quart d'heure plus tard, elle fut frappée par l'air soucieux du président de la *Rutledge Corporation*. Jamais encore elle n'avait vu à Drake ce visage défait.

Il arpentait la pièce de long en large et l'accueillit avec courtoisie.

— Asseyez-vous, je vous en prie, dit-il en plongeant son regard las dans le sien.

Elle s'exécuta, consciente de l'incroyable tension qui émanait de toute sa personne.

— Puis-je vous offrir quelque chose à boire? s'enquit-il aussitôt.

— Je prendrai volontiers une tasse de café, rétorqua-t-elle d'une voix neutre.

Il disparut dans la kitchenette attenante et revint les bras chargés d'un plateau. Elle l'observa tandis qu'il versait le café dans les fines tasses de porcelaine blanches.

— En fait, je n'avais pas l'intention de parler du manoir, fit-il sans se retourner. Mais j'ai avancé cet argument pour obtenir ce rendezvous avec vous. Sinon, vous n'auriez pas accepté de venir, n'est-ce pas?

Que pouvait-elle répondre? Comment auraitelle pu avouer qu'elle avait passé des heures interminables à évoquer son souvenir, à revivre les moments de bonheur qu'ils avaient connus ensemble ? Au cours de ces terribles nuits d'insomnie, elle avait songé à l'échec de leurs relations, au silence de Drake...

Chaque jour, elle espérait un signe de vie de sa part. C'est à peine si elle osait quitter la maison par peur d'être absente au moment où il chercherait à la joindre...

Quand elle sentit la main de Drake effleurer sa joue, elle se recula imperceptiblement. Se moquait-il d'elle une fois de plus ? N'avait-il pas clairement avoué qu'il détestait les Ivensen ? Certes, la confession de Margaret l'avait ému, la fragilité de la vieille dame l'avait visiblement bouleversé.

Mais sa haine à son égard, à l'égard d'Erik ne s'éteindrait pas aussi facilement. Elle le savait, hélas !

— Pourquoi suis-je ici ? questionna-t-elle en se ressaisissant. Que vouliez-vous me dire ?

— Briana, supplia Drake. Cessez de prendre cette attitude défensive. Je ne vous veux aucun mal...

Comme elle brûlait de le croire ! Mais ses désillusions revenaient à la surface, lui interdisant de s'abandonner au pouvoir envoûtant de la voix de Drake.

— Ma chérie, regardez-moi, supplia-t-il.

Lorsqu'elle releva les yeux, Briana eut un choc. Le visage de Drake s'était illuminé tandis qu'il la contemplait avec tendresse.

— Je... je ne comprends pas, murmura-t-elle

d'un ton à peine audible. Vous me détestiez, vous m'avez tellement reproché d'appartenir à la famille Ivensen... et... Que me voulez-vous maintenant ?

— Je veux que vous me pardonniez, Briana, lança-t-il avec émotion. Je n'ai été qu'un imbécile, une ignoble brute.

Elle demeura muette, attendant qu'il poursuive ses explications. Ils étaient face à face, leurs regards ne se quittaient plus...

— La souffrance m'a égaré pendant de longues années, confessa-t-il de nouveau. Je m'étais juré de prendre ma revanche, de chasser Margaret du manoir. Mais j'ai compris récemment que je m'étais trompé. Votre grand-mère a elle aussi vécu dans le remords. Sa vie n'aura été qu'un long calvaire. Je l'ignorais ou du moins, je refusais de l'admettre...

Briana hocha la tête.

— Oui, elle a souffert de cet horrible drame, de la mort de Pearl et de la lente déchéance de mon père, conclut-elle avec tristesse.

La main de Drake revint sur sa joue, caressant le contour de ses lèvres, s'attardant sur ses tempes. Puis il l'enlaça fougueusement contre lui. Sa respiration s'était faite haletante.

— Briana, oh Briana... articula-t-il d'un ton saccadé. Je vous aime depuis la première fois où je vous ai vue. Je vous aime plus que tout au monde. Je ne peux pas vivre sans vous.

La jeune femme sentit sa gorge se nouer. Des larmes perlèrent au bord de ses paupières. Drake lui avouait son amour ! Elle avait attendu cet instant pendant des jours, des mois...

Bouleversée, elle répondit alors à son baiser avec une ardeur passionnée.

— Je vous aime de tout mon cœur, Drake, murmura-t-elle lorsqu'ils s'écartèrent l'un de l'autre l'espace d'une seconde.

Puis leurs lèvres s'unirent de nouveau en un baiser ardent qui trahissait leur émotion.

— Margaret ne quittera pas le manoir, déclara-t-il en serrant Briana plus étroitement contre lui. Je vous en fais la promesse solennelle.

Il s'interrompit et contempla Briana avec adoration.

— Voulez-vous m'épouser, ma chérie ?

Il essuya d'un doigt léger les larmes qui ruisselaient sur ses joues.

— Oui, Drake...

Le soleil se jouait sur leurs silhouettes tendrement enlacées. Le cauchemar prenait fin pour se transformer en un merveilleux conte de fées, songeait Briana, en proie à un indicible bonheur.

Plus jamais, elle ne se séparerait de Drake. Ils partageraient chaque instant de leur vie pour le meilleur et pour le pire. Mais elle savait que son futur mari ferait de son existence une aventure riche de joies et de plaisirs.

La lumière les enveloppait comme une caresse. Ils se taisaient, n'ayant plus besoin de mots pour se comprendre car ils avaient appris le langage de l'amour.

LE SAVIEZ-VOUS?

Les **Iles Vierges**, une centaine d'îles à l'est de Porto Rico, forment l'archipel des Petites Antilles. Un groupe d'îles, dont Sainte-Croix, Saint Thomas et Saint John, appartient aux Etats-Unis; les autres, dont Tortola, Anegada et Virgin Gorda, forment une colonie britannique.

Elles furent habitées par deux tribus indiennes, les Caribs belliqueux et les Arawaks paisibles. C'est lors de sa deuxième expédition en 1493 que Christophe Colomb rencontra les Caribs. En 1555 les armées de Charles V d'Espagne les vainquirent et les tuèrent presque tous.

Saint Thomas, l'île d'où viennent Briana et Drake, fut colonisé par les Danois au 17e siècle. Des esclaves furent importés de l'Afrique pour y travailler les champs de canne à sucre.

En 1684 les Danois saisirent Saint John. Saviez-vous qu'à l'origine, cette île où se trouve la belle demeure de Drake fut une base pour les boucaniers? A la suite d'une révolte des esclaves, l'île fut abandonnée par les Danois.

A présent, avec leurs flamboyants, leurs manguiers, leurs orchis et leurs arbres à pain, ainsi que la faune qui abonde dans leurs eaux, les Iles Vierges offrent un paradis tropical—surtout aux amoureux comme Briana et Drake.

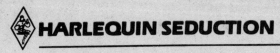 **HARLEQUIN SEDUCTION**

Egalement, ce mois-ci . . .

MÉLANCOLIE D'AUTOMNE

Après la rupture de ses fiançailles, Marla est déterminée à refaire sa vie...seule. Avec l'argent légué par sa grand-mère, elle réalise son rêve: élever des pur-sang en Virginie. Le soin de ses chevaux occupe tout son temps. Jamais plus elle n'exposera sa vulnérabilité devant un homme.

Mais l'arrivée de Stefan Gerhardt bouleverse sa vie solitaire. Marla est irrésistiblement attirée par cet homme qui partage sa passion pour les chevaux. Mais comment réagira Stefan lorsqu'il apprendra son terrible secret?

A PARAITRE

HARLEQUIN SEDUCTION vous réserve des histoires d'amour aux intrigues encore plus captivantes! En voici quelques titres évocateurs:

A L'OMBRE DES SAULES,   Elizabeth Glenn

JUSQU'AU BOUT DE L'AVENTURE,
                                    Judith Duncan

INTERMÈDE À VENISE,   Catherine Kay

L'ÎLE AU CENTAURE,   Jenny Loring

Des histoires d'amour sensuelles et captivantes

HANTÉE PAR UN VISAGE, Leah Crane
Briana Ivensen ignore pourquoi Drake Rutledge
déteste sa famille, mais il a réussi à les
ruiner... Il propose à la jeune femme un travail
pour la sauver de la misère, mais à quelles fins?

**MÉLANCOLIE D'AUTOMNE,
Jessica Jeffries**
Après la rupture de ses fiançailles, Marla est
déterminée à refaire sa vie... seule. Son élevage
de pur-sang en Virginie occupe tout son
temps—jusqu'à l'arrivée de Stefan Gerhardt.

Harlequin Tentation

De nouveaux romans sensuels, chaleureux, excitants, où l'amour triomphe des contraintes, des dilemmes, et vient réchauffer votre cœur comme une caresse...

Dites oui à l'amour, à l'infinie tendresse d'un sourire partagé, à la secrète complicité de deux corps vibrant l'un contre l'autre.

Harlequin Tentation, 3 nouveaux titres par mois! Vous les trouverez dès aujourd'hui chez votre dépositaire.

Harlequin Tentation, on n'y résiste pas!

Le sweepstake VOGUE L'AMOUR d'Harlequin

Des prix de rêve à gagner !

- Une croisière romantique d'une semaine pour deux personnes à St-Thomas, San Juan et Puerto Plata, plus 500 $ d'argent de poche. **AIR CANADA ✱ TOURAM**

- 1000 $ de coupons d'achat dans des boutiques exclusives de vêtements et d'accessoires du *Complexe Desjardins* à Montréal.

- Un week-end enchanteur pour deux personnes à l'hôtel MERIDIEN de Montréal.

- 25 abonnements gratuits à une collection de romans Harlequin...des heures de rêve !

Ne manquez pas le bateau !

Envoyez 1 coupon ou un fac-similé dessiné à la main et non reproduit mécaniquement avant le 16 novembre 1984 et vous avez 1 chance de gagner. Plus vous participez, plus vous avez de chances que votre rêve devienne réalité !

COUPON DE PARTICIPATION AU SWEEPSTAKE "VOGUE L'AMOUR" D'HARLEQUIN

Nom_____

Adresse_____

Nº de tél._____

Pour avoir une chance de gagner, envoyez ce coupon à:
Sweepstake "VOGUE L'AMOUR" d'Harlequin, B.P. 20, Succursale H, Montréal, (Québec) H3G 2K5.

SW-2

Découpez et retournez à: Service des livres Harlequin
P.O. Box 2800, Postal Station A
5170 Yonge St., Willowdale, Ont. M2N 5T5

Harlequin
Nouvel Espoir

Découvrez des personnages plus mûrs
qui osent dire "oui"
à l'amour une
seconde fois.

4 nouveaux romans par mois,
sensuels, contemporains...

Ne les manquez pas!

Éternelle jeunesse du roman d'amour!

On a l'âge de son esprit, dit-on. Avez-vous jamais songé à vérifier ce dicton?

Des romancières célèbres telles que Violet Winspear, Anne Weale, Essie Summers, Elizabeth Hunter… s'inspirant du vrai roman d'amour traditionnel, mettent en scène pour votre plus grand plaisir héros et héroïnes attachants, dans des cadres romantiques qui vous transporteront dans un monde nouveau, hors de la grisaille du quotidien. En partageant leurs aventures passionnantes, vous oublierez soucis et chagrins, vous revivrez les émotions, les joies…la splendeur…de l'amour vrai.

Six romans par mois… chez vous… sans frais supplémentaires… et les quatre premiers sont gratuits!

Vous pouvez maintenant recevoir, sans sortir de chez vous, les six nouveaux titres HARLEQUIN ROMANTIQUE que nous publions chaque mois.

Et n'oubliez pas que les 6 vous sont proposés au bas prix de $1.75 chacun, sans aucun frais de port ou de manutention.

Et cela ne vous engage à rien: vous pouvez annuler votre abonnement n'importe quand, pour quelque raison que ce soit.

Pour vous assurer de ne pas manquer un seul de vos romans préférés, remplissez et postez dès aujourd'hui le coupon-réponse sur la page suivante.

Rien n'est plus pratique qu'un abonnement *Harlequin Romantique*

1. Vous recevrez les 4 premiers livres en CADEAU puis 6 nouveaux titres chaque mois, dès leur parution. Vous ne risquez donc pas de manquer un seul volume Harlequin Romantique.

2. Vous ne payez que $1.75 par volume, sans les moindres frais de port ou de manutention.

3. Chaque volume est livré par la poste, sans que vous ayez à vous déranger.

4. Vous pouvez annuler votre abonnement à tout moment, pour quelque raison que ce soit…nous ne vous poserons pas de questions, et nous respecterons votre décision.

5. Chaque livre Harlequin Romantique est écrit par une romancière célèbre: vous ne risquez donc pas d'être déçue.

6. Il vous suffit de remplir le coupon-réponse ci-dessous. Vous recevrez une facture par la suite.

Collection Harlequin

Les chefs-d'oeuvre du roman d'amour

Recevez *chez vous* 6 nouveaux livres chaque mois… et les 4 premiers sont GRATUITS!

Associez-vous avec toutes les femmes qui reçoivent chaque mois les romans Harlequin, sans avoir à sortir de chez vous, sans risquer de manquer un seul titre.

Des histoires d'amour écrites pour la femme d'aujourd'hui

C'est une magie toute spéciale qui se dégage de chaque roman Harlequin. Ecrites par des femmes d'aujourd'hui pour les femmes d'aujourd'hui, ces aventures passionnées et passionnantes vous transporteront dans des pays proches ou lointains, vous feront rencontrer des gens qui osent dire "oui" à l'amour.

Que vous lisiez pour vous détendre ou par esprit d'aventure, vous serez chaque fois témoin et complice d'hommes et de femmes qui vivent pleinement leur destin.

Une offre irrésistible!

Ce que nous vous offrons est fort simple. Vous n'avez qu'à remplir et poster le coupon-réponse. Vous recevrez, *sans aucune obligation de votre part,* quatre romans Harlequin tout à fait *gratuits!*

Et nous vous enverrons chaque mois suivant six nouveaux romans d'amour, au bas prix de $1.75 chacun (soit $10.50 par mois), sans frais de port ou de manutention.

Mais vous ne vous engagez à rien: vous pourrez annuler votre abonnement à tout moment, quel que soit le nombre de volumes que vous aurez achetés. Et, même si vous n'en achetez pas un seul, vous pourrez conserver vos 4 livres gratuits!

Vous avez donc tout à gagner, en profitant de cette offre de présentation au merveilleux monde de Harlequin.

MM

6 des avantages de vous abonner à la Collection Harlequin

1. Vous recevez 6 nouveaux titres chaque mois. Vous ne risquez pas de manquer un seul des volumes de vos auteurs Harlequin préférés.

2. Vous ne payez que $1.75 chacun (soit $10.50 par mois), sans frais de port ou de manutention.

3. Vous pouvez annuler votre abonnement à tout moment pour quelque raison que ce soit... ou même sans raison!

4. Vous n'avez pas à sortir de chez vous: de nouveaux volumes vous sont livrés par la poste chaque mois.

5. "Collection Harlequin" est synonyme de "chefs-d'oeuvre du roman d'amour": vous ne risquez pas d'être déçue.

6. Les 4 premiers volumes sont tout à fait GRATUITS: ils sont à vous, même si vous n'achetez pas un seul volume de la collection!

Bon d'abonnement

Envoyez à: **COLLECTION HARLEQUIN**
P.O. Box 2800, Postal Station A
5170 Yonge St., Willowdale, Ont. M2N 5T5

OUI, veuillez m'envoyer *gratuitement* mes quatre romans de la COLLECTION HARLEQUIN. Veuillez aussi prendre note de mon abonnement aux 6 nouveaux romans de la COLLECTION HARLEQUIN que vous publierez chaque mois. Je recevrai tous les mois 6 nouveaux romans d'amour, au bas prix de $1.75 chacun (soit $10.50 par mois), sans frais de port ou de manutention.
Je pourrai annuler mon abonnement à tout moment, quel que soit le nombre de livres que j'aurai achetés. Quoi qu'il arrive, je pourrai garder mes 4 premiers romans de la COLLECTION HARLEQUIN tout à fait GRATUITEMENT, sans aucune obligation.
Cette offre n'est pas valable pour les personnes déjà abonnées.

Nos prix peuvent être modifiés sans préavis.

Nom	(en MAJUSCULES, s.v.p.)	
Adresse		App.
Ville	Prov.	Code postal

366-BPF-3AFK

Offre valable jusqu'au 31 décembre 1984

COLL-SUB-3W